PRIS AU PIÈGE

MILLIARDAIRES MALGRÉ EUX

J.S. SCOTT

DÉDICACES

Ce livre est dédié à ma fabuleuse amie, Judy. Merci d'avoir été à mes côtés durant les périodes difficiles, et les plus faciles. Les vrais amis sont difficiles à trouver, et même si nous ne nous voyons pas souvent, je sais que je peux toujours compter sur toi. Tu me manques. Je crois qu'il est temps que je prenne quelques vacances. Je t'aime !

Bises,
Jan

SOMMAIRE

PROLOGUE

Jade

— Encore quelques minutes, madame Sinclair, m'annonça la secrétaire en raccrochant le téléphone. Monsieur Stone a un peu de retard aujourd'hui.

Un peu de retard ?

J'attendais depuis presque une heure. J'avais presque lu tous les magazines de la salle d'attente d'un bout à l'autre, même les articles qui ne m'auraient pas intéressée en temps normal. Les femmes avaient vraiment envie de savoir comment attirer un homme ou comment capter l'attention d'un type qui n'avait pas envie d'être avec elles ?

Ces articles étaient vraiment bizarres pour tout dire. Ou peut-être était-ce moi qui ne comprenais pas ? À en juger ma vie amoureuse tout sauf exaltante, j'aurais peut-être dû prêter plus d'attention à tous ces magazines féminins. Les hommes ne faisaient pas vraiment la queue devant ma porte pour sortir avec moi. Mais après tout, ça avait toujours été comme ça.

Est-ce qu'on peut dire que ma vie amoureuse est en crise quand elle n'a jamais été incroyable au départ ?

À cause du boulot et de l'école, je n'avais pas vraiment eu l'occasion de me rapprocher de beaucoup d'hommes, et pour être honnête, aucun n'avait jamais vraiment eu envie de sortir avec moi non plus. J'avais commis une énorme erreur à la fac. Je pouvais soit rejeter la faute sur l'épuisement et le stress, soit admettre à moi-même que j'avais laissé quelqu'un se servir de moi pendant deux ans.

Je préférais la première excuse.

Je n'ai pas vraiment envie d'attirer l'attention d'un mec qui ne m'a pas remarquée la première fois qu'il m'a croisée.

N'était-il pas censé y avoir une étincelle, une sensation de familiarité étrange qui m'indiquerait que la personne en face de moi était mon âme sœur ? Et ne devrait-il pas s'en rendre compte lui aussi ?

Je l'espère en tout cas ; autrement, j'attends quelque chose qui n'arrivera jamais.

Malheureusement, grâce au nombre impressionnant de magazines féminins de la salle d'attente, je savais désormais comment attirer un homme qui ne voulait *pas* de moi, et je savais aussi ce que les étoiles et la lune me réservaient pour l'avenir en termes de compagnon à en croire les horoscopes.

Les articles concernant les différentes techniques pour améliorer mes orgasmes auraient pu être utiles si j'en avais, mais j'aurais mieux fait de sauter le paragraphe sur la meilleure manière de tailler une pipe à un homme.

Ce n'était pas le genre de littérature que je lisais, en général, mais j'avais une heure à tuer, et après avoir lu les magazines intéressants comme *National Geographic*, il me restait encore du temps ; je m'étais donc aussi penchée sur les magazines féminins.

J'étais à peu près certaine que cela ne m'avançait à *rien du tout* d'avoir acquis la sagesse nécessaire pour savoir comment gérer un homme ayant la phobie de l'engagement, et je commençais à être à bout de patience.

Je souris et adressai un signe de tête poli à la secrétaire depuis mon siège. Je me trouvais dans la salle de réception du bureau du milliardaire et magnat des affaires, Eli Stone. Ce n'était pas la faute de la dame âgée qui lui servait d'assistante si son patron m'avait fait attendre bien plus longtemps que quiconque devrait avoir à attendre pour un rendez-vous programmé à l'avance, même pour un milliardaire.

Moi aussi, je suis milliardaire. N'existe-t-il pas une loi tacite de courtoisie entre les super-riches ? Un milliardaire peut-il en laisser attendre un autre pendant une heure ?

Malheureusement, je n'étais pas riche depuis assez longtemps pour connaître les règles.

La fortune de monsieur Stone était bien plus élevée que la mienne, mais une fois qu'on avait atteint le statut de milliardaire, cela avait-il la moindre importance ?

Je laissai retomber le dernier magazine que j'avais fini de lire sur la table avec un soupir.

Me voilà à court de lecture, même en comptant les trucs ridicules.

Je me mis à taper du pied avec impatience en me demandant si c'était au contraire comme ça que les milliardaires se traitaient les uns les autres.

La vérité, c'était que je ne l'étais que depuis quelques mois ; et je ne savais toujours pas ce que j'étais censé faire de ma richesse toute fraîche. Pour être honnête, tout mon argent et mes investissements me fichaient une peur bleue. J'étais une passionnée de science et de faune sauvage. Vous pouviez me poser n'importe quelle question sur la conservation ou les comportements animaliers et je me mettrais à parler pendant des heures. Mais je n'avais aucune idée de ce que j'étais supposée faire de ma fortune.

Je savais seulement comment être pauvre, et j'étais plus ou moins paralysée par la peur chaque fois que je regardais mon compte en banque ou mon portefeuille d'investissements. Je savais que je devrais être heureuse, mais pour une raison inconnue, ce n'était pas le cas.

Par un hasard de ma naissance, et grâce à un père que je n'avais jamais connu, j'étais soudain devenue l'une des femmes les plus riches du monde. J'étais désormais une Sinclair, aisée et puissante.

Enfin, j'avais *toujours* été une Sinclair, mais sans la partie riche. Jamais, au grand jamais, je n'aurais pu deviner que j'étais de la même famille que les Sinclair pleins aux as qui vivaient sur la côte Est.

Moi, ma sœur jumelle Brooke et mes frères Noah, Seth, Aiden et Owen avions vécu dans la misère toute notre vie, et nous nous retrouvions désormais riches comme Crésus parce que nous avions découvert que notre père était bigame. Mon père était marié à deux femmes et avait deux familles, chacune d'un côté opposé du pays.

Mes frères, ma sœur et moi étions du mauvais côté de cet arrangement. Financièrement en tout cas.

Je ne pouvais pas dire que j'étais contrariée que les Sinclair de la côte Est aient découvert l'existence de notre famille sur la côte Ouest. Mon demi-frère Evan nous avait tous regroupés en une seule très grande famille. Mais je ne m'étais pas encore habituée à notre héritage qui nous avait rendus ridiculement riches, moi et mes frères.

J'avais investi la majeure partie de mon argent, avec le soutien d'Evan, et il m'avait aidée à gérer mes nombreux placements, même si tous mes demi-frères et ma demi-sœur étaient sur la côte Est. Il avait placé mon argent de manière à ce que je me fasse *plus d'argent*, et j'avais parfois le tournis rien qu'à le regarder fructifier. Et c'était à peu près *la seule chose* que je faisais. Je regardais ma fortune grandir chaque jour qui passait. Je me sentais trop intimidée par tous ces zéros pour faire quoi que ce soit d'autre.

Contrairement à mes frères, je ne m'inquiétais pas vraiment de savoir si mon argent allait continuer à grandir, et je n'avais pas de gros projet à réaliser.

J'aimerais bien. Ce serait peut-être plus facile, si j'étais constamment occupée à planifier mon futur.

Le seul gros achat que j'avais fait était le cottage sur le front de mer à Citrus Beach, ma ville natale. À nouveau, c'était Evan qui avait rendu cela possible. J'avais choisi une maison que j'aurais adoré avoir, comme me l'avait suggéré mon demi-frère, et il avait accéléré la vente d'une manière que j'avais trouvée stupéfiante. C'était vraiment une maison charmante et j'aurais de loin préféré être là-bas à cet instant plutôt que dans la salle d'attente d'Eli Stone, au milieu du centre-ville de San Diego.

Je jetai un œil à ma montre pour la millionième fois, espérant que monsieur Stone m'accorde ce que je voulais et que je pourrais rentrer chez moi à temps pour regarder le soleil se coucher. Mais si cela durait encore longtemps, j'allais me retrouver coincée dans les bouchons de San Diego et je ne rentrerais pas chez moi avant qu'il fasse noir.

— Il est prêt à vous recevoir, mademoiselle Sinclair, lança la secrétaire en se levant.

Je me levai et pris mon sac à main. Je n'étais sûrement pas assez bien habillée pour le quartier général de l'entreprise Stone, mais au moins, j'avais pu attendre à mon aise dans mon jean usé, mes sandales et mon haut bleu ciel.

J'adressai un signe de tête à la femme qui ouvrit les énormes doubles portes avant de les refermer derrière moi comme une gardienne de temple.

J'avançai et me perchai tout au bord de l'une des grandes chaises face au bureau d'Eli Stone. Puis je levai enfin les yeux vers l'homme que j'attendais de rencontrer depuis une heure. Bouche bée, j'étudiai ce type que je n'avais vu qu'à la télévision ou en couverture des magazines au supermarché.

Il est pas mal.

La plupart du temps, Eli Stone n'attirait mon attention qu'à cause de ses passe-temps scandaleux et des défis qu'il se lançait. Si une activité possédait une once de danger, cet homme semblait toujours partant pour tenter le coup.

Course automobile.

Surf sur les grosses vagues.

Saut en parachute.

Sports nautiques extrêmes.

Deltaplane.

Construction de fusée.

Pour l'amour du ciel, ce mec avait acheté sa propre entreprise de fusées et comptait envoyer des vols sans pilote dans la Voie lactée sous peu. À ce que j'avais entendu dire, Eli Stone était loin devant dans la course à l'espace privé ; il devait donc prendre ce projet au sérieux.

— Monsieur Stone, dis-je d'une voix posée. Merci d'avoir accepté de me rencontrer.

J'étais certaine de ne l'avoir jamais vu en costume, vu qu'il semblait préférer exhiber son corps à demi nu sur les photos et dans les vidéos. Personnellement, je trouvais son costume gris et sa cravate élégante, grise et bleu marine, bien plus attrayants.

Même s'il était aussi très agréable à regarder quand il était à demi nu. Mais c'était difficile de prendre vraiment quelqu'un au sérieux quand il pratiquait toutes ces cascades insensées.

Mais *cet* Eli Stone, celui que j'avais assis devant moi, avait toute mon attention.

Il semblait distant, mais m'observait comme un aigle observe sa proie potentielle depuis les cieux avant de frapper. Et je n'aimais vraiment pas la sensation d'être le lapin qu'il venait de repérer.

Il m'examina lentement de la tête aux pieds.

— Mademoiselle Sinclair, me salua-t-il d'une douce voix de baryton. Que puis-je faire pour vous ?

Un tas de choses me vinrent à l'esprit alors que je lui renvoyais son regard, mais je me contentai de répondre :

— Je vous ai envoyé une proposition au sujet de la propriété que j'aimerais acheter. Avez-vous eu l'occasion d'y jeter un œil ?

Je devais vraiment arrêter de regarder ses yeux gris et froids en songeant à quel point son costume était assorti à la couleur de ses iris.

Sans pouvoir expliquer pourquoi, j'étais complètement fascinée par *cet* Eli Stone. Contrairement à la personnalité qu'il montrait à la télévision, cet homme n'était que trop réel.

Il me rendait nerveuse sans que je puisse expliquer pourquoi. Il y avait une tension dans l'air entre nous, alors même que nous ne nous étions encore jamais rencontrés. Et je n'étais pas du tout à l'aise avec la sensation de chaleur qui s'accumulait entre mes cuisses.

Je n'avais jamais été frappée d'un accès de désir aussi instantané. Mais quelque chose chez Eli Stone me captivait.

Peut-être parce que l'homme face à moi n'était pas du tout comme je m'y attendais.

À la télévision, c'était un clown, et sur ses photos, il arborait toujours un sourire arrogant. Je m'étais attendue à rencontrer quelqu'un d'incapable de prendre quoi que ce soit au sérieux. Au lieu de ça, je me retrouvais face à un homme qui retenait votre attention rien qu'en étant présent dans la pièce. Et semblait n'avoir aucune envie de sourire.

Je sentais presque son parfum musqué, même si je savais qu'il n'y avait aucune chance pour que l'odeur ait traversé le grand bureau pour dériver de son corps à mon nez.

Je déglutis alors qu'il ouvrait sa veste d'un geste nonchalant et se renfonçait sur sa chaise. J'attendis sa réponse, mais il n'avait pas l'air pressé de m'en donner une.

Je savais qu'il avait un corps à faire baver n'importe qui. En général, je n'étais pas une grande fan des tatouages, mais les marquages tribaux que j'avais vus sur son bras m'avaient toujours paru lui aller très bien.

C'était drôle, je n'avais jamais ressenti le moindre instinct animal de le sauter chaque fois que j'avais vu son corps musclé dans les magazines ou à la télé. Mais maintenant que j'étais si proche de lui, c'était... différent.

— Je ne l'ai pas lue, répondit-il d'un ton sec. Je n'ai pas envie de me séparer de cette propriété. Elle appartient à ma famille depuis des décennies. Elle n'est pas développable pour l'instant, mais elle pourrait l'être dans le futur. Ma question est : pourquoi est-ce que *vous* la voulez ?

Merde ! Puisque le terrain près de Lucifer's Canyon était plus ou moins inutilisable, j'espérais pouvoir le convaincre facilement de me le céder. Comparé aux entreprises, aux vastes propriétés et aux terrains qu'il possédait, ce bout de terre en pleine campagne n'était rien du tout.

— Je suis conservatrice en génétique de la faune sauvage, expliquai-je. Une portion de cette terre constitue un corridor écologique important. J'aimerais m'assurer qu'il reste préservé.

Qui sait ce qu'Eli Stone pourrait faire de ce terrain à l'avenir ? Pour ce que j'en savais, il pourrait tout aussi bien le transformer en rampe de lancement pour ses vols spatiaux. Je tenais à m'assurer que le passage menant d'un espace ouvert à un autre demeure intact.

— Ah oui, dit-il d'un ton condescendant. La conservatrice de la faune sauvage et survivaliste primitive soudain transformée en Sinclair, c'est ça ? J'ai demandé à mon équipe de faire une recherche sur vous avant d'accepter votre rendez-vous. Vous avez un parcours intéressant.

— J'ai toujours été une Sinclair, répondis-je entre mes dents serrées.

Connard ! Pourquoi avait-il eu besoin de ma biographie si c'était pour me dire qu'il ne voulait pas me vendre sa propriété ? Ça avait dû être le rapport le plus ennuyeux qu'il ait jamais lu.

J'avais peut-être toujours fait partie de la prestigieuse famille Sinclair, mais mes frères, ma sœur et moi avions dû affronter beaucoup d'épreuves et nous nous en étions toujours sortis. J'étais assez fière de ça.

— Mais pas l'une des Sinclair *riches*, jusqu'à récemment, remarqua-t-il. Les Sinclair de la côte Est sont une famille puissante depuis des générations. Je ne me souviens plus si vous m'avez expliqué comment vous êtes devenue membre de cette famille ?

— Je ne l'ai pas fait, répondis-je d'un ton tranchant.

Mes connexions avec la dynastie des Sinclair n'étaient pas les affaires d'Eli Stone. Et je n'avais aucune envie de parler du statut de bigame de mon père, surtout pas avec lui.

Les Sinclair de la côte Ouest et de la côte Est avaient le même père. C'était tout ce que le public savait. Mes frères en Californie s'étaient fait un devoir de ne pas transformer cette histoire tragique en scandale de tabloïds. Ma sœur jumelle, Brooke, était sur la côte Est où elle se remettait d'un traumatisme personnel et aucun de nous n'avait envie qu'elle apprenne qu'elle allait hériter d'une fortune dans les journaux à sensation. Elle avait besoin de temps pour guérir après avoir perdu ses amis et collègues durant un braquage de banque où elle avait presque perdu la vie, elle aussi. Brooke n'était même pas encore au courant pour l'argent. Mes frères et moi nous étions tous mis d'accord pour lui donner le temps de se rétablir après cette tragédie, avant de lui mettre quoi que ce soit d'autre sur les épaules.

Pour être honnête, j'aurais été surprise qu'Eli ait réussi à dénicher la *moindre* information sur moi ou ma famille. Mon demi-frère, Evan, s'était donné beaucoup de mal pour s'assurer que personne n'apprenne la vérité tant que l'état émotionnel de Brooke ne se serait pas amélioré et qu'elle ne serait pas de retour sur la côte Ouest.

De toute évidence, Evan avait réussi, puisque Eli Stone n'était pas parvenu à accéder à tous les détails.

— Je suis peut-être prêt à négocier pour d'autres propriétés, mais pas celle-là, dit-il d'un ton songeur.

Je croisai les bras devant moi.

— Vu que c'est la *seule* qui m'intéresse, je suppose que cette discussion est terminée.

D'accord, j'étais déçue de ne pouvoir sécuriser mon corridor écologique, mais j'éprouvais soudain le besoin d'échapper à l'intensité de son regard. J'étais furieuse à l'idée qu'il ait fouiné dans ma vie personnelle, mais j'avais envie de me tortiller sous son regard persistant. J'en vins rapidement à la conclusion que mon besoin de fuir était plus important que mon indignation à cet instant.

— Vous êtes vraiment très belle, Jade, lança-t-il d'un ton désinvolte avant que j'aie eu le temps de me lever.

Cela me stupéfia tellement que je ne trouvai rien à répondre. Je le regardai bouche bée alors que mes paumes devenaient moites.

— Je ne comprends pas.

Son expression avait changé du tout au tout, si vite que c'en était presque effrayant.

Il arbora un sourire calculateur, du genre dont j'étais certaine qu'il se servait toujours pour faire tourner les choses à son avantage. J'étais sûre que presque n'importe quelle femme serait prête à retirer sa culotte à la seconde où elles verraient ce sourire séduisant.

Heureusement pour moi, je ne suis pas n'importe quelle femme.

— C'est très simple en vérité. Je vous trouve séduisante, répondit-il.

Cela faisait vingt-six ans que j'étais sur cette planète, et jamais *personne* ne m'avait dit ça. Ma jumelle, Brooke, était la plus jolie de nous deux. J'étais *l'autre jumelle*, celle qui partait dans la nature, s'entraînait à faire des cartes et à trouver de l'eau potable et qui n'arrêtait pas d'améliorer ses talents en survie.

Des activités que je pratiquais généralement *seule*.

Surtout depuis que j'avais été larguée par mon seul et unique petit ami à la fac.

Je n'étais pas le genre de femme que les hommes regardaient à deux fois quand je marchais dans la rue, et cela ne me posait pas vraiment de problème. J'aimais celle que j'étais, même si mon apparence physique n'attirait pas beaucoup l'attention.

Non pas que je fasse beaucoup d'effort pour me faire remarquer. J'étais de nature réservée et timide, sauf avec mes amis ou ma famille. La plupart du temps, je préférais la compagnie des animaux à celle des humains.

Oui, je gardais espoir que mon âme sœur m'attende quelque part, quelqu'un qui me verrait vraiment sous la façade timide et garçon manqué. Mais je le croirais quand je le verrais.

— Est-ce qu'on peut en revenir au sujet de la propriété ? demandai-je dans un effort pour ne pas laisser son regard appréciateur m'intimider. Si c'était un « non » ferme et définitif, alors je ne vais pas vous faire perdre votre temps plus que ça.

Il se pencha en avant et croisa les doigts sur son bureau, ses yeux gris intense ne quittant jamais mon visage.

— Je vous rends nerveuse, remarqua-t-il.

— Je ne suis peut-être pas habituée à rencontrer des milliardaires, répondis-je.

Il secoua sa tête couverte de cheveux sombres.

— Ce n'est pas ça. Je ne pense pas que vous soyez impressionnée par mon argent. Je trouve intrigant que vous veniez d'hériter d'une fortune et que vous n'ayez rien acheté à part une maison. À Citrus Beach. Un bon investissement, vu que cette ville est en plein développement.

OK. Je devais admettre que la quantité d'informations qu'il possédait sur moi était un peu effrayante.

— Ce n'était pas un *investissement*, rectifiai-je. C'était une *maison*. Ma maison. Et j'espère que Citrus Beach ne se développera pas trop. J'aime cet endroit comme il est.

Il semblait connaître chacun de mes gestes depuis que j'avais acquis cet argent et je trouvais cela déstabilisant. Sans parler du fait qu'il ait eu l'audace de mener une enquête sur moi. Qui faisait ça rien que pour rencontrer quelqu'un au sujet d'une proposition d'achat ?

Mon indignation commençait à surpasser mon désir de me lever pour fuir le bureau d'Eli Stone.

— Le temps suit son cours, mademoiselle Sinclair, dit-il en haussant les épaules. C'est ce qui nous rend plus riches. Citrus Beach finira par se développer. La ville est assez proche de San Diego pour en faire un endroit intéressant où vivre.

— Je n'ai pas *besoin* de devenir plus riche. Je le suis déjà tellement que ça me donne un peu la nausée. Je veux juste ce bout de terrain.

— L'argent vous met mal à l'aise ? demanda-t-il.

— Non, mentis-je.

La dernière chose dont j'avais besoin, c'était qu'il s'intéresse à l'embarras que me causait ma richesse.

— Vous avez récemment terminé un stage, dit-il en ignorant complètement ma réponse. Votre éducation est assez impressionnante. Mais à quoi sert un diplôme en faune sauvage ?

Oubliez ce que j'avais dit plus tôt. Il n'avait pas seulement fait des recherches sur ce que j'avais fait depuis que j'avais hérité, il connaissait absolument tout de ma vie !

— J'ai un doctorat en conservation de la faune sauvage, précisai-je. Je me spécialise dans la génétique. Je pense qu'on pourra un jour se servir de matériaux génétiques pour sauver les espèces impossibles à préserver par les méthodes habituelles.

Il hocha la tête.

— C'est admirable. Et la formation de survivaliste ?

Y avait-il une chose qu'il ne savait pas ?

— C'est un hobby. Je donne des cours maintenant, parce que j'adore ça.

Je n'avais aucune idée de pourquoi je ressentais le besoin de confirmer l'histoire de ma vie à un milliardaire perturbant, mais les mots se déversaient de ma bouche malgré moi.

— Je respecte ça.

— Je ne cherche à gagner l'estime de personne, lui répliquai-je d'un ton froid. Je suis juste venue acheter un terrain. Mais puisque vous avez déjà refusé de le vendre, nous en avons terminé.

Je me levai, incapable de rester immobile plus longtemps pendant qu'il m'observait.

Il se leva à son tour et contourna son bureau.

— Vous êtes sur la défensive. Je vous ai mise mal à l'aise, docteur Sinclair ?

Il était rare que quelqu'un emploie mon titre de doctorante, alors j'hésitai, tentant de déterminer s'il se moquait de moi ou s'il faisait cela par respect pour mon éducation.

Je finis par décider que cela n'avait aucune importance et me dirigeai vers la porte. Il fallait vraiment que je m'éloigne d'Eli Stone.

Son corps large et puissant se plaça devant moi, me bloquant l'accès à la porte et renforçant mon irritation. Et je ne m'énervais presque jamais, pourtant. Mais j'en avais assez de jouer à ce petit jeu qui semblait beaucoup l'amuser.

Je ne savais pas du tout comment remporter ce duel, et je n'avais pas l'intention de rester dans le coin assez longtemps pour en voir le dénouement.

— Pour tout vous dire, oui, vous me mettez mal à l'aise, répondis-je. Je n'apprécie pas beaucoup qu'on enquête sur ma vie privée rien que pour une proposition commerciale. C'était totalement inapproprié, et plus qu'un peu bizarre.

— Vous avez raison, concéda-t-il. Mais j'étais curieux.

— Ce n'est pas une raison suffisante pour enfreindre ma vie privée, lui répliquai-je d'un ton froid.

— Peut-être pas, acquiesça-t-il, l'air tout sauf désolé.

Tout, chez cet homme, me donnait envie de me tortiller sur place, et je n'étais pas du genre nerveuse en temps normal. Mais Eli Stone était l'homme le plus intense que j'aie jamais rencontré.

— Vous êtes en colère parce que je vous ai indiqué franche-ment que ça ne me dérangerait pas de vous mettre dans mon lit ?

Mon cœur se mit à battre plus vite à son franc-parler.

Mon Dieu, je suis complètement dépassée.

Je tentai de conserver une expression neutre. Je ne voulais pas lui donner la satisfaction de savoir qu'il m'avait ébranlée.

— Vous est-il seulement venu à l'esprit que je n'avais peut-être pas envie de vous mettre dans le mien ? lui lançai-je d'un ton indigné. Est-ce que toutes les femmes que vous connaissez tombent à vos pieds quand vous leur dites qu'elles sont séduisantes ? Parce que ça n'a vraiment rien d'exceptionnel.

— Vous saviez que vos yeux prenaient une teinte de bleu plus sombre quand vous étiez en colère ? m'interrogea-t-il avec un sourire.

Bon sang !

Eli Stone jouait avec moi, mais je n'arrivais pas à comprendre dans quel but.

— Passez une bonne journée, monsieur Stone. Personnellement, je regrette d'avoir perdu autant de mon temps à vous attendre alors que vous étiez déjà certain de ne pas vendre.

Je le bousculai et me dirigeai vers la porte.

Il me prit le bras alors que je tendais la main vers la poignée.

— J'étais curieux de savoir pourquoi vous vouliez ce terrain, expliqua-t-il. En général, les gens riches ne s'intéressent pas aux propriétés qui n'ont que très peu de chances de leur rapporter de l'argent un jour.

— Cette propriété est loin d'être sans valeur. Pas pour moi, rétorquai-je. En fait, elle est très importante dans une optique de préservation de la faune sauvage.

Il haussa les épaules.

— Je ne connais personne qui se soucie de ça.

— Dans ce cas, vous devriez peut-être vous faire de nouveaux amis, répliquai-je.

Je me dégageai de sa poigne et me tournai à nouveau vers lui, furieuse à l'idée qu'il n'accorde de valeur qu'à son propre temps.

— Vous auriez pu m'appeler pour me demander pourquoi je la voulais. Je n'aurais pas eu à venir en ville pour vous attendre pendant une heure, tout ça pour que vous me disiez « non ». C'est impoli. C'est un manque de considération. Et c'est incroyablement arrogant.

— Je suppose que vous n'avez pas encore appris que les milliardaires font toujours attendre les gens, répondit-il d'un ton plat.

— Pas celle-là, répliquai-je en pointant un doigt sur ma poitrine. Je suppose que je ne suis pas aussi égoïste et vaniteuse que vous. Mais je n'aime pas faire attendre les gens. Ça me fait me sentir coupable.

Je ne précisai pas que la culpabilité était presque toujours ce qui me motivait.

J'étais à peu près sûre qu'Eli Stone n'avait jamais souffert du remords, il n'avait donc sûrement aucune idée de ce dont je parlais de toute façon.

— Dînez avec moi, Jade, dit-il, et sa phrase ressemblait plus à un ordre qu'à une invitation.

— J'ai des choses à faire, lui rétorquai-je. Et j'ai faim. Je ne vais pas attendre comme un chiot pathétique que vous décidiez de me nourrir.

Il croisa les bras avec un sourire, une flamme amusée dansant dans ses yeux.

— Maintenant que je sais quel mauvais caractère vous avez, je n'oserai jamais vous faire attendre, répondit-il d'un ton sérieux. Je vous promets de vous nourrir aussitôt.

— Je suis venue ici pour une affaire commerciale, pas pour passer la nuit dans le lit d'un playboy milliardaire.

— Je ne suis pas un playboy, Jade, répondit-il d'un ton bas et dangereux.

— Ça ne m'intéresse pas, répétai-je d'une voix furieuse tout en ouvrant la porte. Et vous devriez vraiment mettre des lectures plus intéressantes dans votre bureau, si faire patienter les gens dans votre salle d'attente est une pratique habituelle chez vous. Je suis certaine d'avoir perdu des points de QI rien qu'en lisant vos magazines féminins futiles.

Je m'empressai de passer la porte sans un regard en arrière, presque certaine d'entendre résonner un rire très masculin alors que je quittais le bureau d'Eli Stone comme si j'avais le feu aux fesses.

CHAPITRE 1
Jade

—Je ne suis pas intéressée, répondis-je platement dans mon téléphone juste avant de raccrocher en appuyant si fort sur la touche que je me fis mal au doigt et grimaçai.

Je fusillai l'appareil électronique des yeux tout en le jetant sur le comptoir de la cuisine. En ce moment, mon téléphone était mon ennemi et je regrettais de m'être levée précipitamment de mon canapé pour y répondre. Mais puisque nous étions en semaine et au beau milieu de l'après-midi, j'espérais qu'il s'agirait d'une demande d'entretien pour un boulot. J'avais envoyé des candidatures et des CV partout. Mais on ne pouvait pas dire que j'aie été bombardée d'opportunités dans lesquelles j'aurais vraiment pu faire valoir mes compétences.

Je suis dans un domaine très spécialisé et obtenir des financements pour de nouvelles recherches est difficile.

Je finirais par trouver la bonne opportunité. En attendant, je sursauterais chaque fois que mon téléphone sonnerait.

Malheureusement, il ne s'agissait jamais de quelqu'un à qui j'avais envie de parler. Mais si je ne reconnaissais pas le numéro, j'étais obligée de répondre.

L'appel que je venais de couper venait d'un *autre* type du coin qui affirmait qu'on avait été au lycée ensemble et qui voulait savoir si j'avais envie de sortir avec lui.

C'était le troisième appel de ce genre que je recevais depuis hier.

Et j'avais déjà l'impression d'en avoir reçu un million d'autres ces dernières semaines.

Je poussai un soupir. Oui, j'aurais aimé avoir une vie amoureuse plus active. Mais pas comme ça. Tout le monde avait entendu dire que j'étais soudain devenue une femme très riche, et aucun des types qui m'avaient appelée n'était intéressé avant que je possède cet argent.

Maintenant, tous les hommes célibataires voulaient sortir avec moi.

OK, ils ne voulaient pas sortir avec moi. Ils voulaient juste se rapprocher de mon argent.

Honnêtement, je commençais à détester ma richesse.

Plutôt que de commencer à m'appesantir sur le fait qu'aucun homme ne s'intéressait à moi pour moi-même, je retournai au salon et me laissai tomber sur le canapé.

— Un entretien d'embauche ? me demanda mon frère Aiden depuis le fauteuil inclinable où il était assis.

— C'était personne, répondis-je. Juste un autre type qui a envie de sortir avec mon argent.

Je tournai la tête vers la télé et demandai :

— Qu'est-ce que tu regardes ?

— La nouvelle compétition de surf de Californie du Nord organisée par Eli Stone. Ils ont surfé quelques vagues de plus de quinze mètres. C'était assez dingue. Stone est sur sa planche en ce moment.

Je regardai la télévision, un grand écran que mes frères avaient insisté pour que j'achète même si j'avais à peine eu la place de l'accrocher au mur de mon petit cottage.

Ils sont au niveau de la bordure extérieure des Channel Islands, dis-je en fronçant les sourcils. Il est fou.

— Il n'y a pas de place à l'erreur, acquiesça Aiden. S'il n'attrape pas la vague, il va se retrouver entre un énorme mur d'eau et les rochers.

Mon cœur me remonta dans la gorge alors que je regardais Eli ramer vers l'énorme vague en approche.

Mes frères faisaient tous du surf et ils avaient tenté de nous apprendre, à moi et Brooke, mais aucune de nous n'était aussi enthousiaste que nos frères.

— Eh bien merde alors, s'exclama Aiden. Il a réussi.

Je laissai échapper un soupir ; je ne m'étais même pas rendu compte que je retenais mon souffle pendant qu'Eli surfait sur l'immense vague.

— Il va se tuer, dis-je d'un ton anxieux.

— Flash info, répondit Aiden d'un ton amer. Ça date de l'hiver dernier. Il a survécu. Ils repassent juste les temps forts.

Je fis une grimace à mon frère et reportai mon attention sur la télévision pour regarder l'interview d'Eli Stone.

Le voilà.

Je reconnus le personnage d'Eli Stone que j'étais habituée à voir. Il avait déjà retiré les manches de sa combinaison qui était descendue autour de sa taille. La partie supérieure de son corps était ciselée et j'avais du mal à ne pas poser les yeux sur elle. Mon regard erra sur ce tatouage reconnaissable sur son bras.

Mais le plus marquant, c'était le sourire arrogant sur son visage. Et l'absence d'émotion dans ses sublimes yeux gris.

Rien n'indiquait qu'il était grisé par son dernier succès dans les sports extrêmes. Le sourire insolent était là, mais il ne montait pas jusqu'à ses yeux.

Mon frère éteignit la télé.

— Allons à la piscine.

Aiden était passé pour nager un peu. Ce n'était pas comme s'il n'avait pas sa propre piscine, mais quelque chose me disait qu'il voulait vérifier que j'allais bien.

Aucun de mes frères n'aimait beaucoup l'idée que j'attire tout un tas de types bizarres à cause de l'argent dont j'avais hérité. Mais je ne savais pas trop ce qu'ils comptaient faire à ce sujet. J'avais changé de numéro deux fois et ce n'était pas comme si quelqu'un allait me kidnapper. Ils auraient besoin de moi vivante s'ils voulaient mon argent.

C'était plus agaçant qu'effrayant.

Je n'avais pas eu beaucoup d'intimité ces derniers mois. Je ne sais comment, la nouvelle de l'héritage de ma famille s'était répandue, et quand je ne repoussais pas des hommes qui semblaient sortir de nulle part, je refusais les demandes d'interviews des journalistes qui voulaient savoir comment je m'étais retrouvée liée à la riche et puissante famille Sinclair de la côte Est.

Aiden et moi ne parlâmes pas beaucoup alors que nous faisions des longueurs côte à côte dans la piscine.

Je m'arrêtai avant mon frère pour faire une pause.

— Alors, tu sors avec qui? me demanda-t-il quand il s'immobilisa enfin.

Pour je ne savais quelle raison, tous mes frères se croyaient en droit de tout connaître de ma vie personnelle dans ses moindres détails alors même qu'ils ne me parlaient jamais de la leur.

— Personne, répondis-je d'un ton grognon. Ils veulent juste mon argent.

— Pas tous. C'est quoi l'histoire avec Eli Stone? m'interrogea-t-il.

Il hissa son corps musculeux hors de ma piscine et alla s'essuyer.

— Qu'est-ce que tu veux dire? demandai-je en flottant sur un petit canot au milieu du bassin.

L'eau était chauffée et je n'étais pas encore prête à en sortir.

— Je t'en prie, Jade, répondit Aiden. Le haut-parleur était activé quand tu as écouté son message tout à l'heure. Tu sors avec lui? Ce type pourrait nous faire passer pour des indigents. Tu ne peux pas le soupçonner d'en avoir après ton héritage.

Non, il en a juste après mon corps.

En réalité, les motivations d'Eli n'étaient plus aussi rebutantes pour moi qu'au début. Au moins, il avait été honnête, bien qu'un peu cru. Contrairement aux autres hommes qui s'étaient mis à me draguer à cause de mon argent. Mais cela ne voulait pas dire que j'allais répondre aux appels ou aux messages d'Eli. Il me mettait mal à l'aise, même si je ne comprenais toujours pas vraiment pourquoi.

Pour être honnête, j'avais été surprise de reconnaître la voix d'Eli sur ma messagerie plus tôt. Il s'était montré persistant ces derniers mois et il continuait de m'appeler alors que je n'avais jamais répondu à un seul de ses messages ces cinq derniers mois. Mais vu que je n'avais plus eu de ses nouvelles depuis presque un mois, je croyais qu'il avait laissé tomber.

Apparemment, je me trompais.

Et son dernier message était le même que tous les autres.

Il voulait toujours m'inviter à dîner.

Et je voulais toujours l'éviter, raison pour laquelle je ne le recontactais jamais.

Je pensais qu'il aurait compris le message maintenant. Quel genre d'homme continue d'insister quand une femme s'obstine à l'ignorer ?

Je n'avais revu Eli qu'une fois, plusieurs mois plus tôt. Il dînait avec un ami dans l'un de ses restaurants de San Diego et j'étais avec toute ma famille pour célébrer les fiançailles de ma sœur Brooke avec un homme qu'elle avait rencontré pendant qu'elle était sur la côte Est.

Ma sœur jumelle était aujourd'hui mariée à Liam Sullivan et elle avait décidé de rester vivre dans le Maine avec son nouvel époux.

Eli et moi avions donc mangé dans le même restaurant, comme il le voulait. Nous n'étions pas assis à la même table, c'est tout.

Cette rencontre accidentelle m'avait perturbée, surtout quand j'avais senti son regard posé sur moi durant notre réunion de famille. Nous ne nous étions pas adressé la parole, mais Eli m'avait fait comprendre qu'il savait que j'étais là.

Je n'avais peut-être répondu à aucun de ses messages, mais j'avais beaucoup pensé à lui. Je ne comprenais pas pourquoi il tenait tant à me mettre dans son lit et je n'étais pas intéressée par les coups d'un soir. Mais la façon dont mon corps réagissait en sa présence était… inhabituelle.

— Je ne sors pas avec lui, assurai-je à mon frère aîné. Je l'ai rencontré une fois et il m'a appelée plusieurs fois pour demander si je voulais dîner avec lui. Je n'ai même pas répondu à ses messages.

— Aïe ! C'est rude, répondit Aiden.

Si je disais à mon grand frère qu'Eli voulait juste coucher avec moi, ce que je ne ferais jamais, vu qu'il était hors de question que je parle de sexe avec mon frère, il n'aurait pas la même réaction. Il voudrait sûrement casser la gueule d'Eli Stone.

— Je ne suis pas intéressée, c'est tout, dis-je tout en me laissant glisser du canot pour sortir de la piscine. Il me met mal à l'aise.

Aiden se laissa tomber sur une chaise longue.

— Il te harcèle ? s'enquit-il. Si c'est le cas, tu sais que Seth et moi pouvons nous occuper de lui.

Je levai les yeux au ciel tout en terminant d'essuyer mon corps mouillé avec une serviette avant de me laisser tomber sur la chaise longue à côté de lui.

— Personne ne va me harceler.

Aiden émit un petit rire.

— Sûrement parce que tu es capable de leur exploser les couilles.

Mon frère avait raison. Je n'étais pas ce qu'on pouvait appeler une femme sans défense et je n'avais pas *besoin* d'un homme. En fait, la majorité des types que je rencontrais restaient à distance respectueuse, la plupart du temps. Une grande partie des hommes que j'avais rencontrés par le passé étaient des survivalistes comme moi et même s'ils admiraient mes compétences, aucun d'eux ne me voyait vraiment comme une femme. Plutôt comme une rivale.

— Tu crois que c'est pour ça que personne ne veut vraiment sortir avec moi ? Parce que je n'ai pas *besoin* d'eux ? l'interrogeai-je.

Je n'étais plus sortie avec personne depuis ma rupture avec le connard avec qui je sortais à la fac. Ce n'était pas vraiment par choix. Je n'avais rencontré personne qui ait manifesté de l'intérêt pour moi en tant que rencard potentiel, voilà tout. Et ce qui était sûr, c'était que je n'avais rencontré personne de vraiment intrigant, sauf si l'on comptait Eli Stone, et ce n'était pas le cas.

— Honnêtement, oui, répondit Aidan en toute franchise. Certains hommes ont envie d'avoir la sensation de pouvoir contribuer à quelque chose dans une relation grâce à leurs compétences supérieures. Mais tu n'as pas envie de sortir avec un type comme ça. S'ils sont intimidés, c'est qu'ils manquent de confiance en eux. Tu n'as pas besoin d'un homme qui nécessite qu'on flatte constamment son ego ni d'un survivaliste primitif qui s'agace parce que tu en sais plus que lui sur la chasse, les pièges, la cueillette et tous ces autres trucs de survie. Tu as besoin de quelqu'un qui admire tes forces plutôt que de se sentir intimidé par elles.

Je tressaillis en me souvenant qu'Eli avait dit m'admirer. Il avait beau être un crétin arrogant, il n'avait pas du tout eu l'air rebuté.

Je ne suis pas très attirante parce que je déteste faire attention à comment je m'habille ou m'embarrasser de maquillage, songeai-je. Brooke a toujours été plus douée avec les gens que moi. J'étais l'intello qui voulait juste aller dans les bois et explorer.

— Il y a un tas de choses à aimer, chez toi, grommela Aiden. Et je ne dis pas ça juste parce que tu es ma sœur. Mais certains hommes sont refroidis par les femmes qui sont parfaitement capables de se débrouiller toutes seules.

— Alors je dois faire semblant d'être sans défense ? demandai-je, horrifiée à cette idée.

Je ne supporterais jamais de me faire passer pour une fille craintive.

— Bien sûr que non, répondit Aiden tout en récupérant sa bouteille d'eau pour en boire une longue gorgée. Tu n'as pas besoin d'être qui que ce soit d'autre à part toi-même. Alors, parle-moi de ce Stone. Pourquoi tu as peur de lui ?

Je pris mon soda light et en bus un peu avant de répondre :

— Je n'ai pas peur de lui. Je pense que c'est un crétin, c'est tout. J'essayais d'acquérir un bout de terrain près de Lucifer's Canyon pour pouvoir m'assurer que les corridors écologiques restent intacts. Je lui ai fait une offre et j'ai pris rendez-vous. Mais il ne voulait pas vendre.

— Alors tu es en colère parce qu'il a refusé de te vendre un terrain ?

— Non. J'étais énervée parce qu'il m'a fait faire le trajet jusqu'à son bureau, attendre une heure dans sa salle d'attente, tout ça pour refuser tout net mon offre. Il aurait pu demander à quelqu'un de m'appeler pour me faire savoir qu'il ne voulait pas vendre. Mais il était curieux de savoir pourquoi je voulais acheter le terrain. Cet abruti m'a fait gaspiller tout ce temps parce qu'il voulait me poser une question. Qui fait ça ?

— Fichus milliardaires qui se prennent pour les rois du monde, lâcha-t-il avec un sourire tout en enfilant ses lunettes de soleil.

Je ne pus m'empêcher de lui rendre son sourire. Ma famille avait encaissé notre soudaine richesse avec autant d'humour que possible. C'était la seule chose que nous possédions pour alléger les poids qui pesaient sur nos épaules quand nous étions plus jeunes.

— Je pense qu'on ne devrait pas faire ça aux gens, qu'on ait de l'argent ou pas, répondis-je.

— Tu veux que j'aille lui dire un mot ? s'enquit-il. Si tu es sûre de ne pas vouloir lui parler, je peux le convaincre de te laisser tranquille.

J'avais été élevée par mes trois frères aînés, alors j'étais habituée à les entendre affirmer leur volonté de me protéger d'une manière ou d'une autre.

— Non, répondis-je d'une voix un peu paniquée.

La dernière chose dont j'avais envie, c'était que l'un de mes frères menace quelqu'un comme Eli Stone. Nous avions peut-être tous de l'argent maintenant, mais Eli avait bien plus d'amis haut placés.

— Il finira par laisser tomber. Et je peux me débrouiller.

— Tu es sûre que c'est ce que tu veux ?

— Bien sûr. C'est pour ça que je ne lui ai pas répondu.

— Il est persistant, remarqua Aiden. Et tu as dû lui faire une sacrée impression pour qu'il continue à t'appeler des mois après votre rencontre.

— Je ne pense pas, non, répondis-je. Pour être honnête, je ne comprends pas ce qu'il veut. Je crois que c'est un jeu pour lui.

— Il avait l'air plutôt sincère dans son message. Il ne ressemblait pas à un harceleur.

Je devais admettre que mon frère avait raison. Chaque fois qu'Eli laissait un message, son ton était d'un calme olympien et très professionnel, presque comme s'il voulait prendre un rendez-vous. Si je ne me souvenais pas de chaque mot qu'il m'avait dit le jour de notre rencontre, j'aurais eu beaucoup de mal à croire qu'il me voyait seulement comme une femme.

— Aiden, il pourrait avoir à peu près toutes les femmes qu'il veut. Pourquoi me voudrait-il, moi ? Pourquoi voudrait-il jouer à ce jeu du chat et de la souris ? Tu crois qu'il est détraqué ?

— Tu ne t'es jamais dit qu'il t'appréciait peut-être, tout simplement ?

— Non, admis-je. C'est Eli Stone.

— Il ressemblait à un type qui t'invitait à dîner. Et aucun homme n'est trop bon pour ma sœur. Jamais. Tu es belle, intelligente, motivée et ouverte aux autres. Qu'est-ce qu'un homme pourrait vouloir de plus ? Tu ne peux pas en vouloir à ce type de s'obstiner. J'apprécie assez l'idée qu'il ait conscience que tu vaux la peine de faire des efforts.

Je poussai un soupir et laissai aller ma tête en arrière sur la chaise longue. Mes frères savaient toujours comment regonfler mon ego. À leurs yeux, Brooke et moi serions toujours parfaites.

— Peut-être qu'il me met mal à l'aise parce qu'il a l'air de vraiment me trouver attirante.

Brooke et moi avions toujours pris garde de ne pas trop nous confier à nos frères parce qu'ils avaient tendance à s'insinuer dans toutes les situations qu'ils jugeaient mauvaises pour leurs deux sœurs. Mais ma relation avec Aiden avait un peu changé depuis que Brooke avait quitté la Californie pour de bon. Je ne savais pas si Aiden avait réalisé que nous étions des adultes maintenant ou s'il s'adoucissait simplement en vieillissant.

Nous nous étions beaucoup rapprochés et nous parlions de beaucoup de choses que je ne partageais autrefois qu'avec Brooke. Bon, il était hors de question que je parle de ma vie amoureuse – ou plutôt de son absence – avec l'un de mes frères, mais nous parlions beaucoup plus de sujets personnels qu'avant.

Lui et mes frères continuaient de penser qu'ils savaient mieux que nous ce qui était mieux pour leurs petites sœurs, même si j'avais un doctorat, que j'avais terminé un stage et que je cherchais désormais à être embauchée en tant que scientifique. Et Brooke était mariée et vivait à l'autre bout du pays.

J'étais certaine qu'ils conserveraient toujours cette part autoritaire, peu importait ce que Brooke ou moi ferions.

Mais Aiden, Seth et moi étions effectivement devenus plus proches depuis que je ne voyais plus Brooke aussi souvent.

— Tu *es* attirante, insista Aiden avec sérieux. Et Brooke n'était *pas* la jumelle jolie. Je t'ai déjà entendue dire ça bien trop souvent et tu dois te sortir cette idée de la tête. Vous êtes jumelles, et même si vous n'êtes pas identiques, vous vous ressemblez beaucoup. Vous avez des personnalités différentes, c'est tout.

Je ne pouvais contredire mon frère là-dessus. Brooke et moi avions toujours été très proches, même si nous avions des intérêts différents. Et nous étions parties chacune dans une direction différente après le lycée parce que *nous* étions différentes.

Brooke avait eu un diplôme dans la finance et était revenue à Citrus Beach pour travailler dans l'une des banques locales.

Quand j'étais partie en stage, elle avait déjà passé son diplôme et j'étais déterminée à faire tout mon possible pour préserver les espèces animales en danger.

Mes frères avaient toujours affirmé que j'étais un génie. Mais je ne voyais pas les choses de cette manière. La fac avait été facile pour moi et la science encore plus. Alors j'avais obtenu mon diplôme de master à vingt-deux ans et mon doctorat à vingt-quatre. J'avais passé ces deux dernières années en stage postdoctoral. J'avais donc plus ou moins passé toute ma vie d'adulte à étudier ou à m'éduquer.

J'avais toujours su que le métier de conservatrice ne me rendrait pas riche. J'avais fait beaucoup de volontariat dans diverses organisations de conservation, que ce soit pour observer des matières fécales ou nourrir des bébés au biberon.

Ma jumelle n'avait jamais partagé mon intérêt pour l'écologie et la faune sauvage et, après le lycée, nous étions souvent parties chacune de notre côté.

Mais rien n'avait jamais pu briser le lien de jumelles qui nous unissait et j'étais certaine que rien n'y parviendrait jamais, même si nous étions géographiquement séparées aujourd'hui.

C'était bizarre, mais je n'avais jamais vraiment senti la distance qui nous séparait quand nous nous étions retrouvées dans des facs différentes, mais la séparation semblait plus profonde maintenant que je savais qu'elle ne rentrerait jamais à la maison.

J'étais heureuse que Brooke ait trouvé son âme sœur, mais elle me manquait et son absence me paraissait si… définitive. Je n'avais sûrement jamais envisagé qu'elle puisse aller vivre ailleurs qu'à Citrus Beach.

Ma jumelle avait trouvé l'amour de sa vie à Amesport, dans le Maine.

Quant à moi, j'habitais toujours à Citrus Beach et j'étais à la fois sans emploi et célibataire.

C'était peut-être pour ça que je me sentais aussi délaissée.

J'avais beaucoup trop de temps libre en ce moment.

D'accord, après ma mauvaise expérience avec un tocard à la fac, j'étais méfiante chaque fois qu'un homme m'accordait de l'attention. Ça n'arrivait pas très souvent de toute façon, si l'on exceptait ceux qui voulaient se marier pour l'argent.

Je n'étais pas *vraiment* seule. J'avais trois grands frères qui vivaient près de chez moi et un frère cadet qui venait de terminer ses études de médecine et était actuellement en internat en dehors de l'État, mais ce n'était pas tout à fait la même chose que d'avoir Brooke à mes côtés.

Je suppose que j'avais toujours supposé que ma jumelle et moi finirions par vivre au même endroit une fois nos études terminées. Il y avait eu beaucoup plus de chances pour que je doive accepter un boulot en dehors de l'État ou même dans un autre pays.

Jamais je n'avais envisagé que ce soit Brooke qui aille habiter ailleurs.

— Tu devrais peut-être laisser une chance à Stone, suggéra Aiden.

— Il est trop… intense. En plus, tu sais qu'il fait tous ces trucs insensés. Il est réputé pour ses acrobaties ridicules.

Aiden haussa les épaules.

— Il a beaucoup de passe-temps. Bon sang, il est riche depuis qu'il est né, alors il s'ennuie peut-être.

— Il dirige un immense conglomérat international, rappe-lai-je à mon frère. Comment pourrait-il *s'ennuyer* ?

— Ce n'est pas un crime de s'amuser, Jade, répondit Aiden d'un ton sérieux. Nous ne sommes peut-être pas habitués à avoir du temps pour nous, mais c'est le cas de la plupart des gens. Je sais qu'on a tous dû travailler comme des dingues quand on était plus jeunes et que les temps étaient difficiles. Mais on n'est plus obligés de vivre comme ça, gamine.

J'ignorai ce surnom que mes grands frères avaient toujours employé pour nous qualifier, Brooke et moi. Pour être honnête, ils nous appelaient comme ça depuis si longtemps que cela me manquerait sûrement s'ils arrêtaient.

— Je me sens coupable parce que je ne suis pas en train de travailler en ce moment, lui avouai-je. C'est bizarre de savoir que quoi que je fasse, je resterai riche, à moins de faire un truc vraiment stupide. Je ne suis pas habituée à ça. Et toi ?

— Moi non plus. Je ne m'y habituerai sûrement *jamais*. Mais je ne me plains pas. Je n'avais pas vraiment envie de rester pêcheur commercial toute ma vie. Et maintenant, je n'ai plus besoin de l'être. Je préfère de loin être mon propre patron, même si je dois supporter la sale gueule de Seth tous les jours.

— Il dit la même chose sur toi, lui répondis-je.

— Quel crétin, lâcha Aiden d'un ton bourru.

Rien *n'obligeait* mes frères à travailler ensemble. Mais très franchement, je pense qu'ils seraient perdus l'un sans l'autre.

— J'aurais peut-être dû accepter l'un de ces emplois fédéraux de rang inférieur qu'on m'a proposés quand j'ai passé mon diplôme, dis-je. Je me sentirais peut-être un peu plus normale.

— Hors de question. Tu te retrouverais sûrement à travailler en dehors de l'État et aucun de ces postes n'était ce que tu voulais.

— Peut-être, oui. Mais c'est si bizarre de ne rien faire.

— Tu as ton organisation de bienfaisance. Et tu viens tout juste de terminer ton stage, répliqua-t-il. Tu as toujours tes cours de survie pour t'occuper.

— Mes capacités en survie ne sont qu'un hobby, Aiden. Je veux une vraie carrière où je pourrais faire une différence. Je vais continuer de faire du volontariat parce que toutes les expériences que je pourrais avoir auront de l'importance. Mais je veux me trouver un emploi dans la conservation, même si je dois commencer tout en bas de l'échelle.

— Tu ne t'es pas encore fait un nom, Jade. Un jour, tu seras si occupée que tu ne demanderas qu'à faire une pause. Ne précipite pas les choses. Tu n'as plus besoin de te tuer à la tâche. Savoure un peu ça. Profite de cette opportunité de prendre un peu de recul. Nous n'avons jamais bénéficié de ça quand on était plus jeunes.

— Tu es bien placé pour dire ça, répliquai-je. Je ne crois pas que Seth et toi ayez ralenti du tout.

— C'est un flemmard, répondit Aiden. Si je le laisse ralentir le rythme, il ne reprendra jamais une cadence normale.

J'éclatai de rire. Il n'y avait pas une grande différence d'âge entre Aiden et Seth et ils étaient presque toujours fourrés ensemble. Mais ils adoraient s'asticoter l'un l'autre.

— Comment ça se passe pour vous ?

Notre frère Seth travaillait dans le bâtiment avant qu'on hérite d'une fortune. Il avait bossé de longues heures harassantes pour remplir nos assiettes et, en passant, avait étudié toutes les facettes du métier du bâtiment et de l'immobilier. De ce que je pouvais en dire, ils avaient rapidement commencé à se faire un nom en tant que constructeurs fiables.

— Bien, répondit-il. On cherche de plus gros projets maintenant. On hésitait à s'impliquer dans un truc trop gros avant d'avoir plus d'expérience. Mais ça bouge pas mal ces derniers temps. Pour l'instant, je pense qu'on va se satisfaire de se donner pour objectif de devenir un géant de l'immobilier. Après ça, on verra.

J'étais si heureuse de voir mes frères comblés. Les trois plus âgés d'entre nous avaient travaillé si dur pour nous aider, Brooke, Owen et moi, à aller à la fac. Ils méritaient tout ce qui leur arrivait aujourd'hui.

— J'en suis ravie, lui dis-je à voix basse.

— Eh, ça te dit qu'on mange une pizza en regardant un film ? Je n'ai pas envie de faire la cuisine.

— Tu ne fais jamais la cuisine, lui rappelai-je.

Le plus souvent, Seth et lui finissaient leur journée chez moi en quête de nourriture. J'étais certaine qu'aucun d'eux n'allait jamais au supermarché.

— Et j'aimerais beaucoup, continuai-je, mais je ne peux pas. J'ai un séjour d'une nuit de prévu demain, pour un cours de survie basique. Je vais devoir me lever très tôt.

J'étais passionnée de survie primitive depuis des années et je donnais des cours pour partager mes connaissances. Mes cours sur deux jours commençaient tôt.

— Tant pis pour toi, répondit Aiden. Je comptais proposer de payer.

Je ris et c'était exactement ce que voulait mon frère.

— Ça craint, répondis-je. Je déteste vraiment l'idée de rater une pizza gratuite.

Pour être honnête, aucun de nous ne savait trop comment se comporter maintenant que nous avions les poches pleines. Nous pouvions nous permettre de manger où nous voulions sans jamais manquer d'argent.

— Cette histoire de milliardaire est encore bizarre, hein ? l'interrogeai-je. Je me réveille encore tous les matins en me demandant si tout ça n'était pas qu'un rêve étrange.

— Et ensuite, tu sors de ton lit et tu te rends compte que tu vis dans une maison sur la plage déjà payée entièrement, sourit Aiden en se levant. C'est bizarre, mais de manière positive.

Il prit sa bouteille d'eau et ajouta :

— Je vais peut-être aller voir ce que font Noah et Seth puisque tu refuses mon offre généreuse de te payer à dîner. Mais je suis sûr que Noah refusera de s'accorder un peu de temps libre. Il travaille trop.

— Essaie de l'arracher à son ordinateur, lui demandai-je.

Le plus âgé de mes frères travaillait trop, c'était vrai. Ça avait toujours été comme ça. Il était responsable de tous ses frères et sœurs, et je ne me souvenais pas avoir jamais vu Noah faire autre chose que travailler comme un dingue pour s'assurer qu'on ait à manger dans nos assiettes et qu'on soit en bonne santé.

— Je vais lui botter les fesses, répondit Aiden avec un signe de tête.

Puis il ouvrit le portail de la piscine et sortit. Je regardai mon frère traverser la plage, sûrement en chemin vers la maison de Noah à en juger la direction qu'il avait prise.

Je poussai un soupir dès qu'Aiden fut hors de vue et me demandai si j'étais la seule à être incapable de profiter de l'argent dont j'avais hérité.

À ce jour, je semblais être la seule à avoir encore du mal à accepter l'idée que nous soyons tous soudain devenus des milliardaires de manière invraisemblable. Je ne savais pas comment laisser mon ancienne vie derrière moi.

CHAPITRE 2

Jade

Le lendemain matin, je me demandais encore comment une famille aussi pauvre que la mienne avait pu se retrouver soudain avec autant d'argent à sa disposition.

Je me levai avant le lever du soleil, jetai tout ce dont j'avais besoin dans un sac à dos et pris la route pour un trajet de quarante-cinq minutes vers l'arrière-pays.

L'histoire de ma famille était à la fois alambiquée et très simple. Tous mes frères, ma sœur et moi avions le même père que la puissante et ultra-riche famille Sinclair de la côte Est. Mais jusqu'à très récemment, nous n'étions pas au courant.

Je ralentis ma Jeep en quittant la route principale.

Je m'engageai sur une route escarpée qui menait à la petite cabane située sur la propriété. La structure rustique comportait assez de lits de camp pour tout le monde, mais les étudiants avaient la possibilité de monter des tentes ou de construire leur propre abri s'ils le voulaient.

Après avoir garé ma Jeep, je déchargeai une partie de mes provisions et vérifiai l'état de la cabane. Même si j'encourageais la cueillette et la pose de pièges, je m'assurais toujours d'apporter assez de nourriture de base pour éviter que les étudiants meurent de faim.

Je m'assis sur les marches en bois et pris une grande inspiration. Le son des oiseaux et la sensation de la brise légère qui me caressait la peau me détendirent.

J'ouvris le livre que j'avais apporté, le dernier roman de mon auteur de romance érotique préféré. Ces lectures faisaient partie de mes plaisirs secrets, peut-être parce que je ne m'étais jamais sentie submergée de désir pour un homme, mais que j'adorais lire des histoires qui parlaient de ça.

J'étais quelqu'un de très réaliste, mais j'adorais fantasmer sur des hommes sexy et capables de me faire perdre la tête.

Mis à part avec un petit ami à la fac, qui s'était servi de moi pour obtenir son diplôme avant de disparaître sans un mot, je n'avais jamais eu de relation sexuelle.

Pour être honnête, j'étais loin d'être dingue de mon ex. Mais j'aimais croire que l'amour et le désir existaient.

Brooke m'avait toujours accusée d'être une romantique qui s'ignore. Et elle avait peut-être raison. En tant que scientifique, ça n'avait pas vraiment de sens de croire aux âmes sœurs, à l'amour et au désir débridé. Mais je ne pouvais m'empêcher d'avoir envie de croire que ça existait malgré tout.

C'était ce qu'avait trouvé ma jumelle et Brooke méritait l'amour qu'elle éprouvait pour Liam. Sa capacité à prendre soin des autres était infinie.

Un soupir s'échappa de ma bouche alors que je me mettais à lire la scène où je m'étais arrêtée la dernière fois que j'avais lu.

C'était une scène sexy.

Sensuelle.

Et même si le héros masculin était parfois un alpha détestable, j'adorais cette façon qu'il avait de vouloir tout donner à sa femme, la protéger de tout ce qu'il y avait de mauvais en ce monde. Il était incroyablement dévoué à la femme qu'il aimait.

Je marquai une pause après avoir fini de lire la scène et me demandai s'il existait un seul homme sur Terre capable d'être à ce point impliqué dans le plaisir d'une femme. Je savais que le seul mec dans ma vie ne l'était *pas du tout*. En fait, il se contentait d'en finir aussi vite que possible, autrement dit quand il avait atteint l'orgasme.

Je doute que la plupart des hommes se soucient de savoir si la femme a joui.

Mais je n'avais pas envie de me défaire de ce fantasme.

D'accord, je pouvais me débrouiller, et alors ?

Une petite partie de moi avait envie d'un homme qui puisse… prendre soin de moi.

— Salut, Jade, lança une douce voix de baryton au-dessus de moi.

La voix grave me surprit tellement que je refermai instinctivement mon livre d'un geste vif.

J'avais beau adorer les romances torrides, je ne le criais pas non plus sur tous les toits, sauf quand je parlais à mes amies qui lisaient le même genre de livres.

Malheureusement, j'étais si accaparée par ce conte de fées sexy que je n'avais pas entendu le premier étudiant arriver.

Je levai une main pour m'abriter les yeux du soleil et levai la tête, curieuse, parce que cette voix m'était familière. Mais j'étais certaine de n'avoir entendu cette voix onctueuse de baryton que dans mon imagination, tout ça parce que j'avais fantasmé sur Eli Stone.

Mon cœur rata un battement quand mes yeux se posèrent sur le visage à qui appartenait cette voix masculine sexy.

C'était *bien* Eli Stone et je le regardai bouche bée comme une idiote parce que je n'arrivais pas à me faire à l'idée qu'il puisse être ici, au *beau milieu de nulle part.*

Je m'empressai de me lever parce que je me sentais désavantagée tant que j'étais plus bas que lui. Mais le changement de position n'arrangea pas vraiment les choses. J'étais de taille moyenne et Eli Stone était tout en muscles ; large, grand et très intimidant, même s'il était habillé de manière décontractée, d'un jean et d'un t-shirt qui ne faisait que souligner ses muscles et d'une paire de bottes de randonnée.

L'espace d'un instant, mon regard fut attiré par les spirales sombres et les angles aigus du tatouage tribal qui recouvrait son bras gauche et se terminait au niveau de son poignet. Le dessin était d'un noir frappant, comparé à sa peau bronzée et la férocité du motif me laissait sans voix.

Je n'étais pas spécialement fan des tatouages et j'avais déjà vu celui d'Eli très souvent sur des photos, mais quelque chose dans ce dessin faisait remonter mon cœur dans ma gorge. Il avait quelque chose de sauvage, mais pour une raison que je n'aurais su expliquer, il ne me faisait ressentir que… de la tristesse.

— Qu'est-ce que vous faites ici ? finis-je par demander d'une voix hésitante en reportant mon regard sur son visage.

Il croisa ses bras musclés devant lui et répondit :

— Vous n'aviez pas l'air de vouloir venir me voir, alors je suis venu à vous. Je suis votre étudiant pour les trente-deux prochaines heures, Jade.

J'avais beau ne pas beaucoup apprécier Eli Stone, cela ne m'empêcha pas de trouver sa présence un peu déstabilisante.

OK, peut-être plus qu'un peu.

Cela faisait si longtemps que je ne l'avais plus revu en personne que j'avais commencé à me dire que j'avais surestimé la tension qui s'était accumulée entre nous dans son bureau.

Il s'avérait que non.

Mon corps était crispé rien qu'à sa proximité et la conscience aiguë de mon propre corps que je ressentais en le regardant était très, très réelle.

Ces sensations étaient si puissantes que je ne pouvais me concentrer sur rien d'autre à part lui.

Je ne comprenais pas.

Mais je le *ressentais* sans conteste.

Cette même attirance inconfortable et puissante contre laquelle j'avais déjà lutté dans son bureau plusieurs mois plus tôt.

Je déglutis alors que mon cerveau cherchait un moyen de me débarrasser d'Eli Stone avant que je passe pour une parfaite idiote.

CHAPITRE 3

Eli

J ade Sinclair ressemblait à un lapin pris dans les phares d'une voiture et je sentais la panique qui l'avait envahie.

Bizarrement, je n'avais pas vraiment envie qu'elle se sente intimidée par moi. C'était loin d'être le cas quand nous nous étions rencontrés dans mon bureau.

Était-ce parce que nous étions seuls au milieu de nulle part ?

Quelque chose me disait que ce n'était pas ça, vu qu'elle venait régulièrement ici avec des gens qu'elle ne connaissait pas.

Pourquoi est-ce qu'elle a si peur de moi ?

D'accord, je lui avais menti dans mon bureau quand j'avais dit que je voulais juste savoir pourquoi elle tenait à acheter un terrain qui ne valait presque rien. Mais la vérité, c'était que j'étais intrigué par sa personnalité et ses capacités depuis longtemps.

L'une de mes connaissances de fac, aussi passionnée d'aventures que moi, avait suivi l'un des cours de survie avancés de Jade et elle m'avait parlé d'elle.

Elle avait une certaine réputation aux alentours de San Diego en tant que l'une des meilleures survivalistes du coin.

Quand j'avais eu l'opportunité de la voir en personne, je l'avais saisie.

Oui, j'étais curieux de savoir pourquoi elle convoitait cette propriété dénuée de valeur. Mais ce n'était pas ma motivation principale.

Malheureusement, j'avais dû gérer une crise juste avant son rendez-vous et j'avais été obligé de la faire attendre.

J'étais loin de vouloir retarder le rendez-vous, mais j'étais aux prises avec un problème qui aurait pu faire perdre leur emploi à un tas de gens, alors je n'avais pas eu le choix.

J'étais soulagé qu'elle soit encore là une fois la crise passée. Plutôt que de parler de survie extrême avec elle, j'avais eu l'impression de recevoir un coup de poing à l'estomac en découvrant la femme la plus belle, posée, franche et tout à fait irrésistible qui n'ait jamais croisé ma route.

Elle ne ressemblait pas du tout à ce à quoi je m'attendais.

Mais elle n'en était pas moins tout ce dont j'avais envie.

Vu que j'étais un amateur en matière de survie, je m'étais demandé si je pourrais la persuader de m'apprendre tous les petits trucs que j'ignorais. Je ne disposais pas de beaucoup de temps, alors je comptais la convaincre de m'enseigner les spécificités de manière à me faire gagner du temps.

Contrairement à ma connaissance qui avait suivi son cours, je n'étais pas du tout intimidé à l'idée qu'une femme en sache plus que moi en matière de survie.

En fait, cela… m'intriguait.

Le problème, c'était que je ne m'attendais pas à être attiré par elle.

Pour une raison inconnue, j'avais envie de Jade Sinclair plus que je n'avais jamais eu envie de mettre la moindre femme dans mon lit.

Et j'étais déterminé à obtenir ce que je voulais.

Je devais l'avoir pour me la sortir de la tête. J'en avais marre de penser tout le temps à elle au point que cela m'empêchait de dormir et de me concentrer sur le boulot. Mon sexe était dressé en permanence tant elle était devenue une obsession pour moi.

Malheureusement, il s'était avéré impossible de la convaincre de passer un peu de temps avec moi, mais je n'étais pas du genre à admettre la défaite.

— Vous devez partir, finit-elle par dire. Ce cours est complet.

— Je sais, répondis-je. J'ai acheté toutes les places il y a plus d'un mois et j'ai aussi fait une donation généreuse à SWCF. Elle devrait être virée aujourd'hui.

La stupéfaction qui se peignit sur son visage était adorable. Je savais que je devais arrêter de la provoquer, mais je ne pouvais m'en empêcher.

J'avais envie d'elle.

Et je ne perdais jamais une négociation ou une compétition quand j'avais vraiment envie de gagner.

Même si j'étais né riche, l'empire que j'avais créé après la mort de mon père deux ans plus tôt n'était dû qu'à ma détermination acharnée. Quand je devais marchander, je ne lâchais jamais le morceau.

Et pour obtenir ce que je voulais de Jade, j'étais prêt à poser tout ce que j'avais sur la table.

— Je refuse de faire ça, dit-elle en levant le menton. Vous allez traiter ce cours comme une blague, et c'est quelque chose d'important pour moi.

— Pas même pour une donation à sept chiffres pour votre œuvre de bienfaisance ? m'enquis-je.

Oui, je me sentais un peu con d'essayer de l'appâter avec de l'argent. Mais sa passion pour la faune sauvage était clairement un facteur de motivation pour elle et j'étais prêt à utiliser toutes les faiblesses que je pourrais tourner à mon avantage.

Sa mâchoire se décrocha presque de surprise.

— Vous avez donné autant à SWCF ? Pourquoi ?

— Comme vous l'avez dit vous-même, c'est important à vos yeux.

— Vous auriez pu vous contenter de me faire don de la terre que je veux récupérer, remarqua-t-elle d'un ton suspicieux.

Je secouai la tête avec regret.

— Je ne peux pas faire ça, Jade. Et ce n'est pas une blague. L'un de mes amis a suivi l'un de vos cours avancés. Il a chanté vos louanges, même s'il s'est senti un peu intimidé à l'idée qu'une femme lui apprenne des trucs. J'ai été impressionné. J'aurais bien besoin de quelques talents en survie. J'ai beaucoup de hobbies qui pourraient me faire me retrouver dans une situation à laquelle vous pourriez m'apprendre à survivre.

OK. C'était peut-être un peu des conneries, vu que j'avais déjà quelques connaissances basiques en survie, à cause des défis extrêmes que je relevais de manière régulière. Mais je devais en appeler à son sens de l'équité. Et pour être franc, Jade pourrait m'en apprendre bien plus que ce que je savais déjà.

Elle était intelligente, jolie et n'avait peur de rien à en croire les histoires que j'avais entendues.

Elle était peut-être un défi à relever à mes yeux, mais elle était aussi plus que ça.

Ces dernières années, très peu de choses avaient réussi à m'intriguer. Jade y était parvenue. Et une fois ma curiosité piquée, il n'y avait plus de retour en arrière.

J'avais envie d'apprendre à la connaître, presque autant que j'avais envie de la baiser, et c'était nouveau pour moi.

— Je ne suis peut-être pas si douée que ça, rétorqua-t-elle. Mais je vous enseignerai ce que je peux puisque vous semblez ressentir le besoin de passer à la télévision toutes les semaines et que je suppose que vous n'êtes pas près d'arrêter ces défis ridicules.

Seigneur, elle est bornée, mais ça me plaît.

Jade était une femme pleine d'ardeur. Elle n'avait jamais rencontré personne qui soit capable d'attiser les flammes et j'étais déterminé à être l'homme qui le ferait.

Elle me rappelait un beau papillon qui luttait encore pour sortir de son cocon. Elle avait clairement quelques difficultés émotionnelles, mais j'étais mal placé pour l'en blâmer, vu que j'étais plus perturbé qu'elle ne le serait jamais.

— Je ne ressens aucun *besoin* de passer à la télévision, protestai-je.

— Pour quelqu'un qui affirme ne pas chercher à attirer l'attention, vous en recevez beaucoup, grommela-t-elle.

Elle avait raison. J'étais reconnu à l'internationale. J'avais fait un tas de trucs dingues que la plupart des gens n'auraient jamais accepté de faire.

— C'est toujours pour la bonne cause. La plupart des événements que j'organise le sont pour des œuvres de bienfaisance.

— Et l'entreprise de fusées ? demanda-t-elle en haussant un sourcil.

— J'ai fait ça pour moi et, avec un peu de chance, ça bénéficiera un jour aux générations futures. Mais cet endroit est en grande partie destiné à la recherche et au développement. Nous avons besoin de meilleurs dispositifs et équipements avant de pouvoir faire des tests.

J'étais déterminé à ne plus lui mentir. Je sentais qu'elle appréciait bien plus mon honnêteté. Je n'étais pas très doué pour me montrer sincère, mais j'étais prêt à n'importe quoi pour mettre Jade dans mon lit.

Je la parcourus des yeux en commençant au sommet de sa tête couverte de cheveux noirs, dans une tentative pour déterminer ce qu'il pouvait bien y avoir de spécial chez cette femme, pour tendre à ce point mon sexe.

Jade avait une beauté naturelle qui m'avait captivé dès le premier regard. Sa masse de cheveux sombres et épais était attachée en queue de cheval à l'arrière de sa tête, mais cette simplicité rendait ses yeux bleus plus vifs. Son corps était galbé, mais en très bonne forme physique, et je me sentais bien plus attiré par cette silhouette que par celle de tous les mannequins élancés qui avaient pu me tenter par le passé.

J'aimais tout ce qui la composait, même son caractère entêté.

— Je ne compte pas y aller doucement avec vous, m'avertit-elle.

Seigneur ! J'étais certain que Jade pourrait faire à peu près tout ce qu'elle voulait de moi, et je trouvais cela assez déroutant.

J'aimais garder le contrôle.

J'avais besoin de ça.

Et pourtant, quelque chose chez cette femme me donnait envie de jeter mon besoin de maîtrise de soi par la fenêtre.

Il est temps de partir en vrille !

Je grimaçai quand cette pensée involontaire traversa ma tête.

Même si je n'arrêtais pas de faire des trucs que certains prenaient pour les pitreries d'un mec riche hors de contrôle, personne ne savait qui j'étais vraiment au-delà de tout ça.

J'étais quelqu'un de rigoureux.

De prudent.

Je planifiais toujours tout à l'avance.

Je n'étais pas vraiment du genre à prendre des risques au fond. J'étais juste assez assuré pour savoir ce que je pouvais faire ou ne pas faire.

J'avais peut-être besoin de cette maîtrise de soi pour compenser ma part de folie et je faisais tout le nécessaire pour rester sain d'esprit.

— Je l'espère bien, répondis-je.

— Quelle est votre expérience en termes de survie ?

Je haussai les épaules.

— J'ai survécu dans un monde rempli de requins des affaires.

Elle secoua la tête.

— Ce n'est pas ce que je voulais dire et vous le savez.

— Elle n'est pas aussi grande que la vôtre, avouai-je. Mais je suis quelqu'un de plutôt débrouillard. J'aime travailler de mes mains.

Je vis une brève hésitation dans ses yeux, mais elle la dissimula bien vite. Tentait-elle de décider s'il y avait un sous-entendu grivois dans mes paroles ?

C'était le cas.

Mais elle tentait clairement de laisser couler, vu qu'elle n'était pas tout à fait sûre.

Derrière cette façade impétueuse, je voyais qu'elle était vulnérable. Elle était sûrement beaucoup trop naïve à un certain niveau, mais ça me plaisait assez, ça aussi.

Pour une raison que je n'aurais su expliquer, je n'aimais vraiment pas ce petit jeu auquel nous devions jouer à cet instant. Même s'il fonctionnait très bien pour les affaires, je n'aimais pas voir cette lueur de méfiance dans ses beaux yeux quand elle me regardait.

Elle était sur la défensive et je ne pouvais lui en vouloir. Pour être honnête, mon beau papillon devrait se mettre à courir aussi vite que possible pour m'échapper.

— En général, on commence par la cueillette et par chercher tout ce qui pourrait être utile pendant qu'on localise une source d'eau, expliqua-t-elle d'un ton prudent. Vous avez apporté les objets requis pour le cours ?

— Oui. Juste ici, répondis-je en soulevant mon sac à dos.

— Vous avez regardé ce qu'il y avait dedans ?

— Non, admis-je. Mon assistant a tout préparé pour moi. J'avais un emploi du temps serré.

— La première règle en survie… c'est de tout vérifier soi-même. Personne ne se soucie plus de votre vie que vous.

OK. Je pouvais faire ça. En général, c'était ce que je faisais parce que j'étais assez perfectionniste. Personne ne se souciait plus de mon conglomérat que moi, alors je m'impliquais à tous les niveaux.

— Vérifiez vos affaires et laissez votre sac à dos à l'intérieur, continua-t-elle. Ensuite, on se mettra en route.

Je rentrai sans protester parce que tout ce qu'elle m'avait dit était parfaitement logique.

Je souriais alors que je passais en revue les objets préparés pour moi. Jade était autoritaire et ressemblait un peu à un charmant petit sergent instructeur quand elle était dans son élément.

Je fronçai soudain les sourcils en réalisant que même ça, ça m'excitait.

CHAPITRE 4
Jade

Quelques heures plus tard, je commençais à réaliser qu'Eli possédait quelques compétences basiques.

Il avait étudié le terrain et s'était servi des signes de base pour trouver un petit ruisseau où nous avions rempli nos bouteilles d'eau. Nous devions encore la faire bouillir, mais Eli avait réussi à mettre ses connaissances à profit pour la trouver.

Avec réticence, je dus admettre qu'il était vraiment intéressé par la survie en nature.

Je lui avais enseigné quelques compétences avancées comme la manière de faire un puits souterrain s'il n'arrivait pas à trouver de source d'eau, ainsi que quelques autres manières d'obtenir de l'eau potable selon les climats.

Il avait écouté et cela avait fait s'apaiser un peu l'irritation que j'éprouvais.

Je m'étais attendue à ce qu'il se moque de tout ce que je dirais ou de ce que j'essaierais de lui apprendre. Au lieu de ça, il avait fait tout le contraire. Eli Stone semblait absorber les connaissances comme une éponge et il m'avait posé un tas de questions intelligentes.

— Qu'est-ce que c'est que ça ? demanda-t-il en s'arrêtant sur le chemin de randonnée que nous suivions pour retourner au camp.

Je m'arrêtai à côté de lui et lui pris la main alors qu'il s'apprêtait à toucher l'arbuste fruitier.

— Attention, l'avertis-je en serrant ses doigts. Ces buissons sont très épineux. Ce sont des pruniers du Natal et le fruit rouge est comestible, mais les tiges et les feuilles sont toxiques.

Je lui lâchai la main et cueillis l'un des fruits rouge vif sur l'arbre. Je sortis mon couteau de son étui accroché à ma ceinture et coupai avec prudence une portion comestible pour la lui tendre.

Je souris quand il la mangea sans hésiter, accordant une confiance totale à mon savoir. Je jetai un morceau de fruit dans ma bouche.

Plutôt que de me casser les pieds comme je m'y attendais, Eli s'avérait un étudiant modèle et j'étais intriguée par les connaissances déjà stockées dans sa tête. J'étais loin de le considérer comme un *type bien*, mais il n'était pas aussi désagréable que je le croyais.

Malheureusement, la tension sexuelle était constante dans l'air, ce qui rendait parfois la situation inconfortable.

Si je n'étais pas à ce point attirée par lui, je pourrais sûrement apprécier sa compagnie.

— Ça a un peu le goût de canneberge, dit-il après avoir dégluti.

Je hochai la tête.

— Doux et amer.

— Je trouve ce parfum très tentant, ces derniers temps, fit-il remarquer en m'adressant un sourire.

La chair de la prune se coinça presque dans ma gorge, mais je me forçai à la faire descendre. Je savais qu'il jouait toujours à son jeu du chat et de la souris et que c'était de moi qu'il parlait en disant qu'il était attiré par le doux et l'amer. Malheureusement, ses paroles conjurèrent aussitôt une image très réaliste dans ma tête.

Qu'est-ce que ça ferait d'être dévorée par Eli Stone ?

Je n'avais pas envie de voir des images de cette idée invraisemblable défiler dans ma tête, mais je me trouvais incapable de garder le contrôle de mes pensées dévoyées.

Je m'occupai en nettoyant mon couteau sur les feuilles les plus proches, puis je rangeai la lame dans son étui.

— On ferait mieux d'y aller, dis-je, un peu essoufflée.

— Attendez, lança Eli.

Il me prit le bras pour m'arrêter, puis me poussa délicatement contre un arbre et ajouta :

— Je sais que tu ne veux pas admettre ce que nous ressentons tous les deux en ce moment, Jade. Tu ne veux pas parler de cette attirance entre nous. Mais est-ce qu'on peut simplement l'admettre une bonne fois pour toutes, histoire que tu cesses de te montrer si suspicieuse quant à mes motivations, papillon ?

— Je ne suis pas un papillon, répliquai-je d'un ton indigné.

Me prenait-il vraiment pour une petite chose fragile qui n'avait rien de mieux à faire à part voler d'un coin à l'autre ?

— Tu es un papillon, me contredit-il. Et je pense que tu es plus que prête à sortir de ton cocon pour t'envoler, mais que tu n'as pas encore trouvé le moyen de quitter sa sécurité douillette.

Seigneur, ça correspondait presque exactement à ce que je ressentais et je trouvais ça assez terrifiant.

Mon corps réagit aussitôt à la proximité de son corps chaud, dur et musclé. Mon cœur rata un battement quand je levai la tête vers lui et lus la détermination farouche sur son sublime visage.

— Je ne vois pas ce que vous voulez dire, répondis-je d'un ton hésitant, même si ses paroles avaient trouvé un écho en moi.

S'il y avait bien une chose que je voulais éviter, c'était de laisser savoir à Eli que mon désir pour lui était presque incontrôlable. Si déchaîné que j'avais envie d'envoyer valser mes positions au sujet des aventures d'un soir, de sortir de mon cocon et de le laisser m'apprendre tout ce que j'avais envie de savoir s'agissant des relations sexuelles sexy, moites et orgasmiques.

Il m'emprisonna en plaçant ses bras forts de chaque côté de mon corps.

— Ce sont des conneries, Jade, et tu le sais. Mais tu n'as pas envie d'en parler, je vais le faire pour nous deux. Je n'ai pas peur d'admettre que j'ai envie de te baiser. Il n'y a pas un seul acte cochon que je n'aie pas envie de faire avec toi. Et ça me rend dingue.

La tension entre nous était électrique et son expression crispée reflétait mes propres frustrations.

Je bousculai son énorme torse.

— Je ne baise pas avec le premier homme séduisant que je vois. Je ne suis pas comme ça.

Il ne bougea pas, même quand je le repoussai aussi fort que je le pouvais.

— Alors, qu'est-ce que tu veux, Jade ? demanda-t-il d'une voix rauque. On est deux à ressentir ce désir. Je sais très bien que je ne suis pas le seul.

— J'ai envie de toi, laissai-je échapper quand nos regards se rivèrent l'un à l'autre. Tu es un homme attirant. Mais je ne t'aime pas.

Un éclat de satisfaction passa sur son visage.

— Tu ne me connais pas, répliqua-t-il.

Il avait raison. Mais il était hors de question que je me mette à apprécier Eli Stone. Si ça arrivait, je serais complètement fichue.

— Je suis ici en tant que ton professeur de survie. Je n'ai pas besoin de t'apprécier.

Il se pencha vers moi et pressa son corps contre le mien, son souffle chaud effleurant mon oreille quand il dit d'une voix basse et avide :

— Tu sais ce que je crois ? Je suis sûr que tu as envie d'un homme capable de t'apprendre des choses pour changer. Je crois que tu meurs d'envie d'avoir un homme qui puisse te faire ployer et ne plus te concentrer que sur le plaisir.

— C'est faux ! m'exclamai-je.

Je m'efforçai d'ignorer le plaisir que je ressentis quand il me mordilla l'oreille avant de lui donner un coup de langue.

Une chaleur s'accumula entre mes cuisses et mon cœur cognait dans ma poitrine alors qu'Eli s'écartait assez pour me regarder.

— Il n'y a rien de mal à vouloir être satisfaite, Jade. Tu devrais l'exiger.

Mes pensées tourbillonnaient dans ma tête alors que je tentais de déterminer comment Eli pouvait savoir d'instinct ce que je voulais.

J'avais peut-être vraiment envie d'être avec un homme que je n'aurais pas à craindre d'intimider.

Et bon Dieu, j'avais vraiment envie qu'il prenne le dessus sur moi, comme il le faisait déjà à cet instant.

— Tu as envie de moi, admets-le. Je le sais déjà, mais je veux l'entendre de ta bouche, dit-il d'un ton persuasif.

Je le fusillai du regard, même si mon corps me suppliait de laisser Eli faire tout ce dont il avait envie.

— Tu rêves. Je refuse de caresser ton ego dans le sens du poil. Je ne vais pas céder à un accès de désir insensé que je n'arrive pas à comprendre. Ça ne me rendrait jamais heureuse.

OK. Ça assouvirait peut-être temporairement mon désir, mais je savais que je le regretterais si je laissais Eli me mettre dans son lit pour un coup d'un soir.

Il sourit, un sourire malicieux et sensuel qui fit hurler mon corps.

— Je pense que ça te rendrait extrêmement heureuse, me contredit-il. Et la dernière chose que j'aie envie que tu caresses, c'est mon ego. Je veux juste que tu admettes que tu ressens la même chose que moi. Je sais comment satisfaire une femme, Jade. Et je pourrais te combler au point que tu n'oublierais jamais cette expérience. Laisse-moi une chance de te montrer comme tu pourrais être extatique après être passée dans mon lit.

J'ouvris la bouche, mais oubliai tous les mots que j'avais voulu prononcer quand Eli baissa la tête et posa les lèvres sur les miennes.

L'espace d'un instant, je me laissai aller dans cette étreinte dont j'avais tant envie, m'ouvrant à lui avec un gémissement alors que son baiser sensuel me consumait.

Il avait raison.

J'en avais envie.

J'avais envie de lui.

J'avais envie qu'il prenne le contrôle de manière à ce que je ne ressente plus rien d'autre à part le plaisir qui parcourait mon corps. Je voulais profiter de la sensation de sa bouche en train de dévorer la mienne.

Eli ne faisait rien à moitié et cela s'appliquait aussi à la façon dont il embrassait. Son étreinte était à couper le souffle. Et sûrement addictive.

Il leva la tête, ce baiser n'étant rien de plus qu'un aperçu de ce qui pourrait se passer si je prononçais le mot qu'il attendait.

Oui.

— Lâche-moi, dis-je en poussant à nouveau son torse. Je ne veux pas être dominée.

— Je ne veux pas te dominer, répondit-il d'une voix râpeuse. Je veux être l'homme en qui tu accorderas ta confiance pour prendre soin de tes besoins.

Il fit un pas en arrière et je m'empressai de me remettre à marcher sur le chemin, Eli sur les talons.

Ma respiration était saccadée et je dus m'arrêter un instant pour faire entrer et sortir l'air de mes poumons.

Eli vint se placer devant moi.

— Je ne veux pas te faire de mal, Jade. Je n'ai jamais voulu ça. Je ressens la même chose que toi.

Je levai les yeux vers lui.

— Nous ne sommes pas obligés de donner suite à ce désir. À quoi ça servirait? Tout ça pour un petit soulagement temporaire? Je peux m'occuper de ça toute seule.

Jamais de ma vie je n'avais évoqué le fait de me masturber devant un homme, mais Eli me donnait l'audace de dire des choses que je n'aurais jamais osé dire.

Pour être honnête, je ne me masturbais même pas si souvent que ça. J'étais toujours si épuisée après l'école et le boulot que je profitais de la majeure partie de mon temps libre pour dormir.

— J'aimerais bien regarder, répondit-il. Et ensuite, je pourrais te montrer ce que ça fait vraiment de faire des trucs coquins.

— Tu pars du principe que je ne le sais pas déjà.

Il secoua la tête.

— J'en suis persuadé.

Comment il sait, bon sang ?

En vérité, je n'avais aucune idée de comment faire des trucs coquins. Mais zut, Eli me donnait envie d'explorer toutes ces options.

Mon désir pour lui me terrifiait et je n'aurais su expliquer pourquoi. Beaucoup de femmes étaient parfaitement capables de sauter dans le lit d'un homme rien que pour satisfaire un besoin qui les démangeait. Et Eli Stone était bien plus qu'une démangeaison. Il était une véritable éruption cutanée que j'avais besoin de gratter jusqu'à ce que ma peau soit à vif.

— Laisse tomber, insistai-je. Je ne saute pas avec les hommes pour m'en aller sans un regard en arrière. Ce n'est pas mon genre.

Je me détournai et repartis vers le camp.

— Je ne te laisserais jamais t'en aller, si tu disais oui, Jade, m'avertit Eli tout en m'emboîtant le pas. Aucun de nous ne se satisfera d'un coup d'un soir. J'aurais besoin d'être en toi encore et encore pour réussir à te sortir de ma tête. Un simple avant-goût ne suffirait jamais, pour toi comme pour moi.

— Si tu n'arrêtes pas ça tout de suite, je coupe court à ce séjour, lançai-je d'un ton désespéré.

Bordel de merde ! Eli devait vraiment la fermer avant que je fasse quelque chose que je regretterais à coup sûr.

Le sexe n'était pas quelque chose de désinvolte pour moi.

Je n'avais jamais été qu'avec un seul homme.

Et je savais que je me haïrais si je cédais à Eli Stone.

Le problème, c'était que je risquais aussi de finir par le regretter si je ne faisais pas l'expérience de ce que cet homme pouvait m'offrir, ne serait-ce qu'une fois.

Finirais-je par regretter de ne pas avoir découvert ce que ça faisait, de connaître le genre d'orgasme à couper le souffle que je savais Eli capable de me donner ?

Il garda le silence alors que nous marchions et je ne me faisais pas assez confiance pour prendre la parole alors que nous retournions au camp.

Quand nous arrivâmes enfin, mon cerveau fonctionnait à nouveau.

Au fond de moi, je savais que je n'avais pas réellement peur de connaître une aventure avec un homme qui ne m'apporterait que du plaisir.

Ce qui me terrifiait, c'était l'idée de ne plus jamais être la même une fois que cette passade prendrait fin.

CHAPITRE 5

Jade

Plus tard ce soir-là, je me rendis compte qu'il y avait un avantage au fait qu'Eli ait acheté toutes les places de mon cours : nous nous retrouvions avec une large quantité de biscuits à la guimauve, vu qu'il n'y avait aucun autre étudiant à nourrir.

Eli n'avait plus reparlé de notre dilemme personnel et je m'étais bien gardée de l'y encourager. En fait, j'avais été soulagée quand il m'avait interrogée sur les autres méthodes permettant de faire du feu quand aucun combustible n'était disponible.

Je lui avais appris comment fabriquer un foret à archet et un foret à main. De manière surprenante, il avait réussi à créer des braises avec les deux. Quand nous terminâmes cet exercice, c'était l'heure du dîner.

Vu qu'il ne s'agissait que d'un cours pour débutants d'une nuit, j'avais apporté des hot-dogs et des biscuits à la guimauve pour le repas.

— Le mien est cuit, dis-je en regardant mon marshmallow prendre une jolie couleur brune.

Eli émit un petit rire et me tendit les biscuits et le chocolat.

— Tu aimes manger, remarqua-t-il d'une voix amusée. Je crois que tu es la femme la plus étonnante que j'aie jamais rencontrée.

Oui. D'accord. Il était vrai que j'avais avalé plusieurs hot-dogs avant de m'attaquer aux biscuits à la guimauve. J'avais arrêté de compter combien j'en avais mangé au bout d'un moment.

Je tournai la tête et lui lançai un regard noir. Nous avions allumé un bon feu et je voyais la lueur d'amusement dans ses yeux.

Je haussai les épaules.

— J'aime manger, c'est vrai. Je n'ai jamais été le genre de femme à pouvoir se contenter d'une salade et d'une bouteille d'eau. Et je brûle beaucoup de calories. Mais qu'est-ce que ça a d'aussi bizarre ?

D'une main experte, je glissai mon marshmallow entre deux biscuits pour faire fondre le chocolat. Quand tout fut en place, j'écrasai un bon coup la friandise entre mes doigts.

J'étais accroupie devant le feu et je laissai tomber mes fesses sur le sol à côté de lui. J'avais remarqué qu'Eli pouvait engloutir bien plus de nourriture que moi et ce n'était pas peu dire.

— J'ai quatre frères, dis-je comme si cette déclaration expliquait tout. Ils adorent tous manger, mais à une époque nous n'avions pas assez d'argent pour tous manger à notre faim. Maintenant que j'ai l'argent nécessaire, je crois que je rattrape le temps perdu.

— Qu'est-ce que vous faisiez quand vous ne pouviez pas tous manger à votre faim ? demanda-t-il.

— On survivait. On se rationnait jusqu'à pouvoir obtenir l'argent nécessaire pour refaire des courses.

Je croquai une grosse bouchée de mon biscuit refroidi et fermai les yeux quand le goût sucré explosa sur ma langue.

Après avoir été si longtemps pauvre et affamée, j'appréciais sûrement bien plus la nourriture que la plupart des gens.

— Qu'est-ce qui est arrivé à tes parents ? demanda-t-il d'une voix rauque.

J'ouvris les yeux et me rendis compte qu'il me regardait avec attention. Je déglutis et répondis :

— Ma mère est morte quand nous étions jeunes. Noah avait à peine fini le lycée, mais il a quand même réussi à s'occuper de nous tous. Nous n'avons jamais vraiment connu mon père.

J'avais encore du mal à parler de l'homme qui nous avait engendrés. Nous avions appris à connaître notre père à travers Evan et ses frères et sœurs et il n'y avait rien de positif à retenir. C'était un homme méchant et abusif et je m'étais estimée chanceuse qu'il n'ait jamais passé beaucoup de temps avec nous.

Après avoir avalé le reste de mon dessert, je léchai mes doigts jusqu'à ce qu'ils ne soient plus collants.

Quand je levai la tête, je vis l'expression vorace sur le visage d'Eli.

Je lui tendis la boîte de biscuits et le chocolat.

— Tu en veux encore ?

— Non, répondit-il en secouant la tête.

La tension entre nous était encore là, mais la gêne s'était apaisée pendant un moment alors que je lui apprenais de nouvelles compétences. Maintenant, elle était de retour en force.

Je détournai les yeux de lui, incapable de soutenir son regard sans être envoûtée par son charme.

— Alors, tu vas m'expliquer comment tu t'es retrouvée à partager le même père que les Sinclair de la côte Est ? demanda-t-il d'une voix rocailleuse.

Je laissai échapper un petit soupir, soulagée qu'il s'efforce au moins de faire la conversation comme si tout était normal.

— Seulement si tu sais garder un secret. Ce n'est pas comme si on le cachait et ce n'est en rien notre faute, mais les ragots ont tendance à échapper à tout contrôle. Tous les types de Citrus Beach essaient déjà de sortir avec moi parce que j'ai de l'argent et quelques journalistes se sont mis à me harceler pour que je leur raconte mon histoire.

Maintenant que Brooke était rentrée et avait découvert son héritage, il n'y avait plus aucun risque à dire la vérité à Eli. Elle avait déjà fuité de toute façon. Mais je n'avais pas non plus envie que le monde entier soit au courant.

— Jamais je ne répéterais ce que tu me confierais, papillon.

Étrangement, je le croyais.

— Ça n'a rien d'un conte de fées. Martin Sinclair a épousé sa première femme et fondé une famille sur la côte Est. Mais il s'est aussi marié avec ma mère alors qu'il avait déjà plusieurs enfants avec sa première femme.

— Sa première femme ? Il en avait deux ?

— Mon père était bigame. Je ne sais vraiment pas pourquoi il a épousé ma mère alors qu'il avait déjà une femme. Mais je ne crois pas que ma mère était au courant qu'il était déjà marié. Elle ne nous a jamais raconté toute l'histoire avant de mourir d'un cancer fulgurant.

— Alors aucun de vous n'avait aucun moyen de savoir que vous étiez du même sang qu'une famille riche et puissante, conclut-il.

Je secouai la tête.

— Pas jusqu'à ce que je décide de faire un test ADN pour retracer ma généalogie. Vu que j'adore tout ce qui concerne la survie primitive, je voulais voir si j'avais des ancêtres amérindiens. Nous n'avions vraiment aucun moyen de connaître les origines de notre père. Alors, j'étais curieuse de connaître mes ancêtres de son côté. Le test était à un tarif réduit, alors j'ai décidé de tenter le coup.

— Et tu as retrouvé l'un de tes demi-frères ?

— Evan. Le plus âgé.

— Je le connais, m'apprit Eli. Pas très bien, mais nous avons fait quelques affaires ensemble. C'est un sacré prétentieux, mais c'est un type bien.

Je finis par tourner la tête pour lui sourire.

— Je pense que c'est surtout de la fanfaronnade. Il avait entré son ADN sur le site parce qu'il avait l'intuition qu'il avait d'autres membres de la famille quelque part. Quand il s'est chargé de la succession de son père, il a mis une partie de la fortune de notre père de côté et l'a fait fructifier au cas où il réussirait à nous retrouver un jour. C'est bien plus que ce que la plupart des gens riches auraient fait pour les enfants bâtards de leur père.

— C'est vrai, acquiesça Eli d'un ton songeur. Je suppose qu'il est encore plus respectable que je le croyais.

— Et tu es mal placé pour accuser les autres d'être prétentieux, répliquai-je. Tu es loin d'être humble et courtois. C'est un truc de milliardaire, je suppose ?

— Tu as conclu ça de moi parce que je t'avais laissé attendre dans mon bureau ?

Je hochai la tête.

— Crois-le ou pas, mais je suis quelqu'un de très ponctuel en temps normal. Je dois suivre un emploi du temps serré et organisé. Mais j'ai dû gérer une crise ce jour-là et ça m'a forcé à repousser notre rendez-vous. Beaucoup de gens risquaient de perdre leur boulot. Parfois, il y a des urgences.

— Quelqu'un aurait pu me le dire, protestai-je.

— Je leur ai dit de ne pas le faire. Je craignais que tu partes si tu avais su que j'allais être retenu un bon moment, confessa-t-il avec un sourire espiègle.

Bon sang. Encore ce sourire à en perdre sa culotte. J'étais moi-même à deux doigts de retirer mes propres sous-vêtements en coton à cause de lui.

— J'ai vraiment envie de récupérer ce terrain, Eli, dis-je d'une voix hésitante, déterminée à changer de sujet. J'en prendrai soin, je te le promets.

Je n'avais pas envie qu'on se dispute à nouveau au sujet de la façon dont il m'avait laissé poireauter pendant une heure dans son bureau. Quelque chose me disait qu'il était sincère au sujet de ce qui l'avait retenu et, s'il avait vraiment fait ça pour sauver des emplois, cela valait la peine de me faire attendre.

Mais j'avais une opportunité d'essayer de le convaincre de se séparer de sa propriété dans l'arrière-pays et je comptais bien tenter ma chance.

Mais quand une expression peinée recouvrit son visage, je regrettai presque d'avoir abordé le sujet.

— Je ne peux pas, Jade, répondit-il d'un ton grave.

— Pourquoi ?

— C'est personnel, grommela-t-il. Et je ne comprends toujours pas vraiment pourquoi tu veux ce terrain.

Je pris une grande inspiration.

— Comme je te l'ai dit, c'est un corridor écologique important. Si le terrain est développé un jour, la faune pourrait se retrouver piégée et un phénomène de consanguinité risquerait d'apparaître parce que les animaux n'auraient plus accès à un patrimoine génétique plus large. Des tonnes d'espèces se servent de ce passage pour étendre leur territoire et l'arrière-pays est important à mes yeux. J'ai grandi en explorant ces endroits. C'est comme ça que j'ai commencé à m'intéresser à l'écologie et la faune sauvage.

Il garda le silence une minute, puis répéta :

— Consanguinité ? Comme les lions des montagnes de Santa Monica ?

J'étais surprise qu'il ait prêté attention à cette histoire ou même qu'il soit au courant. La plupart des gens ne s'intéressant pas au domaine de la nature ne le savaient pas.

— C'est un excellent exemple. Un tas de choses a été construit autour des lions des montagnes et il ne leur restait plus aucun corridor écologique, alors ils se sont retrouvés piégés. La consanguinité peut mener à des malformations congénitales et elle menace des populations entières. Sans diversité génétique, cette espèce finira sûrement par s'éteindre dans cette zone.

— Je la protégerai, Jade. Je ne la développerai jamais, dit-il d'une voix rauque. Mais je ne peux pas la vendre.

Il avait l'air si ébranlé que je décidai de laisser tomber le sujet.

— OK.

J'avais envie de le pousser à m'expliquer pourquoi il refusait de vendre, mais le ton désespéré de sa voix me laissait deviner que c'était une histoire très personnelle.

Nous restâmes assis en silence pendant quelques minutes, mais ce n'était pas un silence inconfortable.

— Est-ce que tu as envie d'apprendre autre chose avant qu'on reparte demain ? finis-je par lui demander.

— Beaucoup de choses, en vérité, répondit-il en toute honnêteté. J'aimerais pouvoir faire un peu plus appel à tes lumières. Tu es aussi intelligente que tu es belle.

— J'aimerais que tu arrêtes de dire ce genre de chose, lâchai-je.

— Pourquoi ?

— Parce que tu as rencontré un tas de femmes bien plus attirantes que moi, alors ça me met mal à l'aise. Je suis à l'aise avec mon corps, je n'ai pas besoin de faux compliments.

— Comment peux-tu ne pas te rendre compte que tu es la femme la plus sexy que j'aie jamais vue ?

Je levai les yeux au ciel, mais il ne le vit sûrement pas, vu qu'il avait les yeux fixés sur le feu.

— Les actrices célèbres et les deux mannequins avec qui tu es sorti sont assez révélatrices de ça.

— Je ne suis plus avec elles. Je suis avec toi, déclara-t-il simplement. Est-ce que quelqu'un t'en a fait baver, Jade ? Parce que j'ai l'impression que quelqu'un t'a donné le sentiment de ne pas être parfaite, alors que c'est le cas, que tu le voies ou pas.

— J'ai toujours été une intello, confiai-je. Au lycée, j'étais la fille que tous les mecs évitaient parce que j'étais un garçon manqué. Mais je n'en avais pas grand-chose à faire. J'étais plus heureuse dehors, toute seule.

— Et à la fac ?

Je haussai les épaules.

— J'étais toujours une intello. J'ai eu un petit ami qui a fini par me quitter sans un mot après que je l'ai aidé à obtenir son diplôme de master.

— Il était sûrement intimidé par toi et c'est un idiot complet s'il ne s'est pas accroché à toi. Tant pis pour lui ; et tant mieux pour moi.

Je songeai soudain à ce que m'avait dit mon frère Aiden au sujet des hommes manquant d'assurance.

— Je ne suis pas si intimidante que ça.

— Bien sûr que si, me contredit-il. Mais personnellement, je trouve les femmes, capables de manier le couteau mieux que moi, excitantes.

Un rire s'échappa de ma bouche.

— Tu es cinglé.

— Au moins, je suis honnête, rétorqua-t-il.

Je me levai.

— Je crois que je ferais mieux d'aller me coucher. Tu comptes monter une tente ou dormir sur un lit de camp ?

Ma conversation avec Eli commençait à s'engager sur un chemin dangereux. Si je n'y mettais pas fin, je risquais de commencer à croire qu'il me considérait vraiment plus attirante que les femmes avec lesquelles il était sorti et cette simple idée était ridicule.

Eli se leva et me bloqua le passage.

— Eh, dit-il d'une voix basse et intense. Ne laisse jamais personne te donner l'impression que tu ne vaux pas la peine qu'on se batte pour toi. Ton ex était un imbécile, mais c'est son problème, pas le tien.

Je sentis des larmes s'accumuler dans mes yeux, mais je clignai des yeux pour les balayer.

— Ce n'est pas que ça, dis-je à voix basse. Quel genre d'homme aurait envie d'une femme qui préfère manger comme un porc ou passer la journée dehors plutôt que de bien s'habiller pour sortir dans un club ou je ne sais quoi ?

Eli fit un pas en avant et déposa un baiser sur mon front.

— Moi, répondit-il d'une voix bourrue. Et je vais prendre un lit de camp. Il fait trop froid pour dormir dehors.

Je hochai la tête et ouvris la marche jusqu'à la cabane, m'efforçant d'ignorer le désir presque irrépressible de me jeter dans ses bras et de le supplier de m'offrir le meilleur de tous les orgasmes.

Pour je ne savais quelle raison insensée, Eli Stone avait vraiment envie de moi.

Et je commençais à en avoir marre de lutter contre mon attirance tout aussi insensée pour lui.

CHAPITRE 6

Jade

— Je ne sais pas vraiment comment être milliardaire, confessai-je à voix basse dans les ténèbres.

Eli et moi nous étions installés et il s'était couché sur le lit de camp au-dessus du mien. Je ne savais pas trop pourquoi j'avais prononcé ces mots, mais parler dans le noir me rassurait.

Et je ne parvenais pas à dormir, ce qui m'arrivait rarement.

Je ne savais pas s'il était encore réveillé et j'espérais presque qu'il n'ait pas entendu cette remarque pathétique. C'était assez stupide. Si mon plus gros problème était de réussir à m'habituer à ma richesse, j'étais certaine qu'un tas de gens adoreraient être à ma place.

— Les gens croient qu'avoir beaucoup d'argent est facile, mais en réalité, ça ne l'est vraiment pas, répondit Eli d'une voix rocailleuse. À partir de maintenant, chaque fois que tu rencontreras quelqu'un de nouveau, tu vas te demander ce qu'il attend de toi. Et si tu commences à frayer dans le milieu social des très riches, tu n'auras plus aucune vie privée. Une fois qu'on s'est fait connaître, on reste en permanence sous le feu des projecteurs.

Parfois, c'est dur de trouver un peu d'intimité. D'un autre côté, ça a ses avantages.

Il parlait d'une voix basse et légère et j'étais soulagée qu'il ne se soit pas moqué de moi pour ma remarque un peu bête. En fait, Eli avait l'air de me comprendre d'une certaine manière.

— Quels avantages ? La capacité d'acheter des trucs ? demandai-je avec sérieux.

Il émit un petit rire.

— Il y a ça, c'est sûr. Mais ça ouvre aussi des portes pour faire des trucs que tu n'aurais jamais pu faire avant. L'argent peut constituer soit un piège, soit la liberté. Il est ce qu'on en fait. Et l'on peut faire beaucoup de bien avec. Les milliardaires peuvent devenir d'excellents collecteurs de fonds ou bienfaiteurs pour les œuvres de bienfaisance, s'ils le veulent.

Je savais déjà qu'Eli était un grand philanthrope. Toutes les causes pour lesquelles il donnait étaient souvent abordées dans ses interviews.

— Ça me plairait, murmurai-je. J'ai ma propre association caritative, mais j'aimerais aussi travailler avec certaines autres. Je sais que ma sœur jumelle s'est investie activement dans les levées de fonds.

— Tu as une sœur jumelle ? demanda-t-il, surpris.

— Elle s'appelle Brooke. Elle a épousé un homme dans le Maine et elle me manque beaucoup. Je suis heureuse pour elle, mais maintenant qu'elle vit si loin de moi, j'ai l'impression d'avoir perdu un membre. Ce lien entre jumelles qui nous unit ne disparaîtra jamais.

— Tu te sens seule ? m'interrogea-t-il. C'est tout à fait compréhensible, surtout maintenant. Tu t'es retrouvée projetée dans une toute nouvelle réalité et elle n'est pas là pour t'aider à encaisser ça.

— J'ai juste l'impression qu'il me manque une part de moi-même, confiai-je. Brooke a toujours été ma meilleure amie.

— Tiens-toi occupée, suggéra-t-il. Tu finiras par trouver ta propre voie.

— Ou j'ai juste besoin d'essayer d'autres expériences ?

— Tu devrais, c'est sûr, acquiesça-t-il. Tu as déjà fait un safari en Afrique ? Tu adores la vie sauvage et c'est une expérience incroyable.

— Non.

J'avais très envie de voir du pays et de voyager pour connaître la vie sauvage dans d'autres coins du monde. J'avais beaucoup étudié la faune sauvage africaine, mais principalement d'un point de vue génétique et je n'avais observé les animaux en question qu'en captivité. Les voir courir dans la nature serait extraordinaire.

— Et l'Australie ? Les animaux présents dans ce pays sont assez uniques.

— Non.

— L'Amérique du Sud ? La Chine ? L'Europe ? Le Canada ?

— Non. Je ne suis jamais allée dans aucun pays étranger, admis-je.

Pour être honnête, la raison pour laquelle je n'avais jamais songé à voyager à l'étranger était peut-être que je ne voulais pas partir toute seule. Si je trouvais un emploi quelque part, ce serait différent. Je travaillerais dans un autre pays. Mais si c'était juste pour visiter, ce serait vraiment nul de n'avoir personne avec qui partager ça. Et maintenant que Brooke était mariée et vivait à l'autre bout du pays, je n'avais aucune idée de qui pourrait bien vouloir partir avec moi. Mes amis travaillaient tous à plein temps et étaient très occupés.

— Tu dois commencer à réfléchir comme une milliardaire, Jade, dit-il avec une note d'amusement non dissimulée dans la voix. Je sais que tu aimes la nourriture. Tu as déjà essayé les grands restaurants de San Diego ?

Manger au restaurant toute seule ? Ce serait embarrassant.

— Non. Mais tu es propriétaire de la plupart d'entre eux, alors il est logique que tu sois déjà allé manger dans tous. Le seul de tes restaurants où je suis allée, c'est quand Brooke s'est fiancée à son mari. Je t'y ai vu d'ailleurs.

— Tu sais que je t'ai vue aussi, répondit-il. Je me suis assuré que votre dîner soit offert par la maison avant de partir.

— Noah ne me l'a pas dit, avouai-je. Pourquoi avoir fait ça ? Ce n'est pas comme si ma famille n'avait pas l'argent pour payer maintenant.

— J'ai bien vu que vous célébriez quelque chose. J'en avais envie. Et puis, ton frère s'est contenté de donner le montant de la facture en pourboire à la serveuse. L'une de mes serveuses est repartie très heureuse ce soir-là. À mon avis, cette histoire n'est pas près de cesser de circuler dans tout le restaurant.

Il marqua une pause, puis ajouta :

— Et je vais aussi dans des restaurants qui ne m'appartiennent pas.

— Je t'ai dit que j'adorais la nourriture.

Je n'étais pas surprise que mon grand frère ait laissé un énorme pourboire à la serveuse, mais je me sentais un peu coupable d'avoir eu des pensées un peu désagréables envers Eli ce soir-là. Ce qu'il avait fait était très attentionné.

— Je ne suis pas quelqu'un de très sociable, dis-je d'un ton abattu. Et aller dîner dans de beaux restaurants toute seule n'a rien de très drôle.

— Tu aurais pu y aller avec moi, me rappela-t-il. Dieu sait que je te l'ai proposé, encore et encore.

— Je ne t'aimais pas, répondis-je d'un ton abrupt.

— Tu ne me connais pas, insista-t-il. Et tu n'as aucune raison de ne pas m'aimer.

Je gardai les yeux plongés dans les ténèbres pendant plusieurs minutes, réfléchissant à cette remarque.

Il m'avait expliqué pourquoi il m'avait laissé attendre dans son bureau. Il ne voulait pas vendre le terrain que je voulais, mais ce n'était pas comme s'il était obligé de faire quelque chose qu'il n'avait pas envie de faire. Il avait dit avoir ses raisons et ces terres dans l'arrière-pays avaient de toute évidence une signification profonde pour lui. Et je ne pouvais pas le blâmer d'avoir des passe-temps extrêmes. C'était sa vie. Il avait le droit de faire ce qu'il voulait.

— Tu as raison, finis-je par marmonner. Nous n'avons pas grand-chose en commun, mais ce n'est pas une raison pour ne pas t'aimer.

— Tu es attirée par moi et c'est ça qui ne te plaît pas, répondit-il. Je te fais peur, Jade ?

— Parfois, confessai-je, la pénombre me donnant du courage.

— Pourquoi ?

Parce que chaque fois que je te vois, je suis hypnotisée. J'ai envie de grimper sur ton corps sublime et d'apaiser cette démangeaison douloureuse que je ressens quand tu es près de moi.

— Parce que je n'aime pas perdre le contrôle, finis-je par répondre. Je ne suis pas le genre de femme qui fait baver les hommes. Brooke a toujours été la plus féminine de nous deux. J'étais un garçon manqué, tu te souviens ?

— Tu aimes peut-être le plein air, mais tu n'en es pas moins magnifique, Jade. Tu possèdes une beauté naturelle capable de faire perdre la tête à n'importe quel homme.

— Comme avec toi ?

— Surtout avec moi, confessa-t-il. Tu es si connectée à la nature et à la faune sauvage que tu te bats pour protéger. J'adore ta façon de manier une hache et je suis émerveillé par ta capacité à identifier presque n'importe quelle plante. Ça te rend assez irrésistible.

Je ne pus m'en empêcher, j'éclatai de rire.

— Eli, très peu d'hommes trouveraient jolie une femme maculée de terre, dénuée de maquillage et affligée d'une mauvaise coiffure constante.

— Je ne veux plus entendre un mot à propos de ton physique ou je te jure que je vais descendre dans ton lit pour te montrer à quel point tu es baisable, grogna-t-il.

Tout en moi eut envie de dire quelque chose qui pousserait Eli à faire venir son corps musclé dans mon lit, mais il me restait une toute petite part de bon sens, alors je gardai le silence un instant avant de me contenter de répondre :

— OK. J'arrête.

— Bon sang ! s'exclama-t-il d'une voix rauque.

Il avait l'air si déçu que je souris dans la pénombre avant de changer de sujet :

— Alors, comment as-tu réussi à devenir aussi à l'aise avec ta célébrité ?

— Je ne suis *pas* une célébrité, répliqua-t-il. Je suis né riche. J'ai donc grandi dans un monde privilégié. Mais je n'ai jamais vraiment eu envie de me faire remarquer. C'est juste… arrivé comme ça.

Je levai les yeux au ciel même s'il ne pouvait pas me voir.

— Je t'en prie. Tous les organes de presse adorent te montrer en train de pratiquer tes passe-temps extrêmes ou expliquer pourquoi tu es l'un des célibataires les plus convoités du monde. Tu n'es pas vraiment ce qu'on pourrait appeler un milliardaire discret.

— C'est vrai que j'ai envie de me faire remarquer, parfois, surtout quand je lève des fonds pour une association.

Attirer l'attention sur les causes qu'il défendait valait sûrement la peine de se retrouver sous les feux des projecteurs.

— Tu aimes la notoriété ?

— Tu ne vas sûrement pas me croire, mais non. Je suis quelqu'un de plutôt discret. Mais je suis prêt à sacrifier une partie de mon intimité si c'est pour la bonne cause. Parfois, il faut accepter de partir un peu en vrille.

Partir un peu en vrille ?

C'était une manière intéressante de parler de ses hobbies insensés et de ses collectes de fonds.

Il hésita, puis reprit :

— Tu vas t'habituer à avoir de l'argent, Jade. Ça ne change rien à qui tu es et, quand tu commenceras à apprécier les bénéfices de ton statut de milliardaire, tu découvriras peut-être que ce n'est pas si désagréable.

— J'aimerais bien voyager, songeai-je. Et j'aime collecter des fonds pour mon association caritative. Ça me plairait de faire tout mon possible pour aider d'autres levées de fonds.

— Je peux t'apprendre ce que font les milliardaires pour se divertir. Et ensuite, je pourrais te montrer comment nous faisons une différence dans le monde. Accorde-moi un peu de ton temps et je te promets que je te ferai changer d'avis sur le fait d'avoir de l'argent, dit-il d'un ton bourru.

— En m'emmenant dîner dans un bel endroit ? demandai-je avec curiosité.

Je trouvais très attrayante cette idée d'avoir quelqu'un pour me montrer les ficelles du statut de milliardaire parce que je ne savais pas du tout comment devenir une bonne philanthrope.

— Entre autres choses, répondit-il. Donne-moi dix jours, Jade. Je peux prendre une pause au boulot. J'aurai peut-être des urgences à gérer, mais à part ça, je serai à ta disposition. Je pourrai t'aider à t'habituer à ta richesse et te prouver que ça ne change pas qui tu es.

Mon cœur rata un battement. Je n'arrivais même pas à m'imaginer passer toutes mes journées avec Eli pendant plus d'une semaine. Mais je mentirais si je disais que je n'étais pas tentée. Eli paraissait comprendre mes craintes au sujet de l'argent et je pouvais me confier à lui.

— J'ai mes cours, protestai-je.

— Non, c'est faux, répondit-il d'un ton suffisant. J'ai acheté toutes les places pour le mois qui vient. J'espérais que tu acceptes de passer un peu de temps avec moi.

— Je sais que certaines personnes voulaient participer.

— Les cours étaient déjà complets. Ces étudiants potentiels ont été renvoyés au mois suivant.

— Comment tu as fait ça ? Comment as-tu réussi à acheter toutes les places ?

— J'ai beaucoup d'amis à San Diego, répondit-il. Et j'étais désespéré.

Mon emploi du temps était géré par les centres de loisirs qui recommandaient mes cours. Et cela m'agaçait au plus haut point que quelqu'un l'ait… altéré pour que cela convienne à Eli.

Une partie de moi était énervée à l'idée qu'il m'ait privée de ma capacité à donner des cours pendant un mois, et de manière aussi cavalière en plus. Mais une petite part de moi-même était attendrie à l'idée qu'Eli fasse tant d'efforts.

Et pour tout dire, je n'avais pas très envie de protester. J'avais envie d'apprendre à le connaître. Il avait beaucoup fait pour des associations caritatives et j'avais envie de prendre part à ce monde-là. J'avais une chance de travailler avec un homme qui était né riche. Si quelqu'un connaissait tous les rouages de la richesse, c'était bien lui.

— Tu vas essayer de m'embrasser à nouveau ?

— Sans le moindre doute, répondit-il sans hésiter.

Je n'aurais su dire si cela me terrifiait ou si j'en étais secrètement heureuse.

— Après tout, tu as donné une grosse somme d'argent à mon association, dis-je d'un ton songeur.

— N'accepte pas à cause de ça. J'avais envie de faire ce don, répondit-il d'une voix rauque. Fais-le parce que tu en as envie ou ne le fais pas du tout. Je fais don de millions de dollars aux œuvres de charité, mais je te propose un marché.

— Lequel ? demandai-je dans un souffle.

— Passe ces journées avec moi et, le dernier jour, j'organiserai une collecte de fonds pour SWCF. Je convaincrai toutes les personnes que je connais et qui ont de l'argent de participer. Tu récupéreras une fortune pour ton association caritative et je t'apprendrai comment continuer à faire ça. Je te présenterai à toutes les personnes influentes que je connais.

L'idée d'apprendre comment organiser des levées de fonds était comme un rêve devenu réalité. Mais passer plus d'une semaine en la compagnie d'Eli était encore plus tentant.

— Ça me plairait, admis-je.

— Mais? J'entends clairement une hésitation. Qu'est-ce qu'il y a, Jade?

— Je ne suis pas sûre de comprendre tes motivations, avouai-je. Est-ce que tu essaies toujours de me mettre dans ton lit?

— Oui, répondit-il sans ambages. Mais j'aimerais aussi vraiment apprendre à mieux te connaître. Je n'ai plus pris de vrais congés depuis très longtemps. Et j'aimerais passer ce temps avec toi.

— Qu'est-ce qu'on fera? demandai-je avec nervosité.

— Ce sera à moi d'organiser nos journées, dit-il.

— Je n'aime pas les surprises, marmonnai-je.

— Tu vas apprendre à les aimer, rétorqua-t-il.

Je savais qu'il était grand temps que je sorte un peu plus dans le monde des humains. J'avais passé trop de temps dans l'arrière-pays à conduire mes recherches. Je m'étais isolée et je commençais à me sentir seule, surtout maintenant que ma jumelle était partie à l'autre bout du pays.

— OK. Je ne me laisserai pas séduire, dis-je d'un ton ferme. Mais je pense que j'aimerais beaucoup être ton amie.

— On verra, répondit Eli d'un ton énigmatique. Je doute vraiment qu'on puisse devenir amis, papillon. Nous sommes trop attirés l'un par l'autre. Et je ne suis pas vraiment du genre à avoir des petites amies ou à m'engager. Je n'ai que des… accords.

Je le savais déjà, mais entendre ces mots sortir de sa bouche me rendit triste. Parfois, c'était vraiment un type sympa. J'avais du mal à me faire à l'idée qu'il puisse aussi être un vrai crétin.

Quelque chose le tourmente.

Brooke aurait dit que c'était mon côté romantique caché qui prenait Eli pour quelqu'un de meilleur qu'il ne l'était en réalité, mais j'avais cette drôle d'impression qu'il ne me montrait pas toujours son vrai visage. Je l'avais vu dans ses interviews et mon intuition était encore plus forte maintenant que j'avais passé un peu de temps avec lui.

— Je ne céderai pas s'agissant du sexe, alors si c'est tout ce que tu cherches, tu perds ton temps.

— Passer du temps avec toi ne sera jamais une perte de temps, qu'on finisse au lit ou pas.

Sa réponse me réduisit momentanément au silence tant elle semblait sincère.

— J'ai envie de passer du temps avec toi aussi, Eli. Mais je ne veux pas coucher avec toi. Je suis le genre de femme qui aime s'engager et, pour coucher avec quelqu'un, je veux que cette option soit au moins une possibilité.

Cette déclaration était un pieux mensonge et j'essayais plus de me convaincre que je n'avais pas envie qu'il couche avec moi que de lui expliquer ce que je ressentais. Mais j'étais en grande partie honnête. Si je trouvais la bonne personne, j'avais envie d'une relation sérieuse.

— Passons juste un peu de temps ensemble et voyons ce qui se passera, suggéra-t-il.

Je savais déjà ce qui se passerait. Je serais dans tous mes états chaque fois que nous serions ensemble. Je commençais sérieusement à me demander si je n'avais pas des tendances masochistes.

— Tu espérais que je finisse par céder ce soir ? demandai-je avec curiosité.

— Oui. Mais j'ai quand même réussi une chose, répondit-il d'un ton songeur.

— Laquelle ?

— Ton corps est sous le mien, même si ce n'est pas tout à fait comme je l'avais imaginé.

Je ricanai. Mon lit de camp était effectivement sous le sien.

— Tu es fou, lui dis-je.

— Je le suis depuis que je t'ai rencontrée, acquiesça-t-il aussitôt.

Je roulai sur le flanc avec un long soupir. Eli avait un sens de l'humour décalé que j'appréciais de plus en plus. Et je m'habituais aussi peu à peu à ses sous-entendus sexuels.

Je pouvais y faire face tant que j'étais dans le noir et qu'il était couché dans un autre lit.

Mais je n'étais pas certaine que je m'en sortirais aussi bien si je le voyais.

— Bonne nuit, Eli, dis-je d'une voix assoupie.

— Fais de beaux rêves, papillon.

Je m'endormis quelques secondes plus tard et j'étais certaine de l'avoir fait avec un sourire sur le visage.

Pour je ne savais quelle raison, à aucun moment, je ne m'étais dit que je devrais me montrer méfiante alors que je dormais avec un type qui était attiré par moi et que nous étions en pleine nature.

Tant que je lui affirmais que ce n'était pas ce que je voulais, je savais que je ne risquais rien.

CHAPITRE 7

Jade

—On dirait que tu t'es bien amusée, dis-je à ma jumelle, Brooke.

On était le lendemain matin et je discutais avec elle au téléphone. Le mari de ma sœur, Liam, avait embauché un manager pour s'occuper de son restaurant dans le Maine, et ils voyageaient beaucoup. Elle venait de rentrer après leur deuxième lune de miel, bien qu'ils ne soient rentrés de la première que quelques jours avant le début de celle-ci.

J'étais heureuse pour elle. Elle était amoureuse et elle s'éclatait. Devrais-je m'en vouloir si, parfois, le fait de parler avec elle me faisait me sentir affreusement seule ?

— Les Caraïbes sont magnifiques, répondit Brooke. Tu devrais y aller. Tu adorerais.

— J'ai déjà une plage ici, lui rappelai-je avec légèreté. Et je me sens très chanceuse de pouvoir y vivre.

— C'est encore bizarre, hein ? demanda Brooke. Tout cet argent. Nous avons été pauvres pendant si longtemps. *Vraiment* pauvres. Et maintenant, le monde entier nous tend les bras.

— Je n'y suis toujours pas habituée, avouai-je. Je sais que je pourrais faire tant de choses incroyables et vivre tant d'expériences. Mais je me sens paralysée. Je ne sais pas trop vers quoi je devrais me tourner. Jusqu'à récemment, mon stage me tenait si occupée que je n'avais pas le temps de songer à tout ça. Mais maintenant qu'il est terminé, j'ai beaucoup de temps libre et je me sens terrifiée et coupable.

— Le syndrome de la richesse soudaine, dit Brooke d'un ton songeur. J'étais assez troublée au début, moi aussi. Mais Liam m'aide à garder les pieds sur terre.

— Ce syndrome existe vraiment ? demandai-je.

— Bien sûr, répondit Brooke. Ça peut arriver à tous ceux qui gagnent une grosse somme d'argent d'un seul coup comme les gens qui gagnent à la loterie, les athlètes, les stars de cinéma et ceux qui reçoivent un gros héritage comme nous. J'ai fait beaucoup de recherches là-dessus quand j'ai appris pour l'argent. Je ne comprenais pas pourquoi je n'étais pas aux anges à l'idée d'avoir autant d'argent. Je suppose que j'avais le sentiment de ne pas le mériter. Cherche sur Google. Ça n'a rien d'inhabituel d'avoir l'impression de ne pas mériter ce qui nous arrive, de se sentir coupable, isolé et terrifié pour tout ce qui a à voir avec l'argent.

Brooke n'avait jamais évoqué ses remises en question concernant notre soudaine richesse. Elle était bien trop heureuse alors qu'elle s'apprêtait à épouser l'homme de ses rêves.

— Je ressens la même chose, avouai-je. Mais avec qui est-ce que je pourrais vraiment en parler ? Je me sentirais bête de confier ça à l'un de mes amis. Qui peut comprendre que je suis terrifiée parce que j'ai hérité de milliards de dollars ?

— Et je suppose que nos frères ne se sentent pas vraiment coupables, remarqua Brooke amèrement.

— Pas du tout. Ils planifient tous leur futur et œuvrent à bâtir leur propre empire. Je crois qu'ils n'y ont même jamais réfléchi à deux fois. J'aimerais être comme eux et découvrir d'un seul coup ce que je veux faire de ma vie comme nos frères. Mais je me sens juste coupable et isolée.

Les quelques amis que j'avais devaient bosser comme des dingues pour réussir. Il n'y a pas si longtemps, j'étais à leur place, mais aujourd'hui, je n'avais plus vraiment ma place dans ce monde. J'avais la sensation qu'ils m'avaient plus ou moins abandonnée depuis que j'étais devenue riche. C'était comme s'ils ne me considéraient plus comme l'une des leurs.

Et c'était peut-être vrai.

Mais je ne savais pas où était ma place maintenant.

Ce n'était pas comme si j'avais vraiment changé.

J'étais la même petite intello, il se trouvait juste que j'avais un compte en banque plein à craquer maintenant.

— Ça va prendre un peu de temps, c'est tout, Jade, dit Brooke d'une voix rassurante. Tu n'es pas obligée de prendre de grande décision tant que tu ne seras pas prête. Tu fais ce que tu aimes et tu as terminé tes études. Contente-toi de continuer ce que tu fais. Si tes amis t'ont abandonnée, fais-t'en de nouveaux.

Ce que Brooke ne comprenait pas, c'était que je ne me faisais pas facilement des amis. Mais je décidai de ne pas le lui faire remarquer.

— J'ai envoyé une tonne de CV et de candidatures, mais les gens ne se bousculent pas vraiment à ma porte pour m'embaucher.

— Laisse-toi le temps de respirer, répondit Brooke d'un ton exaspéré. Tu t'es cassé le cul pendant des années pour tes études et tu as fait les pires boulots du monde rien que pour avoir ton doctorat. Continue d'envoyer des candidatures et des CV pour les postes dont tu as envie. En attendant, profite de ce temps libre et de ne pas avoir à te demander comment tu vas pouvoir manger demain.

— J'ai envie de me lancer dans mes propres financements et investissements, mais j'ai peur, confiai-je à ma jumelle. Evan m'a aidée et c'est plus ou moins lui qui gère mon portefeuille. Mais j'ai envie de m'impliquer là-dedans. J'ai juste peur de tout faire foirer.

— Je sais. J'ai ressenti la même chose. Mais Liam est un excellent investisseur et il m'a rassurée. En plus, j'ai fait des études de finance qui m'aident à tout comprendre.

— En ce qui me concerne, je n'ai aucun mec riche en vue pour le moment, plaisantai-je d'un ton léger. Juste un tas de types du coin qui ont envie de sortir avec moi pour mon argent.

Brooke émit un son dégoûté.

— Ignore ces abrutis. Tu devrais aller plus souvent dans la grande ville. Tu as toujours été trop intelligente pour les types du coin.

Je souris.

— Je suppose que toi aussi, vu que tu as dû traverser le pays pour trouver Liam.

— Il en valait la peine, répondit-elle d'un ton ferme. Il y a aussi quelqu'un pour toi quelque part, Jade. Tu dois juste le trouver. Ou lui te trouvera.

— Eh bien, en attendant, Eli pourra peut-être m'aider, dis-je d'un ton songeur.

— Eli ? Tu veux dire Eli Stone ? Le type que tu ne supportes pas ? m'interrogea Brooke.

Je n'avais pas dit grand-chose à Brooke au sujet d'Eli au début, mais une fois qu'elle avait été mariée, je ne lui avais plus rien caché.

— Il a acheté toutes les places de mon cours de survie pour pouvoir me voir. Qui fait ça, Brooke ?

— Un homme qui t'aime vraiment, vraiment beaucoup, et qui n'a pas réussi à te persuader de répondre à ses appels, me taquina Brooke.

— Je ne crois pas qu'il m'apprécie à ce point. Il veut juste coucher avec moi, rien de plus. Il y a cette drôle d'attirance entre nous que je n'arrive pas à m'expliquer.

Brooke rit.

— Oui. C'était comme ça aussi avec Liam. Et regarde un peu où ça nous a menés.

— Je me suis rendu compte qu'il n'était pas si antipathique que ça, dis-je. En réalité, j'aime son sens de l'humour, mais il est un peu… intense. Mais j'ai finalement décidé d'accepter de sortir avec lui. Ça ne me dérangerait pas de devenir son amie.

— Alors où est-ce qu'il t'emmène ? s'enquit Brooke avec enthousiasme.

— Je n'en ai aucune idée. Je vais passer dix jours avec lui. Chaque jour sera une surprise. Quand nos dix jours seront passés, il organisera une collecte de fonds pour SWCF.

— Est-ce que ces dix jours incluent aussi les nuits ? demanda-t-elle.

Je savais exactement où elle voulait en venir.

— Non.

— Mais il t'apprécie, c'est clair, remarqua Brooke. Regarde un peu tout ce qu'il a fait pour attirer ton attention.

— Oh, il a toute mon attention, répondis-je. C'est juste que je ne comprends pas pourquoi il se met autant en quatre pour moi. On a vu le genre de femmes avec qui il sort, Brooke. Elles sont toutes sublimes et ont une vie pleine de succès.

— Toi aussi tu es sublime et tu as une vie pleine de succès, répliqua-t-elle sans hésiter.

— Je ne suis pas du même niveau que les femmes avec qui il sort et tu le sais.

— Je t'aime beaucoup, Jade, mais tu devrais te détendre un peu. Un homme riche et proprement délicieux veut passer du temps avec toi. Lâche-toi et amuse-toi.

— Je suis vraiment attirée par lui, dis-je d'un ton mécontent.

— Qu'est-ce qu'il y a de mal à ça ? Ça rendra chaque jour un peu plus excitant. Je comprends que tu ne saches pas s'il peut être l'homme qu'il te faut, mais tu ne le sauras pas avant d'avoir passé du temps avec lui pour apprendre à mieux le connaître. Tout ce qu'on sait de lui n'est qu'un personnage, une image créée par les médias. Découvre qui il est *vraiment*. S'il est prêt à organiser une collecte de fonds pour ton association, c'est qu'il sait à quel point ça compte pour toi et qu'il est prêt à t'aider.

Je comprenais ce qu'elle voulait dire. Nos demi-frères et cousins Sinclair étaient riches depuis la naissance. Chacun d'eux avait une image médiatique, mais ce n'était pas ce qu'ils étaient vraiment. Par exemple, tout le monde prenait Evan pour un vrai connard. Mais nous avions tous appris à connaître le vrai Evan et il n'avait rien à voir avec le portrait qu'on faisait de lui.

— Il veut m'aider à devenir à l'aise avec mon argent parce qu'il sait que ça me terrifie un peu. C'est ce qu'il m'a dit en tout cas. Il veut me montrer comment vivre dans ce monde et m'y plaire.

— Parfait, répondit Brooke. Et au moins, tu sais qu'il n'en a pas après ton argent.

Je souris.

— Je n'ai pas à m'en faire pour ça, c'est sûr. C'est peut-être pour ça qu'il m'attire autant. Mais ne commence pas à croire que ça va devenir un truc à long terme. Je ne vais pas me retrouver mariée à Eli Stone. Il n'aime pas les engagements. Je vais juste… expérimenter. J'espère qu'il m'apprendra deux ou trois choses. J'aimerais bénéficier de son expertise dans les levées de fonds.

— Tu veux son corps sexy, musclé et magnifique, même avec les tatouages, me corrigea-t-elle.

— Je n'en ai pas après son corps, marmonnai-je. Mais les tatouages sont assez fascinants quand on les voit pour de vrai.

— Allez, Jade. C'est à ta jumelle que tu parles. Tu n'as pas *seulement* envie de son cerveau.

— Qui pourrait m'en blâmer ? demandai-je. Brooke, tu sais à quoi il ressemble. Et tu peux me croire, il est encore plus sexy vu de près.

— Mais il y a une limite à ce que l'alchimie entre deux personnes peut apporter, m'avertit-elle. Peu importe à quel point il est séduisant, l'attirance finira par s'estomper si tu ne l'aimes pas.

— C'est bien le problème, répliquai-je. Je l'aime bien. Il est assez insistant et arrogant, mais il m'a tout l'air d'être un mec correct quand on regarde au-delà de tout ça.

— Ne te sous-estime pas, Jade, dit Brooke d'une voix douce. Tu as beaucoup à offrir à un homme. Même si c'est un milliardaire canon.

— Je déteste me sentir aussi insuffisante, me lamentai-je. Je n'ai jamais ressenti ça quand j'étais pauvre. Je savais qui j'étais et ce que je voulais devenir. Je voulais être chercheuse et découvrir des moyens d'empêcher certaines espèces de disparaître. Mais ensuite, cet argent m'est tombé dessus et je n'ai réussi à obtenir aucun des emplois dont j'avais vraiment envie. Être riche m'a donné la possibilité de refuser les postes dont je n'avais pas envie et je n'ai aucune envie d'enseigner dans une salle de classe. Je deviendrais folle, Brooke.

— C'est vrai, acquiesça-t-elle. Tu ne serais pas heureuse. Et il n'y a rien de mal à attendre de déterminer ce que tu veux. Aucun poste ne t'intéresse à San Diego ?

— Il y en a plein, répondis-je. Mais aucun n'est libre en ce moment.

J'avais effectué un stage postdoctoral dans lequel j'avais étudié les génomes en danger d'extinction chez les gros mammifères. J'avais publié un tas d'études ayant reçu un très bon accueil, mais n'avais trouvé aucun poste qui m'aurait permis de continuer mes recherches.

— Je suis désolée, Jade, répondit Brooke. Je sais à quel point tu as envie de continuer tes recherches, mais ça prendra peut-être un peu de temps.

— Je n'ai que ça, plaisantai-je sans grand enthousiasme.

— Tu peux plus ou moins faire tout ce que tu veux, me rappela-t-elle.

Je commençais à m'en vouloir de déverser ma déprime sur Brooke alors qu'elle était si heureuse.

— Je vais être patiente. Au moins, je ne suis pas obligée de prendre le premier boulot venu grâce à notre pactole. Je vais continuer le volontariat pour pouvoir élargir mon réseau.

— Tu mérites de te détendre un peu, Jade. Ne l'oublie pas, dit Brooke d'un ton résolu. Quand nous étions gosses, nous avions souvent faim et chacun de nous a travaillé pour rapporter de l'argent dès qu'il a été assez âgé pour le faire. Tu t'es donné tant de mal pour arriver à quelque chose. Peu importe que tu aies eu ce coup de chance avec l'argent. Tu trouveras le succès parce que tu as toujours été motivée. Aucun de nous ne s'attendait à devenir aussi riche, mais nous avons travaillé dur depuis que nous sommes gosses. Martin Sinclair était notre père et il a laissé notre mère dans la misère pendant qu'il vivait dans l'opulence. Même si nous sommes des bâtards, nous méritons de rejoindre le reste de la famille et de récupérer ce que nous n'avons jamais eu étant plus jeunes.

Je soupirai.

— Parfois, j'aimerais que tout cet argent disparaisse et que tout redevienne comme avant. Je travaillerais sûrement pour le gouvernement en ce moment. J'aurais aussitôt trouvé un emploi à plein temps, même si ce n'était pas dans mon domaine d'intérêt ou d'expertise. Mais maintenant, j'ai l'impression d'être coincée dans les limbes.

— Ça passera, Jade, m'assura Brooke. Je sais que tout ça semble bizarre en ce moment, mais tu réussiras à retomber sur tes pieds en temps voulu. Ne te mets pas trop la pression. Evan se chargera de ton portefeuille aussi longtemps que tu le voudras.

— Je sais. Mais j'ai la sensation que je devrais en faire plus que ce que je fais en ce moment.

— Parce qu'on est tous habitués à être si occupés que nous n'avons même pas le temps de réfléchir, expliqua Brooke. Mais ça n'a jamais été sain pour aucun d'entre nous. On a tous besoin d'une vie équilibrée. Amuse-toi avec Eli. Et si tu couches avec lui, je veux le savoir aussitôt, me taquina-t-elle.

— Je ne coucherai pas avec lui, m'empressai-je de rétorquer. Je suppose que j'espère juste qu'on m'éclaire un peu. Eli a été riche toute sa vie et il l'est devenu encore plus depuis la mort de son père. C'est un bon homme d'affaires.

— C'est un milliardaire splendide, rectifia-t-elle. Et je ne crois pas que tu aies juste envie d'une expérience instructive. Je suis impatiente de découvrir comment ça va se passer.

— Je te tiens au courant, promis-je.

— Ça va aller ? me demanda Brooke. Tu veux que je rentre à la maison pour qu'on passe un peu de temps ensemble ?

— Liam me détesterait si je faisais ça, plaisantai-je. Non, merci. J'aime bien mon nouveau beau-frère. Et ça va aller. Je suis juste un peu dépassée par les événements, mais ça va s'arranger.

— Tu sais que je serai toujours là pour toi, hein ? Même si je suis mariée maintenant, je suis toujours ta sœur jumelle.

Je clignai des yeux pour réfréner les larmes qui m'étaient montées aux yeux.

Brooke avait beau être loin de moi, notre lien de jumelles ne se briserait jamais.

— Merci. J'avais peut-être besoin de l'entendre. Mais je vais m'en sortir.

J'étais certaine que si Brooke avait le sentiment que j'avais besoin d'elle, elle laisserait tout tomber pour me rejoindre. C'était une pensée réconfortante. Mais je n'avais pas l'intention de la séparer de son nouveau mari.

— Je t'aime, dit Brooke d'une voix émue.

— Je t'aime aussi, répondis-je alors qu'une larme coulait sur ma joue.

— Appelle-moi, insista-t-elle. Je dois savoir comment va tourner ton expérience.

Nous discutâmes encore pendant quelques minutes, puis nous raccrochâmes en promettant de nous appeler plus souvent.

Je me sentais plus détendue quand je reposai mon téléphone. Brooke m'avait manqué et, à cause de ses voyages, nous n'avions pas eu beaucoup l'occasion de nous parler. Mais j'aurais dû savoir que même s'ils étaient occupés, aucun de mes frères et sœurs n'oublierait jamais le lien très fort qui existait entre nous.

Nous avions grandi ensemble, nous nous étions battus les uns pour les autres et c'était en nous soutenant les uns les autres que nous avions réussi à nous épanouir même si nous étions pauvres.

Mon humeur s'allégea après ce petit discours d'encouragement intérieur et je me levai du canapé pour aller tout préparer pour le lendemain matin. Eli m'avait envoyé un message pour me faire savoir que je devrais apporter un maillot de bain et des vêtements de rechange.

Mon cœur battit un peu plus fort quand je visualisai son visage le lendemain du soir où je lui avais raconté à peu près tout ce que je ressentais dans la pénombre.

Ses yeux gris étaient restés fixés sur moi jusqu'à ce que nous quittions la cabane, mais il semblait toujours aussi déterminé, même après avoir entendu toutes mes angoisses. En fait, j'avais eu le sentiment qu'il avait envie de me protéger.

Malheureusement, si j'avais besoin qu'on me protège de quelque chose, c'était de lui.

CHAPITRE 8
Jade

Le lendemain matin, la sonnette retentit alors que j'étais en train de faire mon sac.

Un rapide coup d'œil à la porte me confirma qu'Eli était juste à l'heure.

Je souris en réalisant qu'il essayait sûrement de prouver qu'il ne laissait pas *toujours* attendre les gens.

Je rassemblai mes affaires et me dirigeai vers la porte en m'efforçant de nier que j'étais curieuse de savoir ce que nous allions faire aujourd'hui.

Je n'y parvins pas vraiment.

J'avais enfilé mon maillot de bain sous mon jean et mon t-shirt et j'avais des vêtements propres dans mon sac à dos. Alors oui, je devinais que nous allions faire quelque chose près de l'eau, mais ça n'avait rien de très étonnant vu que nous vivions sur la côte.

Pour être honnête, j'étais assez excitée. Je n'avais jamais vraiment vécu beaucoup d'aventures dans ma vie. J'étais trop accaparée par la peur et la culpabilité après avoir hérité d'une tonne d'argent pour ne pas faire grand-chose de cette immense richesse. Peut-être parce que j'avais trop peur d'y toucher.

Bien sûr, j'avais acheté ma maison sur la plage. Mais elle était modeste pour une maison de bord de mer : un cottage de deux chambres sur le front de mer, doté d'une piscine, et que j'adorais. Comparée aux manoirs de mes frères plus loin sur la plage, ma maison ressemblait à un appartement de seconde classe.

Je m'arrêtai devant la moustiquaire qui menait sur ma terrasse et mon regard fut attiré par l'un des chiens les plus adorables que je n'aie jamais vus.

Des yeux bruns attendrissants me regardaient depuis l'extérieur et mon cœur fondit. Le chien était du genre hirsute. Il semblait avoir des origines de chien de berger, mais ses oreilles tombantes appartenaient à une tout autre race.

Il était énorme, mais il remuait la queue et ses yeux continuèrent de m'attendrir même après que j'ai ouvert la porte.

— Salut, mon pote. D'où est-ce que tu sors ?

Je tendis la main pour qu'il puisse la renifler.

— Il est à moi, répondit une voix grave du bas de la terrasse.

Quand Eli monta les marches et entra dans mon champ de vision, il avait un sourire sur le visage.

— Il sait sonner aux portes tant que la sonnette est assez basse pour qu'il l'atteigne. Je l'ai envoyé devant moi pour être sûr d'être à l'heure.

Le chien fourra son museau dans ma main et je m'accroupis pour lui accorder l'attention qu'il demandait.

— Il ne peut pas sonner aux portes, c'est impossible, répondis-je, incrédule.

— Bien sûr que si, insista Eli avant d'ordonner : Charlie… va sonner.

Le chien arrêta de se repaître de l'affection que je lui donnais et posa ses pattes sur la façade de la maison avant d'appuyer l'une d'elles sur la sonnette.

Je regardai Eli, bouche bée, alors que la sonnette retentissait.

Au signal d'Eli, le chien se laissa retomber à quatre pattes sur la terrasse.

— C'est incroyable, dis-je, ébahie, tout en me remettant à caresser le chien.

— J'espère que sa présence ne te dérange pas, reprit Eli. Charlie déteste rester tout seul. Je l'emmène avec moi chaque fois que c'est possible. C'était un chien errant qui a été maltraité et il aime être avec moi.

Mon cœur se réchauffa quand je réalisai qu'Eli paraissait accorder une grande importance au bien-être de son animal et qu'il avait adopté un chien dans un refuge plutôt que d'acheter un pure race de luxe.

Je fis un pas en arrière et leur fis signe d'entrer à tous les deux.

— Ça ne me dérange pas du tout. J'adore les chiens. Mais je n'ai jamais eu les moyens d'en adopter un. Enfin, jusqu'à maintenant.

Je n'avais même pas songé à adopter un animal. Peut-être parce que je partais si souvent pendant plusieurs jours. Ou peut-être à cause de mon syndrome de soudaine richesse, ou quelle que soit la raison pour laquelle j'avais si peur de dépenser mon héritage.

Mais à bien y réfléchir, un animal de compagnie m'aiderait peut-être à me sentir moins isolée.

— On ne peut pas rester longtemps, m'avertit Eli. Notre chauffeur va arriver.

— Un café ? proposai-je en entrant dans la cuisine alors qu'Eli s'asseyait au comptoir.

— Oui. J'ai toujours du temps pour ça, répondit-il avec bonne humeur.

— Comment tu es arrivé ici si tu n'as pas de voiture ? demandai-je tout en nous servant une tasse de café chacun.

— J'ai une voiture, mais je me suis installé juste à côté pour mes petites vacances, répondit-il tout en faisant signe à Charlie de se coucher.

Le chien obéit aussitôt.

— Juste à côté, répétai-je en levant vivement la tête. Tu veux dire ici ? À Citrus Beach ?

Il m'adressa ce sourire à en perdre ma culotte, ce qui marchait chaque fois, et dit :

— Je vis à San Diego. Je ne voulais pas avoir à faire la route dans les bouchons tous les jours et la maison voisine était à vendre, alors je l'ai achetée. Je suis arrivé ce matin. C'était une location de vacances, alors elle était déjà meublée.

— Cette maison-là ? demandai-je en pointant du pouce vers la droite.

Je me souvenais que le manoir était sur le marché.

Il hocha la tête, refusa le lait et le sucre et me prit la tasse de café noir des mains.

J'ajoutai du lait et une sucrette dans la mienne et remarquai :

— Cet endroit est presque neuf et il est immense.

Il haussa ses larges épaules.

— Ce n'est pas si grand que ça. Six chambres, peut-être. Je n'ai pas vraiment eu le temps de jeter un œil.

C'était peut-être parce que j'avais du mal à digérer l'idée qu'Eli venait d'acheter la maison voisine sur un coup de tête, mais je n'arrivais pas à m'arrêter de le dévisager d'un air incrédule.

Bien sûr, il était tout sauf désagréable à regarder. Vêtu d'un jean sombre et d'un t-shirt, il était si séduisant que j'eus le plus grand mal à m'obliger à détourner les yeux.

— Qui fait ça ? demandai-je, abasourdie. Qui achète une maison à l'aveuglette ?

Il but une gorgée de café avant de répondre :

— Pour être honnête, j'ai acheté presque toutes les maisons que je possède sans les visiter avant. J'ai des employés qui se chargent des détails pour moi.

— Tu as combien de maisons ? demandai-je nerveusement, craignant presque de connaître la réponse.

— Je ne suis pas sûr, répondit-il. J'ai perdu le compte. Mais ce sont tous de bons investissements. J'en ai quelques-unes dans lesquelles je n'ai pas encore eu l'occasion de vivre, mais c'est pratique d'avoir des logements partout.

Je déglutis et le dévisageai. D'accord, j'étais *à peine* milliardaire alors qu'Eli était l'un des hommes les plus riches du monde. Mais l'idée de posséder des maisons dans lesquelles je n'aurais jamais vécu me paraissait assez intimidante.

— Alors elle ressemble à quoi ? finis-je par demander avec curiosité.

J'allais devoir accepter que la vie d'Eli fût très différente de tout ce que j'avais pu connaître, mais cela allait peut-être me prendre un peu de temps avant de vraiment digérer ça.

— Quoi ? demanda-t-il en haussant un sourcil.

— La maison d'à côté, précisai-je. Je me suis toujours demandé à quoi pouvait ressembler cette monstruosité de l'intérieur. Et je n'arrive pas à croire que tu aies acheté une maison de vacances rien que pour passer dix jours à Citrus Beach.

— Ce sera plus simple si je suis près de toi, répondit-il d'un ton nonchalant. Et la maison est un bon investissement. Que ça te plaise ou non, Citrus Beach est en plein développement et les prix de l'immobilier grimpent assez vite.

Je m'appuyai contre le comptoir et m'efforçai de comprendre sa manière de penser.

— Alors tu l'as achetée en tant qu'investissement ?

Son regard croisa le mien et l'intensité dans ses yeux fit remonter un frisson brûlant le long de mon dos.

— Non. Je l'ai achetée pour pouvoir être proche de toi pendant dix jours. C'est un achat trop petit pour vraiment constituer un investissement. Si je n'en avais pas eu l'utilité, je n'aurais pas pris la peine de me la procurer, répondit-il en toute franchise.

Seigneur ! Je déteste vraiment quand il sous-entend qu'il veut juste être proche de moi.

Eli Stone était une véritable énigme. Un instant, il était la quintessence même du milliardaire distant, et le suivant, il se montrait franc et direct.

Je ne savais toujours pas quoi penser de lui et de ce défi des dix jours. Mais je m'étais promis que j'aurais percé le mystère quand viendrait le moment de nous séparer.

Je laissai échapper un soupir nerveux.

— Je suppose que, parfois, tout cet argent que je possède m'accable, admis-je. Ma sœur Brooke dit que je souffre d'un genre de syndrome de richesse soudaine.

Il hocha la tête et termina son café.

— Elle a raison, répondit-il. J'ai vu ça très souvent. Tous mes amis ne sont pas nés riches comme moi et j'ai déjà vu des gens avoir du mal à encaisser le fait d'être devenus riches trop vite.

— Vraiment ? demandai-je avec espoir. Est-ce que ça finit par passer ?

— Pas toujours, répondit-il d'un ton songeur. Mais tu vas t'en sortir.

— Comment tu peux en être aussi sûr ?

— Parce que je suis là pour t'aider à t'y habituer et que tu as la tête sur les épaules. Je sais que c'est dur quand tes amis t'abandonnent et que tu te retrouves coincé dans un monde totalement nouveau. Mais je vais t'aider, Jade.

— Pourquoi ? m'enquis-je. Pourquoi tu t'en soucies ?

— C'est le cas, c'est tout, répondit-il en haussant les épaules.

— Parce que tu veux toujours coucher avec moi ?

Il sourit.

— Tu sais que j'ai une idée derrière la tête, mais j'ai aussi vraiment envie de t'aider.

Il ressemblait un peu à un petit garçon espiègle et mon cœur fit un salto dans ma poitrine.

Eli Stone était l'homme le plus sexy que j'aie jamais vu et de loin. Et c'était presque surréaliste de le voir assis chez moi à prendre un café comme si nous nous connaissions depuis toujours.

Je vidai ma tasse quand Eli se leva.

— Je crois que notre chauffeur est arrivé, annonça-t-il.

Je mis ma tasse dans l'évier et le rejoignis à la porte.

Il y avait un hélicoptère dans le ciel et un énorme yacht se rapprochait de la rive, mais je ne voyais aucun véhicule.

— Prends tes vêtements, me dit-il en sortant, Charlie sur les talons.

Je m'empressai de récupérer mes affaires et de verrouiller la porte. Quand je me retournai et vis l'hélicoptère atterrir sur la plage, je restai sans voix.

Eli tendit la main, mais j'hésitai.

J'avais bien compris que nous allions partir en hélicoptère maintenant que je voyais le logo Stone sur le flanc de l'appareil. Je tentai de réfréner la panique qui menaçait de m'envahir, la sensation écrasante que tout cela n'était qu'un rêve et que j'allais très bientôt me réveiller.

Je ne voyageais pas en hélicoptère.

Je ne faisais jamais rien d'impulsif.

Et je m'envolais encore moins dans des endroits inconnus avec un milliardaire.

Ce n'était pas moi.

Je n'étais pas moi.

Après avoir pris une grande inspiration, je tournai la tête vers Eli.

Je tressaillis, l'impression qu'il essayait de me dire que ma réalité entière avait changé et qu'il était temps de m'y faire.

— Fais-moi confiance, Jade, hurla-t-il par-dessus le son de l'hélicoptère.

Mon cœur se serra dans ma poitrine. J'étais perdue ces derniers mois, ne sachant ni où j'allais ni ce que je faisais.

J'étais isolée et pleine d'incertitudes, des émotions que je n'avais encore jamais ressenties parce que je ne prenais *jamais* de risque, je ne sortais jamais de ma zone de confort académique.

Mais j'en avais marre de me sentir déplacée et désorientée.

J'avais besoin de me sentir à nouveau moi-même, *sans* la peur et la panique. Je devais m'ajuster, au risque de me sentir comme ça pour le restant de ma vie. Et je refusais d'emprunter cette voie.

Il est temps pour moi de faire à nouveau confiance à quelqu'un. Il est temps que je me trouve, avec mon argent.

L'enthousiasme que je ressentais à l'idée de devenir audacieuse me poussa à prendre la main d'Eli. Alors qu'il m'entraînait vers la plage, je laissai mes sentiments négatifs s'envoler.

Difficile de ne pas être heureuse alors que j'allais passer du temps avec un mec riche et sexy, même si ce n'était que pour un petit moment.

CHAPITRE 9

Eli

J'aurais sûrement dû prévenir Jade que nous nous apprêtions à aborder un immense yacht qui nous attendait en eaux profondes. Mais je devais admettre que l'expression surprise sur son visage me fit très plaisir alors que nous atterrissions sur le niveau supérieur du bateau. Je n'avais donc pas trop de remords.

Je tendis la main et, quand elle me donna la sienne, j'eus la sensation d'avoir reçu un coup de poing à l'estomac.

Même si j'avais envie de coucher avec Jade plus que je n'avais jamais eu envie de coucher avec n'importe quelle femme, j'étais aussi fasciné par elle. Et le fait qu'elle m'accorde sa confiance avait de quoi rendre humble.

Elle trébucha en descendant de l'hélicoptère et cela ne me dérangea pas du tout qu'elle tombe dans mes bras, son corps se collant au mien comme si nous étions des amants.

Eh bien, si seulement.

— Tu te fiches de moi ? lança-t-elle alors que l'hélicoptère s'éloignait. Ce monstre t'appartient ?

J'affichai un sourire narquois.

— Il ne te plaît pas ?

J'avais l'intention de laisser Jade s'habituer aux objets et aux expériences que l'argent pouvait acheter, mais c'était assez perturbant de la voir me regarder comme s'il m'était poussé une deuxième tête.

— Ça ressemble à un bateau de croisière, remarqua-t-elle d'un ton ébahi.

— Pas tout à fait, répondis-je tout en prenant son sac à dos et en la guidant à l'intérieur. Certaines personnes possèdent des yachts encore plus grands, mais celui-ci convient très bien à mes besoins.

Elle ne prononça pas un mot alors que nous levions l'ancre. Nous nous assîmes tous deux près de la piscine au bout du pont.

— C'est de la folie, dit-elle en secouant la tête.

— C'est San Diego, répondis-je, affalé sur la chaise longue à côté d'elle. Tout le monde aime sortir, se promener en bateau.

L'un de mes employés vint prendre nos commandes de boissons avant de s'éclipser.

Jade rit tout en continuant de s'émerveiller de chaque caractéristique extravagante du yacht et je me détendis sur mon siège.

Il y avait quelque chose d'attrayant dans cette façon de faire l'expérience de mon monde à travers ses yeux. Mon but n'était pas de l'impressionner, mais de lui faire réaliser qu'elle vivait désormais dans le même univers que moi et que ce n'était pas si mal que ça.

Pour une raison inexplicable, je me sentais poussé à la guider vers le monde des super-riches avec délicatesse. L'ajustement pouvait être facile ou compliqué et Jade était quelqu'un de si authentique que je n'avais pas envie de la voir changer pour le pire.

Je voulais juste qu'elle réalise les possibilités plutôt que de craindre de ne plus jamais savoir ce que les gens attendaient d'elle.

Je pourrais la présenter à des gens sincères.

Et l'éloigner de ceux qui pourraient lui faire du mal.

Au bout du compte, je voulais qu'elle finisse par profiter de son argent et se sentir à l'aise à l'idée de le dépenser. Dieu savait qu'elle l'avait mérité après avoir traversé la pauvreté et les privations.

Je devais reconnaître qu'Evan Sinclair avait beaucoup de mérite d'avoir inclus une famille qu'il ne connaissait pas dans l'héritage des Sinclair. Cet homme avait clairement un sens de l'équité que j'admirais. Il se protégeait peut-être d'une grosse action en justice si les frères et sœurs avaient découvert la vérité plus tard, mais à en croire la façon dont le milliardaire s'était occupé de tout, il était clair qu'il se souciait du bien-être de la branche de sa famille qui n'était pas née riche. Sans ça, il ne se serait pas impliqué à ce point auprès d'eux. Et il n'aurait certainement pas donné une part équitable à ses demi-frères et sœurs. Il leur aurait payé une somme bien moindre et s'en serait lavé les mains.

J'avais vraiment envie que Jade achète quelque chose juste pour le plaisir, quelque chose pour elle-même autre qu'une maison sur le front de mer. La maison était un investissement, un toit au-dessus de sa tête et pas vraiment un plaisir.

Pour être franc, je n'avais jamais eu l'intention d'acheter la maison à côté de la sienne. À bien y réfléchir, j'avais un peu l'impression d'être un harceleur. Mais je ressentais un besoin désespéré de convaincre Jade d'entrer dans mon lit, je tenais donc à avoir un lit sous la main quand elle céderait enfin.

C'était un achat impulsif, mais je ne le regrettais pas.

Je la regardai, étendue dans sa chaise longue et l'air de savourer cet instant. Mon sexe était dur comme la pierre alors que j'observais son visage. Peu importaient toutes ses protestations, elle appréciait clairement de se trouver sur l'eau. La voir aussi détendue me rappela à quel point j'avais envie de voir son expression quand je lui aurais donné l'orgasme le plus satisfaisant de toute sa vie.

— Ce n'est pas un *bateau*, finit-elle par conclure en fermant les yeux. Je suis déjà allée sur un *bateau* avec mon frère Aiden. Il était pêcheur commercial avant qu'on devienne riche. Les bateaux ont une utilité. Là, j'ai l'impression de flotter sur un hôtel cinq étoiles. Combien de gens faut-il pour manier ce navire de croisière ?

Je souris. Elle avait repris son ton sarcastique habituel.

— Il y a tout un équipage.

— Tu sais à quel point tout ça est incroyable pour moi ? m'interrogea-t-elle.

— Tu sais à quel point tout ça est normal pour moi ? rétorquai-je. C'était le yacht de mon père si tu veux tout savoir. J'en ai hérité après sa mort il y a quelques années, alors je voyage sur ce *bateau* depuis des années.

— Je suis désolée pour ton père, dit-elle aussitôt en ouvrant les yeux. Ta mère est encore en vie ?

Je hochai la tête.

— Elle déteste être sur l'eau. Elle a le mal de mer, alors elle a tenu à ce que je prenne le yacht.

— Tu as des frères et sœurs ?

Je secouai lentement la tête.

— Il n'y a plus que moi et ma mère maintenant.

— Tu avais envie de ce yacht ? m'interrogea-t-elle avec curiosité.

Je haussai les épaules.

— Je ne m'en sers pas beaucoup. J'ai d'autres bateaux plus petits sur lesquels je me promène seul parfois. Je préfère être seul quand c'est possible. C'est sympa de pouvoir oublier qui je suis et m'imprégner de l'atmosphère paisible quand je suis en mer. Mais ce yacht était à mon père et je rechigne à me séparer de quelque chose auquel il tenait.

Mon employée arriva avec nos boissons, m'épargnant d'avoir à ajouter autre chose.

Après son départ, Jade reprit :

— Je suis sûre que ça n'a rien d'une contrainte d'avoir un yacht de ce genre à ta disposition chaque fois que tu as envie de compagnie.

Je bus une gorgée de la bière que j'avais commandée et répondis :

— En général, je n'ai pas envie de compagnie. Je passe la majeure partie de mes journées et soirées entouré de gens.

— Est-ce qu'il t'arrive de te demander pourquoi ils veulent tous être autour de toi ? demanda-t-elle.

— Je *sais* pourquoi, répondis-je. C'est pour ça que j'aime avoir un peu d'intimité lors de mes rares temps libres. Je sais qui sont mes quelques vrais amis et je passe du temps avec eux quand c'est possible. Mais ils vivent en dehors de l'État, alors on ne se voit pas si souvent que ça.

— Alors l'Eli Stone public est différent de ce qu'il est en privé ?

— Très différent, acquiesçai-je.

Je n'avais même pas vraiment *envie* de faire la plupart des trucs dingues dans lesquels je me lançais. C'était comme si quelque chose me *poussait* à effectuer ces expériences extrêmes.

— Tu vas me dire qu'en réalité, tu es quelqu'un de plutôt normal ?

— Ça dépend de ta définition de « normal », répondis-je.

— Est-ce que tu tonds ta pelouse ?

— Non, répondis-je d'un ton plat.

— Est-ce que tu cuisines tes plats toi-même ?

— Non.

— Est-ce qu'il t'arrive de faire la lessive ?

— Non.

Seigneur ! Si elle continuait à me poser ce type de questions, j'allais finir par me sentir complètement incapable.

— Est-ce que tu vas parfois au cinéma ?

— J'ai un écran de cinéma à domicile.

— Dans ce cas, je suppose que tu n'es pas si normal que ça, remarqua-t-elle.

Je détestai entendre la déception dans sa voix.

— Je ne fais rien de tout ça parce que je n'ai pas le temps, grommelai-je. Ça n'aurait pas de sens, financièrement parlant, de tondre ma pelouse moi-même. J'ai une très grande pelouse. Tout est dans la gestion de son temps.

Elle se redressa en position assise et referma ses jolies lèvres autour de la paille de sa boisson, puis elle aspira une large portion de son breuvage.

Je me détestai pour les pensées qui envahirent ma tête alors que je m'imaginais où j'aimerais voir ces lèvres sublimes enroulées fermement à cet instant.

— Je comprends, dit-elle lorsqu'elle relâcha sa paille. Ce n'est pas comme si ma propre famille faisait la lessive. Plus maintenant. Mais c'est dur de s'habituer à tout ça. Je fais encore tout moi-même.

— C'est parce que tu ne t'occupes pas encore de la gestion de ta richesse, lui répondis-je. Quand tu commences à devoir prendre toutes ces décisions, la situation se complique et tu n'auras plus assez d'heures dans tes journées une fois que ta carrière de scientifique sera lancée elle aussi. Il y a une limite à ce qu'on peut faire nous-mêmes.

— Je suppose que si j'avais pu obtenir le poste que je voulais tout de suite et si je gérais ma richesse moi-même, je n'aurais pas le temps de faire grand-chose, admit-elle, songeuse.

Je fronçai les sourcils.

— Pourquoi tu n'as pas réussi à obtenir le poste que tu voulais ?

— Il n'était pas disponible, répondit-elle tristement. Il n'y a pas beaucoup d'opportunités parce que ma spécialisation est assez restreinte. Et il y a de moins en moins d'argent disponible pour les postes associatifs. Ce n'est pas comme si je n'avais pas envoyé des CV à peu près partout, mais je n'ai trouvé aucun poste de libre dans la conservation génétique.

— Et au zoo de San Diego ? l'interrogeai-je.

— J'aimerais bien, répondit-elle avec regret. Ce serait mon rêve de participer à leurs recherches sur la conservation génétique. Ils font tellement de progrès en recherche cryogénique et génétique. C'est l'avenir de la conservation. La possibilité de profiter de la technologie *in vitro* pour élargir le patrimoine génétique et de faire renaître une population décimée, c'est quelque chose d'assez excitant.

Une animation et un enthousiasme sincères se lisaient sur son visage alors qu'elle parlait de ses rêves. Je voyais l'intello scientifique pointer le bout de son nez et je n'avais jamais rien vu de plus beau que son visage alors qu'elle imaginait des choses auxquelles la plupart des gens ne songeaient jamais.

— Tu pourras accorder une subvention pour tes propres recherches, suggérai-je.

— Je ne peux pas faire ça, répliqua-t-elle. Je veux que mon travail ait du sens et je veux que quelqu'un le considère assez important pour être étudié et recherché. Si j'accorde une subvention, je ne pourrai choisir ce qu'ils décideront d'en faire. Pas précisément. Ne te méprends pas, je serais ravie de donner des subventions pour la recherche et je compte bien le faire. Mais je veux pas avoir à insister pour que quelqu'un finance mon travail juste parce que c'est mon argent.

Mon admiration pour Jade grimpa de quelques crans de plus. Je comprenais ce qu'elle voulait dire, mais il fallait beaucoup de valeurs et de sens de l'éthique pour se refuser à s'offrir son propre ticket vers le succès en établissant un centre de recherche maintenant qu'elle avait l'argent nécessaire pour le faire.

— Tu n'as terminé ton stage que depuis quelques mois. Ça prendra du temps, mais ça finira par arriver.

Elle me sourit.

— Ne crois pas que j'ai cessé mes efforts. Puisque j'ai le temps, je ne laisse aucune opportunité passer sans déposer ma candidature. Ça va arriver. J'ai toujours su que je devrais faire de gros efforts pour arriver là où je veux parce que c'est un domaine difficile.

Je hochai la tête et observai son expression déterminée. J'avais toujours su que Jade Sinclair était une femme extraordinaire. Mais la voir comme ça, alors qu'elle avait baissé sa garde, m'aidait à avoir un meilleur aperçu du genre de personne qu'elle était.

Le problème, c'était que je commençais à bien trop l'apprécier.

Contrôle-toi, Stone. Il faut que je garde le contrôle de mes émotions et que je me souvienne de mon objectif : mettre cette femme dans mon lit et la baiser jusqu'à ce que mon obsession pour elle s'estompe.

Je n'avais pas besoin de m'impliquer.

Je n'avais pas besoin de l'apprécier.

Je n'avais pas besoin de la comprendre.

Et je n'avais certainement pas besoin de me demander comment faire en sorte que tous les rêves de Jade deviennent réalité.

Je haussai les épaules, un geste désinvolte qui ne reflétait pas vraiment mes émotions.

— Ça viendra, Jade. Continue de candidater et essaie peut-être de prendre les rênes de la gestion de ton argent en attendant qu'une opportunité se présente. Comme ça, tu n'auras pas à t'occuper de tout en même temps.

— J'ai envie de m'occuper de tout moi-même, dit-elle avec envie. Mais j'ai trop peur de faire une erreur. Je suis une scientifique, Eli, pas une femme d'affaires et je n'y connais rien à l'argent.

— Tu n'as aucune raison de foirer. Et même si c'est le cas, tu apprendras de tes erreurs. Tu es une femme intelligente, Jade. Tu dois te faire confiance et ne pas être intimidée par l'argent. Une fois que tu l'auras pris en main, tu pourras faire tant de choses en tant que philanthrope. Tout va changer quand tu réaliseras que tu peux aider à rendre le monde meilleur d'une manière ou d'une autre. Je crois vraiment que c'est ce qui me pousse à me lever tous les matins.

— Je suppose que je n'avais jamais songé à ça.

— Les privilèges signifient aussi qu'on a une responsabilité quand on est quelqu'un de décent. Je veux faire une différence. Beaucoup de gens riches peuvent le faire et le font.

Elle me regarda, une lueur d'espoir dans ses beaux yeux.

— Je crois que je me sentirais rassurée si je pouvais faire quelque chose qui permette de changer le monde. Est-ce que tu peux m'y aider ?

Son ton suppliant me déchira presque le cœur alors même que je venais de me remémorer ce que ma relation avec Jade était censée être. J'étais certain qu'avec cette voix, elle aurait pu me demander de me jeter d'une falaise pour faire une chute mortelle et je l'aurais fait avec joie tant que cela la rendait heureuse.

On ne peut pas dire que je sois en train d'accomplir mon objectif.

Mais me distancier des émotions de Jade me parut soudain quasiment impossible.

— Tout ce que tu voudras, papillon, répondis-je.

— J'ai envie d'en apprendre plus au sujet des investissements. Et du marché boursier. J'ai envie de comprendre comment lever des fonds pour faire une différence moi aussi. Et j'ai envie de trouver les meilleurs programmes de conservation auxquels faire don de subventions pour la recherche. Il existe tellement de superbes projets, Eli. Je n'y avais jamais réfléchi, mais je pourrais aider d'autres conservateurs postdoctoraux à trouver un endroit où accomplir leur travail.

— Ça prendra du temps, l'avertis-je. Tu ne vas pas tout apprendre en une semaine.

Bon sang, je savais que j'étais prêt à lui apprendre tout ce qu'elle avait envie de savoir. Ça lui permettrait de rester dans ma vie un peu plus longtemps.

Je ne cherche pas une relation à long terme.

Merde ! Pourquoi avais-je autant de mal à garder ça en tête ?

Elle haussa un sourcil.

— Ce n'est pas comme si j'étais extrêmement occupée, surtout depuis que tu as acheté toutes les places à mes cours, même après la fin de nos dix jours.

— On va commencer par passer certains détails en revue tous les matins. Et ensuite, tu pourras venir à San Diego pour devenir mon interne officieuse dans mes bureaux, si tu veux. C'est sûrement la manière la plus rapide d'apprendre un maximum de choses.

Bon sang! Je n'avais jamais eu l'intention de lui laisser une porte ouverte, une fois que j'aurais pu profiter du corps de Jade tout mon saoul. Mais je venais de m'engager à bien plus que je l'avais prévu.

— Ce serait génial, accepta-t-elle aussitôt. J'organiserai quelques cours de survie et, si j'ai de la chance, j'aurai peut-être quelques entretiens, mais je serai là-bas tous les jours où je n'aurai rien à faire. J'adorerais avoir l'occasion d'apprendre de ton expérience.

Bordel de merde. J'aurais un tas d'autres choses beaucoup plus personnelles à lui apprendre en dehors du côté professionnel. Qu'est-ce que je suis en train de fabriquer?

Je savais que j'étais en train de perdre le contrôle de la relation entre Jade et moi.

Rien de tout ça ne faisait partir du plan.

Mais je ne savais comment les détails de l'arrangement temporaire que je m'étais imaginé étaient en train de se transformer en un tout autre accord.

Je ne pouvais pas devenir l'ami de Jade.

Et je n'avais jamais voulu devenir son mentor, à moins que cela n'ait impliqué qu'on se retrouve tout nus tous les deux.

Tout cet arrangement de dix jours n'était qu'une ruse pour permettre à mon sexe de se retrouver là où il devait être. Bien sûr, cela ne me dérangeait pas de lui enseigner ce que je pouvais au passage. Tant que nous devenions aussi amants.

Je la regardai se lever et soulever son t-shirt par-dessus sa tête.

Elle avait clairement l'intention d'aller nager, mais je faillis émettre un grognement quand elle porta la main au bouton de son jean.

Jade avait un corps magnifique. Elle était en excellente forme physique et ses proportions étaient parfaites.

C'était si tentant de voir cette femme se déshabiller devant moi. Et j'avais la sensation d'être à deux doigts de craquer alors qu'elle écartait son jean d'un coup de pied et le jetait sur la chaise.

Quand elle tendit la main vers sa queue de cheval et libéra une masse de cheveux sombres fascinante, je grinçai des dents.

— Tu viens ? me demanda-t-elle avec ce que j'interprétai comme un sourire aguicheur, même si ce n'était sûrement pas le cas.

Je la dévorai des yeux. Son maillot était noir, modeste, une pièce, mais la façon dont il moulait son corps me fit presque perdre le contrôle.

— J'aimerais bien, maugréai-je en me levant.

Et je ne parlais pas de son invitation à aller nager.

Elle courut jusqu'au bord du côté le plus profond et exécuta un plongeon parfait dans l'eau.

Je dus me concentrer sur le fait de retirer mon jean pour la rejoindre.

Je fus soulagé une fois que j'entrai enfin dans l'eau. J'aurais aimé qu'elle soit bien plus froide que la température tiède maintenue par l'appareil de chauffage.

Charlie aboya et, avant que j'aie pu l'en empêcher, il se jeta dans la piscine avant de foncer droit sur Jade. Elle le cajola et roucoula des mots doux au chien quand il la rejoignit.

Je ne pouvais pas en vouloir à Charlie.

Si j'avais été un chien, j'aurais fait exactement la même chose pour obtenir l'attention de Jade.

CHAPITRE 10
Jade

Quelques jours plus tard, je me rendis compte que je commençais à apprécier d'avoir Eli Stone comme voisin.

Pour être honnête, je commençais même à l'apprécier *lui*, ce qui allait me causer un énorme problème.

Nous faisions notre jogging sur la plage tous les matins et je commençais vraiment à aimer sa compagnie. D'habitude, je courais seule tous les matins, sauf dans les rares occasions où l'un de mes frères m'accompagnait.

Maintenant, Eli était là tous les matins avec Charlie, déjà occupé à lancer une balle au chien exubérant quand j'arrivais sur le sable.

Comme promis, Eli passait quelques heures tous les matins à m'expliquer comment assembler un portefeuille et à tout m'apprendre au sujet des investissements.

J'avais beaucoup à apprendre, mais j'étais rassurée à l'idée de connaître au moins les bases. Il me poussait à m'améliorer, mais ne se montrait jamais condescendant.

Je suppose que j'ai un faible pour les génies des affaires sexy, tatoués et au corps musclé.

La seule chose qui m'avait permis de résister à ses sous-entendus et ses avances, c'était de me répéter qu'il ne s'agissait que de désir et rien de plus.

Mais je me rendais compte peu à peu que j'éprouvais toute une palette d'émotions quand je regardais Eli et qu'aucune d'elles n'était de nature charnelle.

Je continuais de trouver certains de ses actes exagérés, mais nous parlions rarement de ses hobbies extrêmes. Plus j'apprenais à le connaître, plus ce comportement me semblait incongru chez lui.

Comme il me l'avait expliqué dans la cabane, il semblait être plutôt du genre discret et je n'arrivais pas à concilier toutes les choses dingues que je l'avais vu faire à la télévision avec l'homme que je commençais à bien connaître.

Le premier jour, nous avions passé toute la journée sur le yacht et avions dégusté un repas incroyable, servi par un chef de renommée mondiale et préparé dans la cuisine de l'énorme navire.

Eli avait enfin vu son souhait exaucé quand nous nous étions assis à table pour partager un repas. Il aurait été difficile de dire lequel de nous deux avait le plus savouré la nourriture. Il ne plaisantait pas quand il avait dit adorer manger et nous nous étions attardés à table un long moment après ce dîner fantastique.

Le deuxième jour, nous étions allés à Disneyland et avions visité le parc d'une manière inédite pour moi. Eli avait loué tout le parc et nous avions pu monter dans toutes les attractions autant de fois que nous le voulions. J'avais aimé ça parce que je n'étais venue à Disney qu'une fois, et seulement parce que Noah, Seth et Aiden avaient économisé de l'argent toute l'année et fait des heures supplémentaires rien que pour pouvoir nous offrir ce cadeau de Noël. Il avait plu ce jour-là, mais cela restait quand même l'un des plus beaux moments de toute mon enfance.

Les troisième et quatrième jours, nous étions partis pour un séjour complètement fou à Las Vegas dans le jet privé d'Eli.

Vu que je n'étais jamais venue dans la ville du péché, Eli m'avait présenté rapidement toutes les choses ridicules et extravagantes qu'on pouvait faire ici.

Quand nous étions rentrés à la maison la veille au soir, j'étais à moitié saoule et prête à supplier Eli de m'emmener dans son lit.

Par chance, j'étais assez sobre pour me souvenir qu'Eli Stone ne faisait que jouer avec moi et que coucher avec lui ne faisait pas partie du plan.

Nous étions désormais au cinquième jour, mais je n'avais pas encore découvert ce qu'Eli avait prévu.

Vu qu'on allait toujours courir sur la plage le matin avec Charlie sur les talons, il n'avait pas fallu longtemps avant que mes frères découvrent que je passais du temps avec l'un des hommes les plus riches du monde.

Ils s'étaient pointés dans mon cottage ce matin-là alors qu'Eli venait tout juste d'arriver et ils avaient insisté pour que nous sortions tous prendre le petit-déjeuner au meilleur café de Citrus Beach. Eli avait accepté avec enthousiasme, mais j'étais certaine qu'il n'avait aucune idée de ce dans quoi il s'engageait en acceptant la proposition à déjeuner de mes frères.

De manière stupéfiante, même mon frère Noah avait rejoint le groupe. Il était rare que mon frère aîné s'accorde le temps de sortir manger.

J'observais mes frères et Eli, tous rassemblés à une table dans le Weston Café et occupés à parler d'investissements, d'immobilier, de marché boursier et de tous les autres sujets sur lesquels mes frères semblaient mourir d'envie d'en apprendre plus.

Je souris alors qu'Eli répondait à toutes leurs questions avec plaisir. Il s'était montré très courtois et traitait mes trois grands frères comme s'il s'agissait de collègues plutôt que de nouveaux milliardaires, ce qu'ils étaient en réalité.

— Ça fait plaisir de te revoir, Jade, lança une femme en se laissant tomber sur la seule chaise libre en face de moi. Ça faisait longtemps.

Je souris avec prudence à la femme qui avait été ma meilleure amie la majeure partie de ma vie, Skye Weston. Elle avait l'air d'aller bien, mais d'être épuisée, ce qui n'avait rien d'inhabituel pour Skye. Elle était la propriétaire et la gestionnaire du Weston Café et cela ne lui laissait pas beaucoup de temps libre pour s'adonner à des passe-temps tels que le sommeil. La plupart du temps, elle brûlait la chandelle par les deux bouts.

Nous avions été très proches jusqu'à la fin du lycée. J'étais partie à la fac et Skye avait commencé à sortir avec Aiden. Sa relation avec mon frère avait pris fin très vite et de manière abrupte, puis Skye s'était empressée d'épouser un autre homme et de déménager à San Diego. Malheureusement, tout cela s'était soldé par un divorce assez scandaleux, vu que son ex-mari avait été condamné pour plusieurs chefs d'inculpation qui lui avaient valu la prison à perpétuité.

Maintenant, Skye était mère célibataire et s'efforçait d'élever sa fille toute seule.

Je ne l'avais plus beaucoup revue après son déménagement à San Diego. Mais nous nous étions souvent retrouvées depuis qu'elle avait hérité du café de sa mère à son décès et réemménagé à Citrus Beach avec sa fille, Maya.

Skye et moi avions presque aussitôt retrouvé la relation d'amitié qui nous unissait au lycée, presque comme si nous n'avions jamais été séparées.

Et puis, quelques semaines plus tôt, je lui avais proposé de l'aider financièrement pour qu'elle puisse passer plus de temps avec Maya. Elle avait refusé et avait paru offensée par ma proposition.

Je ne l'avais plus revue depuis.

— J'ai cru que tu étais en colère contre moi, finis-je par dire.

— Parce que tu voulais m'aider ? m'interrogea-t-elle. Je n'étais pas *en colère,* Jade. J'étais touchée, mais Maya et moi nous sommes toujours débrouillées.

— J'ai craint que tu ne sois contrariée. Je t'ai appelée trois fois et tu ne m'as jamais recontactée.

Une expression blessée passa dans les yeux de Skye et je me demandai un instant si j'avais imaginé l'indignation que j'avais sentie chez elle. Avais-je repoussé une bonne amie parce que je me sentais gênée à l'idée de lui avoir proposé de l'argent ?

Je lui adressai un sourire sincère.

— Je suis désolée. Les choses ont été assez mouvementées.

— Je vois ça, répondit-elle avec un sourire. Je suppose que le fait de sortir avec l'un des hommes les plus riches du monde peut s'avérer assez chronophage.

Je jetai un rapide coup d'œil à Eli et mes frères et vis qu'ils ne prêtaient aucune attention à notre conversation. Ils étaient trop accaparés par la leur.

— Nous… ne sortons pas ensemble, lui avouai-je en baissant d'un ton. Nous expérimentons.

— J'espère que par « expérimenter » tu veux dire que vous essayez toutes les positions sexuelles connues. Il est assez torride pour faire fondre toute la glace en Arctique, Jade. Et puisqu'il semble plutôt bien se débrouiller avec tes frères, je suppose que c'est quelqu'un de correct.

— C'est le cas, répondis-je avec un soupir. Il est bien plus sympathique que je m'y attendais.

Skye haussa un sourcil.

— C'est une mauvaise chose ? s'étonna-t-elle.

— Je n'ai pas envie de l'apprécier, Skye. On ne joue pas dans la même cour.

— Tu ne trouves pas ça un peu trop subjectif ? m'interrogea-t-elle. Tu es une belle milliardaire toi aussi et, même si ce n'était pas le cas, l'argent ne suffit pas à faire tenir une relation. Je suis bien placée pour le savoir.

Je hochai la tête. Je savais que l'ex-mari de Skye était riche jusqu'à ce qu'il soit arrêté avec le reste de sa famille de criminels italiens de San Diego.

— Je suppose que c'est un peu irrationnel de croire qu'il y a la moindre différence entre lui et moi. Mais Skye, j'ai vu avec quel genre de femmes il sortait. Comment suis-je censée croire que je suis aussi belle que les mannequins et les célébrités dont il a l'habitude ?

— Il en a peut-être marre des femmes maigrichonnes et superficielles. Les paillettes s'estompent assez vite. Et tu es aussi belle, juste pas de manière aussi tapageuse. Laisse une chance à ce pauvre homme. J'ai l'impression qu'il cherche à te séduire, s'il a fait tout le chemin jusqu'ici pour te voir.

— Nous devons passer dix jours ensemble, expliquai-je. Je crois qu'il s'est lancé pour défi de me mettre dans son lit.

Skye ricana.

— Alors, laisse-le gagner, pour l'amour du ciel.

Je vis Aiden regarder vers Skye. Son regard s'attarda sur elle, glacial, puis il reporta son attention sur les autres hommes.

Je m'étais souvent demandé ce qui avait pu se passer au juste entre Aiden et Skye, mais leur relation avait été une vraie tornade, terminée presque aussitôt après avoir commencé. Et aucun d'eux n'en parlait jamais. Mais c'était bizarre cette façon qu'ils avaient de s'ignorer l'un l'autre et de faire comme s'ils ne s'étaient jamais rencontrés. Je ne pouvais que supposer qu'ils ne s'étaient pas séparés en très bons termes.

— J'imagine que je n'ai pas envie d'avoir le cœur brisé, finis-je par admettre. Eli est sexy, mais il n'est pas du genre à s'engager. Et si je finissais par l'aimer un peu trop ?

— Et si tu ne tentais pas le coup et que tu passais le restant de ta vie à te demander s'il aurait pu se passer quelque chose de plus entre vous ? me rétorqua-t-elle. Tu n'as jamais eu peur de rien, Jade. Ne commence pas maintenant.

— Hériter de tout cet argent m'a changée, Skye, avouai-je. Je sais que la plupart des gens aimeraient beaucoup être à ma place, mais j'ai l'impression de ne plus être moi-même.

— Ne minimise pas à quel point ça peut être dur de connaître un énorme changement dans ta vie, m'avertit Skye. Oui, tout le monde veut de l'argent jusqu'à ce qu'il en ait, mais c'est dur de s'y habituer quand on a toujours été pauvre et ça ne résout pas tous les problèmes. Parfois, ça ne fait que les empirer.

Je réalisai que, d'une certaine manière, Skye avait connu la même expérience que moi en épousant un homme riche.

— Est-ce que tu regrettes ? demandai-je doucement.

Skye et moi n'avions jamais vraiment discuté de son ex-mari et je ne l'avais jamais rencontré. Mes rares conversations avec elle après son déménagement à San Diego étaient assez superficielles.

Elle hocha la tête.

— Je regrette tout, sauf Maya. Elle est tout pour moi. Si je devais tout recommencer pour avoir ma fille, je le ferais.

Je souris.

— Elle est adorable et c'est une petite maligne, lui dis-je avec sincérité. Tu es une mère incroyable.

— J'essaie, répondit Skye en haussant les épaules. Mais j'ai de la chance que ce soit une enfant si facile à vivre. Mais arrêtons de parler de moi. Je veux savoir ce que tu vas faire du mec canon et riche assis à l'autre bout de la table.

— Tu as raison. Je suppose que je vais devoir arrêter de m'obséder au sujet de ce qui *pourrait* se passer avec Eli et me contenter de prendre les choses comme elles viennent.

Pendant les quelques minutes suivantes, je racontai à Skye mes aventures avec Eli Stone et lui expliquai tous les trucs dingues que nous avions faits ces derniers jours.

— Oh mon Dieu ! s'exclama-t-elle. Alors non seulement il est ultra sexy, mais en plus il est attentionné ? Sérieusement, Jade. Tu dois savourer chaque moment dont tu pourras profiter avec cet homme.

— Je sais, répondis-je. Je fais de mon mieux pour me détendre.

— Ça n'a jamais été facile pour toi, répondit-elle gentiment.

Je haussai les épaules.

— Je suis une scientifique intello.

— Et tu es brillante, ajouta Skye. Mais tu es aussi une femme, Jade.

— Oui, eh bien, parfois, j'ai beaucoup de mal à entrer en connexion avec cette facette de moi-même, répondis-je.

Jusqu'à ce que je rencontre Eli, je n'avais jamais été submergée de désir. Maintenant, j'avais bien du mal à penser à *autre chose* qu'au sexe.

— Tu n'as encore rien fait avec lui ? Comment est-ce possible ? Tu es attirée par lui, non ?

— Énormément, avouai-je avec réticence.

— Amuse-toi, Jade, et tu t'inquiéteras des conséquences le moment venu, s'il y en a, me conseilla Skye. Il est clair qu'il en pince pour toi. Il a tourné la tête par ici plus d'un million de fois depuis qu'on est assises ici. Il a envie de toi. Tu ne sauras jamais ce qui pourrait se passer à moins de lâcher prise et de profiter de l'instant.

— Je n'ai jamais fait ça, répliquai-je.

— Tu as eu une enfance difficile, admit Skye, mais vous étiez tous là les uns pour les autres. Et tu as toujours été la plus courageuse du lot. Ne te dégonfle pas maintenant. Tu étais la fille qui n'avait pas peur de partir au milieu de nulle part, toute seule, pour entrer en communion avec la nature. Tu étais la fille prête à affronter toutes les brutes de l'école. Et tu étais le genre de fille à courir vers le danger plutôt que de le fuir comme toute personne normale. Tu es toujours *cette femme*, Jade. Tu es juste un peu troublée en ce moment. Mais tout ça s'arrangera quand tu auras réalisé que tu es toujours la même avec ou sans argent.

Ces derniers jours, j'avais commencé à comprendre que tout ce que Skye me disait était vrai. Je pourrais peut-être me détendre un peu, apprendre à gérer ma fortune et continuer de candidater pour les postes que je voulais. Mon héritage me permettait de faire ça. Je n'étais pas obligée de prendre un boulot dont je n'avais pas envie rien que pour avoir un salaire. En attendant, je pouvais faire tout mon possible pour soutenir la conservation en mettant mon argent à profit dans le domaine de la recherche et dans les projets visant à aider à reconstruire les populations déclinantes d'animaux en danger.

Plus j'en apprendrais sur ma nouvelle richesse, plus je serais assurée que mon argent n'altérerait en rien ma vie. Il ne me changerait pas. Mais il pourrait m'aider à faire des choses incroyables, dont je ne me serais jamais imaginée capable.

Je n'avais *pas* changé. Mais je regrettais de ne pas avoir eu l'opportunité de faire toutes les bonnes actions dont j'avais envie.

— Tu as raison, répondis-je. Je commence à comprendre que je n'ai aucune raison d'être terrifiée par mon compte en banque et que je peux apprendre à gérer tout ça. C'est mon principal objectif. Prendre le contrôle de ma propre fortune pour que mon demi-frère n'ait plus besoin d'endosser cette responsabilité pour moi. Je pense qu'Evan en a déjà bien assez fait pour nous tous.

Skye posa une main sur la mienne et l'étreignit.

— Ça va aller, Jade. Il n'y a rien de mal à ne rien faire le temps de t'ajuster à la situation. L'argent sera toujours là quand tu seras prête.

Je sentis des larmes me monter aux yeux alors que je regardais Skye. C'était une femme forte et résiliente et j'étais heureuse que notre amitié n'ait pas été gâchée parce que j'étais perturbée par ce qui m'arrivait. Skye était le genre d'amie qui serait là pour moi quoi qu'il arrive.

— Merci, dis-je doucement.

— Où est-ce que tu emmènes notre sœur aujourd'hui ? entendis-je mon frère Noah demander alors que les garçons se levaient.

Eli leur lança un regard sombre.

— C'est une surprise, mais je prendrai soin d'elle.

— Je ne suis pas sûr d'aimer l'idée qu'elle s'envole comme ça sans qu'on sache où elle sera, intervint Aiden.

Je me levai à mon tour pour me jeter dans la mêlée.

— Je suis une adulte. Je peux me débrouiller, lançai-je à mes trois frères d'un ton ferme.

— Ne le prends pas mal, mec, dit Seth, mais on veut savoir où elle sera.

— Je ne le prends pas mal, répondit Eli d'une voix douce. Je vais vous le dire par message pour ne pas gâcher la surprise.

Mes frères grommelèrent, mais parurent se résigner à l'idée qu'ils n'obtiendraient aucune adresse.

Nous nous dîmes au revoir et je promis à Skye que je l'appellerais pour qu'elle et Maya puissent venir chez moi nager et traîner sur la plage.

Cela me fit bizarre de monter dans la Bugatti Chiron hors de prix d'Eli. Je l'avais taquiné en faisant remarquer que j'avais plus l'impression de rouler dans la Batmobile que dans une voiture de sport. Mais je montai quand même dans le véhicule high-tech.

— Pourquoi avoir accepté de leur envoyer un message ? demandai-je avec curiosité tout en mettant ma ceinture.

Il engagea le véhicule de haute performance dans la circulation avant de me répondre :

— Si tu étais de ma famille, je voudrais savoir où tu vas moi aussi. Et puis, ce sont tes frères. Ils se sont occupés de toi quand tu étais petite. Je ne peux pas leur en vouloir d'être inquiets à l'idée que tu partes avec un homme qu'ils ne connaissent pas vraiment.

Je levai les yeux au ciel.

— J'ai presque vingt-sept ans. J'ai un doctorat. Ce n'est pas la première fois que je pars quelque part toute seule.

— Tu n'es pas seule. Tu es avec moi. Je pense que c'est ce qui les inquiète le plus.

— Pourquoi ? demandai-je, confuse.

— Ils savent que j'ai envie de te baiser.

— Comment pourraient-ils savoir un truc pareil ? l'interrogeai-je.

Il haussa les épaules.

— C'est un truc de mecs, je suppose. On apprend à déchiffrer les intentions des autres types pour ne pas empiéter sur leur territoire.

— Et tu crois que mes frères ont détecté ces signaux masculins ?

— J'en suis certain, répondit-il d'une voix assurée.

Je me sentis mal à l'aise à l'idée que mes frères sachent à quoi pensait Eli quand il me regardait.

Et je me sentis encore plus inconfortable quand je songeai qu'ils avaient peut-être remarqué que je ressentais la même chose.

Je me laissai aller contre le siège confortable de la voiture d'Eli et me demandai si mon visage était aussi écarlate que j'en avais l'impression.

CHAPITRE 11

Jade

— Tu te fiches de moi ? m'exclamai-je folle de joie quand nous arrivâmes enfin à notre destination. Qu'est-ce que c'est que tout ça ?

Eli était adossé à la porte de nos logements, l'air suffisant.

— Nous allons faire du *glamping* ici, dans le Montana, pendant les quatre jours qui viennent, m'expliqua-t-il. Tu es une conservatrice génétique qui n'a pas vraiment eu l'occasion de faire autre chose à part étudier la génétique animale et toutes les données de laboratoire que ça implique. Maintenant, tu peux explorer la faune sauvage pour de vrai, vu que je sais que tu adores aussi faire ça. Tu as mentionné aimer la randonnée. C'est sûrement l'un des plus beaux endroits où en faire.

Je parcourus des yeux la « tente » que nous allions partager. J'arpentai en courant le grand espace, admirant la splendide installation. Notre tente de luxe comprenait deux chambres, un spa, une immense salle de bain et à peu près tout le luxe qu'on pourrait trouver dans un hôtel cinq étoiles. Même si cet endroit avait été conçu pour ressembler à une tente de l'extérieur, l'intérieur était composé de meubles somptueux.

Nous avions pris la route juste après avoir déjeuné avec mes frères. J'étais montée dans le jet d'Eli sans avoir la moindre idée d'où nous allions et il m'avait laissée dans le noir jusqu'à ce que le jet atterrisse dans un petit aéroport et que j'aie l'occasion de regarder autour de moi.

Sur le trajet jusqu'ici, je m'étais rendu compte que nous étions dans une zone assez isolée à en juger les alentours, mais je n'aurais su dire où nous étions exactement.

L'heure et la direction prise par l'avion m'avaient fait comprendre que nous étions toujours à l'ouest du pays, mais je ne savais pas dans quel État.

Je m'arrêtai devant lui, encore sous le choc.

— On est dans le Montana ?

Il hocha la tête.

Sans réfléchir, je me jetai dans ses bras et l'étreignis aussi fort que je pouvais.

— J'ai toujours voulu venir ici. J'en rêve depuis que je suis petite.

Mes émotions me submergèrent alors que je me rendais compte qu'Eli venait de réaliser l'un de mes rêves.

Même si j'avais désormais les moyens de voyager par moi-même, je ne me serais jamais imaginé pouvoir être installée confortablement en pleine nature. J'avais passé la plupart de mes séjours de recherches dans de *vraies* tentes, sans eau courante et avec des installations sanitaires tout sauf idéales.

Ses bras forts s'enroulèrent autour de ma taille et il me serra contre son corps dur.

— Si j'avais su que ça te rendrait à ce point heureuse, on serait venus ici dès le premier jour, dit-il d'une voix rauque et taquine.

Soudain, je me sentis enveloppée par l'odeur d'Eli, un arôme masculin et empli de phéromones qui m'enivra complètement.

— Non. C'est parfait. Et je n'aurais pas voulu manquer Las Vegas ou Disney. Je suis juste heureuse d'être ici, dans le Montana. Mais c'est quoi au juste du *glamping* ?

— Du camping glamour, expliqua-t-il, son souffle chaud effleurant mon oreille de manière sensuelle. Je suis devenu partenaire de ce projet avec quelques amis et je suis déjà venu ici plusieurs fois. Mon petit doigt me disait que ça te plairait. Nous sommes au milieu de nulle part et cette zone est bourrée d'animaux sauvages. Je me doutais que tu aimerais séjourner ici. Il y a tout un tas d'activités disponibles pour te tenir occupée.

— Comment pourrais-je ne pas aimer ? répondis-je en riant.

Je n'étais pas du tout surprise d'apprendre qu'Eli était l'un des propriétaires d'un terrain de camping comprenant tout le luxe imaginable.

— Nous allons faire du camping tout en disposant de tout le confort. On va vraiment partir en randonnée ?

— Autant que tu le voudras, papillon, répondit Eli sans hésiter. Nous ne sommes pas très loin de l'entrée nord de Yellowstone. Ça aurait été mieux si l'on était venus pendant l'été et qu'on avait pu voir tout le parc, mais on verra bien ce qu'on peut faire quand on y sera. Le temps a été relativement bon après tout.

J'avais estimé qu'il devait faire dans les quinze degrés avant qu'on entre dans la tente de luxe. Des températures très clémentes pour un automne dans le Montana.

Je me blottis contre son corps puissant et resserrai mes bras autour de son cou.

C'était excitant d'être dans le Montana, mais le fait d'être ici avec Eli rendait la situation très spéciale.

C'était étrange, mais le fait d'être aussi plaquée contre lui me semblait naturel, rassurant même. Mais je devais réfréner mon instinct primaire d'explorer chaque centimètre carré de son corps.

Je m'écartai pour regarder son visage.

— J'espère que tu ne t'ennuieras pas.

Il m'avait dédié une si grande part de ses vacances alors qu'il en prenait rarement et je lui en étais reconnaissante. Mais j'avais envie qu'il s'amuse aussi.

— Comme je l'ai dit, je suis déjà venu ici. Je n'ai pas pu rester longtemps, mais j'ai beaucoup aimé. Même si nous sommes au milieu de nulle part, il y a un tas de moyens de se divertir si l'on aime pêcher, faire de la randonnée, monter à cheval et tout un tas d'autres trucs à faire en nature. Et la nourriture est bonne.

J'avais remarqué que la station de montagne était petite, c'était sûrement plus un genre de lieu pour les super-riches, mais je n'allais pas me plaindre. J'adorais passer du temps dans la nature, mais je détestais ne pas pouvoir prendre de vraie douche. Et se retrouver exposé aux éléments craignait pas mal.

C'était l'une des parts les moins agréables de mon travail. Mais j'avais appris à m'y faire, vu que cela me permettait d'observer la faune sauvage de mes yeux dans leur habitat naturel.

Mais cela ne me dérangeait pas du tout de me débarrasser des éléments les plus pourris du camping dans une tente.

Durant mes travaux sur le terrain, je n'avais pas vraiment eu l'opportunité de sortir de la Californie, alors j'étais ravie de découvrir un nouveau territoire et des espèces différentes à observer.

— Tu vas partir en randonnée avec moi ? demandai-je.

— C'était le plan, répondit-il avec un sourire narquois.

— Je ne suis pas sûre d'avoir tout ce dont j'ai besoin, dis-je avec tristesse. Je suis venue sans rien.

— Même si j'aimerais beaucoup te voir *sans rien*, je pense avoir tout ce qu'il nous faut s'agissant des vêtements et de l'équipement de randonnée, me dit-il d'une voix rauque.

Nous nous dévisageâmes ; Eli me dévorait de ses yeux avides. Une chaleur me traversa tout le corps avant de s'accumuler entre mes cuisses.

Sa main me caressait le dos et son expression possessive semblait faire remonter à la surface tous mes instincts primaires de m'envelopper autour de son corps en touchant et goûtant chacun de ses muscles puissants en passant.

— Pourquoi faut-il que tu sois aussi attirant ? demandai-je dans un souffle.

— C'est cette alchimie entre nous, Jade. Tu la sens ? dit-il dans un grognement bas tout en prenant ma main pour la poser sur son torse. Elle est là depuis la première fois que je t'ai vue et elle se renforce un peu plus chaque jour. Même si aucun de nous ne la comprend, je pense qu'on la *ressent* tous les deux.

Il attrapa ma queue de cheval et tira ma tête en arrière.

Il couvrit ma bouche de la sienne et je n'éprouvai aucune envie de résister.

Toute pensée s'envola de ma tête alors qu'Eli m'embrassait comme jamais on ne m'avait embrassée. J'avais perdu toute volonté de résister, alors je lâchai prise et m'ouvris à lui. Je n'avais *jamais* rien ressenti de pareil et, plutôt que d'avoir peur, j'avais envie de savourer.

Eli me faisait me sentir comme la plus belle femme du monde et je n'avais aucune raison de croire que ce n'était pas ce qu'il pensait. Sa manière de me dévorer était époustouflante et la sensation de son corps dur contre le mien était enivrante et exaltante.

Ressentant le besoin de me rapprocher plus encore, j'enroulai une jambe autour de ses cuisses dans une tentative désespérée pour soulager la démangeaison presque douloureuse qui pulsait violemment dans tout mon corps.

— Eli, dis-je, à bout de souffle, quand il relâcha enfin ma bouche.

— Ne réfléchis pas, Jade. Pas maintenant, ordonna-t-il.

Il m'attrapa les fesses et me souleva pour me permettre d'enrouler mes jambes autour de ses hanches.

— Contente-toi de savourer la connexion entre nous.

Je posai la tête sur son épaule alors qu'il nous emmenait vers les chambres. Il déposa délicatement mon corps sur le lit et s'abaissa sur moi.

Toute éventualité de lui résister, alors qu'il pouvait faire chanter mon corps de plaisir, s'évanouit.

J'avais envie d'Eli.

Et il avait envie de moi.

Je me fichais de savoir pourquoi il était le seul homme avec qui je n'avais jamais ressenti ce genre de connexion ou quelles pouvaient être ses motivations.

Ça n'avait pas d'importance.

La seule chose dont j'avais besoin à cet instant, c'était… lui.

Ses yeux ressemblaient à de l'acier en fusion quand il dit :

— Je crois que je ne pourrais pas survivre un seul jour de plus sans te toucher.

— Alors, touche-moi, suppliai-je. S'il te plaît.

J'en avais assez de me priver et de me demander ce qui se passerait à l'avenir.

J'avais désespérément envie d'Eli et je ne serais satisfaite que lorsque j'aurais léché chaque centimètre carré de son corps sublime.

Je me trémoussai éperdument et finis par enrouler à nouveau les jambes autour de ses hanches.

C'est alors que je sentis *vraiment* à quel point il avait envie de moi. Son sexe dur comme la pierre se frotta merveilleusement contre le mien. Il n'existait aucune preuve plus affriolante que celle-ci.

— J'ai envie de ça, lui dis-je avec audace tout en me frottant contre son érection.

— Il est tout à toi, mon cœur, grogna-t-il. Je ne crois même pas qu'il fonctionne encore pour qui que ce soit d'autre.

— Tu le penses vraiment ? l'interrogeai-je avec hésitation en croisant son regard.

— Je n'en ai aucune idée. La seule façon dont j'arrive à prendre mon pied, c'est en fantasmant sur *toi*.

La délicieuse image d'Eli en train de se caresser jusqu'à l'orgasme tout en pensant à moi dansa de manière aguicheuse dans ma tête.

— À quoi ressemblaient ces fantasmes ? demandai-je dans un souffle.

Seigneur, j'aurais adoré pouvoir faire de tous les rêves cochons de cet homme une réalité.

— La plupart du temps, je m'imaginais en train de te faire jouir. J'ai envie de voir ça, Jade. J'ai envie de le regarder et de l'entendre.

— Je ne suis pas quelqu'un de très vocal, l'avertis-je tout en passant une main sur sa mâchoire serrée.

— Peut-être n'as-tu simplement jamais connu quelqu'un capable de te faire hurler, répondit-il d'un ton arrogant.

Je donnai une tape sur son torse et me redressai en position assise.

— Alors, vas-y, tente ta chance, le défiai-je tout en faisant passer mon t-shirt par-dessus ma tête.

J'avais si faim d'Eli que j'avais perdu toutes mes inhibitions. Je m'empressai de déboutonner mon jean et commençai à le baisser. Il termina de le retirer pour moi et le jeta au sol.

Je m'immobilisai et me mis à saliver d'envie quand il retira son propre t-shirt et le jeta de côté, révélant les muscles très définis de son torse et de ses abdos.

Ma bouche devint sèche alors que mes yeux parcouraient chaque muscle de son corps puissant.

Je me laissai tomber sur le dos et Eli revint se placer sur moi, me maintenant les poignets au-dessus de la tête pendant que ses yeux avides admiraient tout leur saoul mon corps très peu vêtu.

— Seigneur, Jade. Tu es si belle, putain, dit-il d'une voix râpeuse.

Il retira le nœud dans mes cheveux et les laissa se répandre sur l'oreiller.

Mes parois internes se crispèrent quand je sentis une chaleur exploser entre nos corps. J'avais tellement envie d'Eli que c'en était presque terrifiant, mais c'était aussi la douleur la plus érotique que j'aie jamais connue.

— Baise-moi, Eli, le suppliai-je.

— Je croyais que tu ne me le demanderais jamais, grogna-t-il avant d'écraser sa bouche contre la mienne.

J'avais envie d'enrouler les bras autour de lui, mais il me retenait toujours fermement les poignets et la manière dont il prenait le contrôle était si agréable que je m'en fichais.

Sans jamais écarter sa bouche de la mienne, il rassembla mes poignets et les maintint d'une seule main.

Il détacha l'agrafe de mon soutien-gorge d'un geste du poignet et je gémis dans sa bouche quand sa main ferme se referma sur l'un de mes seins. Il titilla le téton dur, me tourmentant avant de finir par lever la tête.

Quand il se mit à descendre le long de mon corps tremblant, il relâcha mes poignets et prit mes deux seins jusqu'à ce qu'ils se touchent.

J'enfonçai mes doigts dans ses cheveux alors qu'il refermait la bouche sur l'un de mes tétons.

— Oh, Seigneur. Eli, gémis-je.

Je faillis me soulever du lit quand il mordilla l'un de mes tétons durcis avant de lui donner un coup de langue.

Une chaleur afflua de mon sexe et mon estomac se noua un peu plus.

Je ne savais pas si je devais l'attirer plus près ou le repousser. La sensation de sa bouche brûlante en train de ravager mes sens était presque plus que je ne pouvais en supporter.

Mais je ne l'arrêtai pas. Je ne pouvais pas. Ce que nous avions commencé ne pouvait *plus* être interrompu. Jamais je ne pourrais le supporter si Eli cessait de me toucher à cet instant.

— C'est douloureux, Eli, gémis-je.

Il leva la tête.

— Je sais, bébé. Et je compte bien arranger ça.

Eli était si assuré, si intense. Il semblait savoir exactement quoi faire alors que j'avais encore du mal à comprendre pourquoi mon corps s'était transformé en une masse de chaleur torride.

Je n'avais eu qu'un seul petit ami.

Et le sexe n'avait jamais rien eu de très excitant pour moi.

Mais Eli avait chamboulé tout ce que je croyais savoir du plaisir, à savoir pas grand-chose.

Je n'aurais jamais cru que le sexe puisse être aussi charnel, aussi dévorant.

Tout ce que je pouvais faire, c'était lui faire confiance parce que mon cerveau était complètement grillé.

Sans la moindre retenue, il descendit le long de mon corps en me léchant, goûtant chaque centimètre carré de peau.

Et quand il plaça enfin sa tête entre mes jambes, la première sensation de sa langue espiègle sur ma culotte me fit craquer.

— Eli ! m'exclamai-je en levant les hanches pour conserver cette connexion entre nous.

Toutes les terminaisons nerveuses de mon corps explosèrent quand il passa un doigt sous l'élastique de ma culotte et plongea dans la chaleur moite de mon sexe.

— Tu es si brûlante, Jade. Si mouillée. Je vais adorer lécher chaque partie de ce sexe sublime.

Je me mis à transpirer en songeant à sa langue aguicheuse sur ma peau sensible. Aucun homme ne m'avait encore jamais fait ça.

— Tu n'es pas obligé, dis-je d'une voix hésitante.

Mon ex n'avait jamais voulu faire ça. Il s'accroupit sur les cuisses et fit descendre ma culotte le long de mes jambes. Mon cœur fit un bond dans ma poitrine quand je vis l'expression féroce de son visage.

— Oh, bien sûr que je suis *obligé*, Jade. Si je ne te goûte pas tout de suite, je vais devenir dingue. Je n'ai envie d'être nulle part ailleurs qu'entre tes jambes magnifiques.

Je le regardai m'écarter les jambes avant de titiller mon sexe avec ses pouces. Il émit un son animal et baissa un peu plus la tête.

Je fermai les yeux et me préparai à sentir sa langue caresser ma peau sensible.

Mais rien n'aurait pu me préparer à la décharge électrique qui me transperça quand la bouche d'Eli se referma sur mon clitoris.

Il n'y alla pas lentement. Il ne m'aguicha pas. Il donna un bon coup de langue entre mes replis et me dévora comme si j'étais de l'eau et qu'il était assoiffé depuis beaucoup trop longtemps.

Il ne s'adonnait pas au sexe oral pour me faire une faveur.

Il me savourait, me faisant grimper de plus en plus haut sans merci alors que sa langue passait sur mon sexe encore et encore, terminant chaque mouvement à couper le souffle en effleurant mon clitoris.

Je me perdis dans la fureur de la bouche exigeante d'Eli, mon corps rendu esclave de chaque coup de langue.

Le nœud se resserra dans mon ventre et continua de se crisper sans relâche jusqu'à ce que je puisse à peine respirer.

— S'il te plaît, Eli, suppliai-je. Je n'en peux plus.

Je hoquetai quand il me mordilla le clitoris, reportant toute son attention sur le petit nœud de nerfs. J'étais incapable de faire quoi que ce soit, à part m'agripper aux draps en espérant que cela m'empêcherait de perdre la raison.

Je hurlai quand le nœud au fond de moi commença à se défaire et que mon corps se mit à trembler et palpiter sous le coup de l'orgasme.

— Eli! m'écriai-je. Oui.

Haletante, je revins peu à peu sur Terre. Le visage d'Eli était toujours entre mes jambes alors qu'il me tirait jusqu'à la dernière goutte de plaisir.

Quand il remonta enfin le long de mon corps, j'enroulai mes bras autour de son cou et attirai sa tête vers moi pour l'embrasser. Il avait le goût du plaisir chaud et coquin, surtout parce que je pouvais sentir mon propre goût sur ma langue.

Je le lâchai et me laissai retomber sur l'oreille, le corps complètement vidé.

— Je croyais que tu n'étais pas du genre à hurler, susurra-t-il à voix basse dans mon oreille.

— Je suppose que je n'ai jamais connu d'homme qui m'ait donné envie de hurler, répondis-je, confirmant ce qu'il m'avait suggéré plus tôt.

Je souris alors qu'il émettait un petit rire et je le laissai profiter de son moment de triomphe.

Il l'avait mérité.

CHAPITRE 12

Eli

À moi ! Jade a toujours été à moi !

Un bras passé autour de sa taille de manière possessive, je la regardai s'endormir avec un sourire satisfait sur le visage.

L'homme des cavernes dont je n'avais jamais eu conscience au fond de moi se réjouissait parce que Jade avait hurlé mon nom en jouissant, mais mon sexe était atrocement dur.

Ma motivation pour la toucher s'était allégée. Je voulais la voir jouir plus fort que jamais. Cela m'avait donné l'impression qu'elle m'appartenait et cela satisfaisait un instinct primaire. Mais mon corps avait quand même l'impression d'avoir vécu un enfer.

Je repoussai une mèche de cheveux de devant son visage et fis courir un doigt le long de sa joue douce.

Jade m'affectait d'une manière que je n'aurais jamais cru pouvoir ressentir. Je n'aurais su dire si c'était une bonne ou une mauvaise chose, mais ce dont j'étais certain, c'était qu'elle me rendait à demi fou.

J'avais été surpris quand elle avait soudain accepté l'alchimie entre nous et quand elle avait commencé à ôter ses vêtements, j'avais eu la sensation que tous mes fantasmes à son sujet se réalisaient sous mes yeux.

J'étais si empli de désir qu'il m'avait fallu un moment avant de réaliser qu'elle était relativement inexpérimentée.

Non pas que son nombre réduit de relations sexuelles m'ait déçu. En fait, c'était tout l'opposé. Cela avait renforcé ma détermination à lui montrer à quel point le plaisir pouvait être incroyable et je pensais avoir plutôt bien réussi.

Mais je n'étais pas prêt à sentir ces instincts protecteurs me submerger comme un coup de poing à l'estomac.

J'avais senti sa félicité quand elle avait joui, mais je n'avais pas pu m'empêcher de remarquer aussi une petite note de panique dans sa voix. Et j'avais détesté ça.

J'aurais dû me montrer un peu plus délicat, mais j'avais perdu le contrôle à la minute où j'avais su qu'elle allait céder à la passion qui faisait rage entre nous deux chaque fois que nous étions ensemble. Elle s'était offerte à moi et, plutôt que de me montrer patient, je m'étais gorgé d'elle comme un animal carnassier.

Je me vantais de mon sens du contrôle. Je l'avais toujours fait.

J'avais envie de Jade. Mais j'avais besoin qu'elle soit complètement *avec moi*.

Mon incapacité à me maîtriser me déstabilisait, mais je ne comptais pas laisser cela m'empêcher de me complaire dans la gratification sexuelle que Jade et moi pouvions connaître. Bon sang, je n'avais jamais ressenti des émotions telles que celles que Jade réussissait à m'arracher et jamais aucune femme n'avait pu me faire me sentir satisfait rien qu'en la faisant hurler.

Ces instincts protecteurs étaient une nouveauté pour moi et je n'étais pas sûr d'être à l'aise avec ça. Mais si le fait d'être avec Jade faisait de moi un homme des cavernes, qu'il en soit ainsi.

J'avais plus *besoin* d'elle que je ne *désapprouvais* les émotions que je commençais à ressentir.

Prenant garde de ne pas la réveiller, je me levai du lit, réticent à la quitter. Mais j'avais besoin de soulager mon propre désir. Mon sexe était assez contrarié de ne pas avoir pu baiser Jade, mais je ne le regrettais pas.

Je pouvais attendre que Jade soit parfaitement à l'aise à l'idée de jouir si fort que c'en était effrayant. Je commençais à trop l'apprécier pour me montrer plus insistant, même si mon sexe exigeait que je m'enfouisse au plus profond de sa chaleur mouillée jusqu'à ne plus jamais vouloir partir.

— Merde ! jurai-je en me dirigeant vers la salle de bain. Elle va me tuer.

Je retirai mon jean et mon caleçon, allumai la douche et entrai dans la cabine.

J'enroulai ma main autour de mon sexe pendant que l'eau pulsait contre mon dos. Ce geste m'était devenu bien trop familier. Mais si c'était ce qu'il fallait pour enfin avoir l'opportunité d'être avec Jade, je continuerais.

Plus j'apprenais à la connaître, plus j'étais prêt à faire tout ce qui était en mon pouvoir pour m'enfoncer en elle.

Je m'appuyai contre le carrelage tout en activant vigoureusement ma main autour de mon sexe et laissai mes fantasmes habituels concernant Jade imprégner mon cerveau.

À moi ! À moi ! À moi !

Dans ma tête, je plongeais au plus profond d'elle encore et encore, la revendiquant tout en admirant l'expression d'extase sur son beau visage.

Mais mon imagination excitée ne tint pas assez longtemps pour me faire jouir.

— Eli ?

La voix douce et féminine envahit mes illusions et quand j'ouvris les yeux, je découvris le visage de Jade juste devant moi.

Je n'étais pas embarrassé à l'idée qu'elle m'ait surpris en train de me masturber. C'était un acte naturel. Je fus stupéfié, en revanche, quand elle repoussa ma main et dit :

— Je pense pouvoir faire mieux que ça.

Je tressaillis en la voyant se laisser tomber à genoux, complètement nue, et refermer la main sur mon sexe.

— Jade, tu n'es pas obligée de faire ça, dis-je avec un grognement.

— Bien sûr que je suis *obligée*, protesta-t-elle. J'en ai *besoin*.

Je m'adossai au carrelage et fermai les yeux quand elle enroula ses lèvres sensuelles autour de mon sexe. L'espace d'un instant, je me demandai si elle n'était pas qu'une partie de mon fantasme, mais quand elle aspira un grand coup, je sus avec certitude que c'était réel. Aucun de mes fantasmes n'avait été aussi bon.

Je songeai soudain qu'elle avait déjà dû réaliser cet acte sexuel, mais que son connard d'ex-petit ami ne lui avait visiblement jamais rendu la pareille.

Quel salopard! Il n'avait aucune idée de ce qu'il ratait.

Un grognement guttural s'échappa de sa bouche alors qu'elle jouait prudemment avec mes bourses tout en essayant d'avaler mon sexe.

— Jade. Tu me rends fou, dis-je d'une voix rauque.

Je l'attrapai par les cheveux et lui insufflai délicatement le rythme dont j'avais besoin. Si je devais mourir, c'était sûrement la plus belle manière de partir.

Elle s'ajusta aussitôt à mon rythme et mon cœur se mit à cogner assez fort pour que je me demande si elle l'entendait.

Un besoin puissant de la regarder me fit ouvrir les yeux et, quand je baissai les yeux, je vis Jade, les yeux fermés et une expression de complète satisfaction sur son visage sublime.

— Putain! m'exclamai-je en détournant les yeux d'elle.

Tout ça devenait trop intense et je ne pouvais pas la regarder sans devenir fou.

Je la sentis enrouler le poing autour de mon membre, créant une friction qui me fit placer une main derrière sa tête pour l'encourager à aller plus vite.

Mon orgasme imminent approchait vite et je sus que j'allais jouir violemment.

— Je vais jouir, mon cœur, l'avertis-je, lui donnant le temps de s'écarter.

Elle émit un ronronnement et les vibrations me firent lâcher prise.

Tous les muscles de mon corps se raidirent et je laissai aller ma tête en arrière contre le mur alors que j'explosais. Je grognai, l'impression que mon orgasme ne s'arrêterait jamais, pendant que Jade avalait jusqu'à la dernière goutte.

— Bordel de merde ! m'écriai-je d'une voix que je ne reconnus presque pas.

Jade m'avait complètement détruit.

Mais c'était si agréable que je n'en avais rien à faire.

Je la hissai sur ses pieds et la plaquai contre le carrelage.

— Pourquoi est-ce que tu as fait ça, bon sang ? lui demandai-je d'un ton désespéré, les pensées encore embrouillées.

Elle me sourit, étirant les lèvres d'une manière sensuelle que je n'avais encore jamais vue.

— Parce que j'en avais envie, répondit-elle. Ce que tu m'as fait, ce que tu m'as fait ressentir… c'était incroyable, Eli. J'avais envie de voir si je pouvais te faire la même chose.

— Je t'ai fait peur ? demandai-je d'une voix rocailleuse, une note de remords dans la voix.

Elle secoua la tête.

— Pas toi. J'ai juste eu un peu peur de sentir la manière dont mon corps réagissait. Mais ça en valait la peine.

Je me penchai et l'embrassai, savourant mon goût sur ses lèvres.

À moi ! À moi ! À moi !

J'ignorai le mantra de l'homme des cavernes et attirai son corps moite contre le mien. J'enroulai les bras autour d'elle de manière possessive et lâchai :

— Mission accomplie, mon corps.

— Tu ne m'as pas baisée, rappela-t-elle tristement contre mon épaule.

Si je n'avais pas été complètement ramolli pour la première fois depuis que je l'avais rencontrée, je lui aurais donné exactement ce qu'elle voulait.

— Je le ferai, l'avertis-je. Mais je suis du genre à comprendre l'importance des préliminaires.

Elle rit, un son insouciant et heureux qui me comprima la poitrine.

Jade s'écarta et observa mon visage.

— Dans ce cas, je crois que je suis une femme très chanceuse, dit-elle en me caressant la mâchoire.

Je lui rendis son sourire.

— Je ne peux pas me plaindre non plus.

Bon sang, cette femme douce et galbée nue dans mes bras venait d'ébranler tout mon monde.

Et à cet instant, j'en étais ravi.

Au diable le contrôle !

Rien n'avait d'importance à part elle. J'éteignis la douche, pris dans mes bras la femme qui avait mis ma vie sens dessus dessous et la transportai jusqu'au lit.

CHAPITRE 13

Jade

Quand je me réveillai le lendemain matin, je compris enfin ce qu'Eli voulait dire quand il avait mentionné « avoir apporté tout ce qu'il faut ».

Dans les valises posées à côté de la porte, je trouvai une énorme quantité d'équipements de randonnée, de jeans, de sweat-shirts, de vestes et tout ce dont je pourrais avoir besoin pour affronter la nature du Montana un début octobre.

J'avais fouillé toute la tente de deux chambres en prenant mon temps. Pour être honnête, elle ressemblait plus à un chalet de luxe. J'admirai certains meubles ayant clairement été sculptés à la main. Ils étaient beaux, mais donnaient aussi au lieu un côté rustique.

Quand je découvris une brochure, je fus surprise du nombre d'activités proposées. Nous devions être proches de la civilisation s'ils pouvaient proposer du rafting, des balades à cheval et une multitude d'autres animations.

J'avais découvert Charlie couché sur un tapis moelleux près de la porte ; il avait dû arriver plus tard dans la soirée. Il dormait quand j'avais parcouru les vêtements, mais il se réveilla aussitôt qu'il entendit ma voix.

— Salut, mon grand, roucoulai-je au chien quand il se leva et vint me rejoindre.

Il remua la queue d'un air ravi et accepta l'affection que je lui donnais comme s'il estimait la mériter amplement.

— Tu as été interdit d'entrée dans la chambre ? Je me demandais pourquoi tu n'étais pas venu avec nous.

— Il avait un rendez-vous au spa, dit Eli depuis la porte de la chambre. Il adore venir ici, alors mon jet l'a amené ici une fois le rendez-vous terminé.

Je regardai Eli pour voir s'il plaisantait, mais ne décelai aucune preuve indiquant qu'il me racontait des bobards.

— Un rendez-vous au *spa* ? répétai-je en haussant un sourcil.

Eli haussa les épaules.

— Charlie était en assez mauvais état quand il est arrivé au refuge pour animaux. Il avait souffert de nombreuses maltraitances. Il n'aimait pas beaucoup les gens, mais il adorait se faire toiletter. Je crois que ça a quelque chose à voir avec les friandises qu'on lui donne à ce moment-là. Mais il semblait aussi apprécier les gens, là-bas.

OK, OK. La façon dont Eli prenait soin de ce chien autrefois maltraité me touchait *vraiment*. Combien de milliardaires prenaient le temps de s'occuper à ce point d'un animal ?

— Bonjour, dit-il en approchant pour m'embrasser.

Je cessai de faire des câlins à Charlie et passai les bras autour du cou d'Eli.

— Bonjour à toi aussi.

Je m'étais demandé si la situation serait embarrassante aujourd'hui, mais ce n'était pas le cas. C'était comme si nous avions fait tomber la tension entre nous. Et tout semblait assez naturel.

Je savourai son odeur masculine alors qu'il me serrait contre lui, un bras passé autour de ma taille de manière possessive.

L'expérience de la veille avait été incroyable pour moi et je ne regrettais pas du tout d'avoir mis mes réserves de côté.

J'avais peut-être encore un peu peur, mais je pourrais supporter une petite pointe d'appréhension si hier soir était ma récompense pour l'avoir surmontée.

— Café, lâchai-je en reculant enfin. J'ai besoin de café. Je ne serais pas totalement fonctionnelle tant que je n'en aurais pas bu.

Il m'adressa un sourire malicieux et me lâcha :

— Ça veut dire que je vais pouvoir tirer parti de ton état embrouillé ?

— Non, répliquai-je en riant. Oh que non ! Je suis complètement accro à la caféine. Je ne pense qu'à ça tant que je n'en ai pas bu au moins deux tasses.

— Je parie que je pourrais faire changer ça, grommela-t-il en lançant la machine à café.

Je n'en doute pas une seconde.

Je dus m'obliger à arrêter d'admirer son corps divin qui ne portait qu'une serviette, sûrement celle qu'il avait laissé tomber quand il nous avait tous deux emmenés au lit.

Il aurait été si facile de lui arracher cette serviette et de le supplier de me baiser. Mais notre relation était si agréable en ce moment que j'avais envie de savourer ces émotions. Je n'avais pas envie que ça se termine. Pas encore.

J'avais enfilé le peignoir le plus petit du placard de la chambre. J'étais complètement couverte, alors cela ne me dérangea pas de m'accroupir au sol pour caresser Charlie. Je détestais l'idée que quelqu'un ait tenté de briser son caractère intrépide.

Charlie absorbait votre amour et vous le rendait au centuple. J'aurais aimé que le monde entier soit aussi franc et direct que le chien d'Eli.

— Tu sens bon, dis-je à Charlie.

Je lui caressai le ventre et il se tortilla comme s'il n'y avait pas de plaisir plus agréable dans son monde.

— C'est l'avantage de l'avoir laissé finir son toilettage avant de venir ici, dit Eli en me tendant mon café. Il ne pue pas.

Une sucrette et beaucoup de lait !

Je sus qu'il avait retenu mes préférences à la seconde où je bus ma première gorgée.

Eli Stone était vraiment un homme qui se souciait des détails.

Je m'étais toujours demandé si c'était son assistant qui avait organisé nos sorties, mais je commençais à croire qu'il avait joué un rôle significatif dans leur planification.

— Tu as de la chance, remarqua Eli en s'asseyant sur le canapé avec son café, à moitié nu. Charlie apprécie très peu de gens.

— Je suppose que j'ai un don avec les animaux, répondis-je en me levant. Ils savent que je les aime et, en général, ils me le rendent bien. Et je me sens vraiment honorée que Charlie m'accorde son affection. C'est très dur, pour une créature maltraitée, de refaire confiance aux humains. La capacité des animaux à faire ça est assez incroyable.

— Et pourtant tu n'as pas d'animal de compagnie, remarqua Eli.

— J'ai eu un hamster quand j'étais petite, répondis-je en feignant d'être sur la défensive. Et on ne pouvait pas se permettre de nourrir un chien. Mes frères travaillaient déjà si dur pour nous faire survivre. Mais je songeais à adopter un chien. Je ne sais pas quand je vais finir par travailler. Si j'accepte un boulot sur le terrain, je pourrais me retrouver dans un endroit où un chien n'aurait pas vraiment envie d'être, comme une jungle étouffante. Alors j'attends de voir ce qui va se passer.

— Je pense que tu ne devrais pas aller dans un endroit dangereux, grommela-t-il.

— Tu parles comme l'un de mes frères, le taquinai-je.

— J'aime bien tes frères.

— Je les adore, admis-je. Mais ils sont parfois un peu trop protecteurs.

— J'avais remarqué, répondit-il. Ils m'ont fait passé un véritable interrogatoire au café.

— Je suppose que j'étais trop occupée à discuter avec Skye pour m'en rendre compte, sauf quand ils ont pris ce ton inquisiteur à la fin. Je suis désolée. Ils sont passés experts dans le fait d'envahir ma vie privée.

— Ça ne me dérange pas, répondit-il. Je sentais bien qu'ils ne pensaient qu'à te protéger. Ils t'aiment, eux aussi. Ils ne veulent pas que tu sois blessée.

— Mais j'aimerais vraiment qu'ils se rendent compte que je suis une adulte maintenant. Ce n'est pas que je n'ai plus besoin d'eux, mais ce serait sympa s'ils pouvaient me voir comme une adulte responsable.

— Ça n'arrivera jamais, papillon. Vous n'avez pas grandi ensemble. Ils t'ont élevée et je suis prêt à parier qu'ils ressentent une responsabilité paternelle envers toi.

Il me tendit une autre petite brochure et reprit :

— Regarde ça et dis-moi ce qu'on va faire aujourd'hui.

Je lui pris le petit prospectus et commençai à parcourir avec attention la multitude d'activités proposées. Contrairement à la brochure générale, celle-ci comportait des dates et des horaires.

— Je n'ai aucune idée de ce que je voudrais faire, marmonnai-je.

J'étudiai la large liste de choses à faire tant qu'on séjournait dans la plus grande « tente » du monde qui était climatisée et offrait toute une gamme de commodités luxueuses.

— J'aimerais beaucoup aller faire du cheval.

— Je sais monter à cheval, répondit-il.

Je levai la tête et croisai son regard.

— Je ne suis pas très douée, avouai-je. J'ai voyagé à cheval plusieurs fois, lors de certaines recherches en nature. Mais ça sera sûrement une bien meilleure expérience ici.

— On pourrait y aller aujourd'hui, proposa-t-il. Tu veux qu'on fasse de la randonnée demain ?

— Tu sais bien que oui, répondis-je avec enthousiasme.

— Ce séjour est pour toi, Jade. Pas pour moi. Choisis ce que tu veux.

Mon cœur se serra à ces paroles.

J'étais sa priorité.

Et tout ce qu'il voulait, c'était me faire passer un bon moment.

Même si je trouvais ça mignon de sa part, je n'avais pas envie de décider toute seule et qu'il se retrouve obligé de faire des trucs qu'il n'avait pas envie de faire.

— Mais j'ai envie que tu t'amuses, toi aussi. Tu n'as jamais le temps de prendre des vacances, Eli. Il faut que tu en profites aussi.

— Comme je l'ai dit, je suis déjà venu ici. Plusieurs fois même, alors j'ai déjà fait beaucoup de ces activités, répondit-il avec un signe de tête vers la brochure.

Je choisis plusieurs activités sur la liste et nous planifiâmes les deux jours suivants ensemble avant de commander un petit-déjeuner dans notre tente de luxe.

Quand nous eûmes fini de manger, je fouillai dans les valises.

— Comment tu as su ma taille ? demandai-je avec curiosité.

Je venais de sortir un jean exactement à ma taille de la valise et je pris aussi un sweat-shirt.

Je m'immobilisai en découvrant tous les ensembles de lingerie assortis.

Je remarquai qu'ils étaient à ma taille, eux aussi.

— J'ai peut-être fureté dans ta chambre pendant que tu étais dans la cuisine, confessa-t-il, l'air pas du tout désolé.

— Si tu as fouiné dans mes sous-vêtements pour garder la surprise, tu as dû remarquer que je n'étais pas trop du genre à porter de la belle lingerie.

— Je sais, grommela-t-il. Mais je n'allais pas t'acheter des trucs qu'un milliardaire ne porterait jamais. J'aurais eu l'air d'un radin.

Je soupirai et sélectionnai un soutien-gorge noir avec une culotte assortie. Les sous-vêtements étaient en soie et en dentelles et ils étaient magnifiques.

— Je suppose que ça devra convenir, plaisantai-je tout en les ajoutant à ma pile.

— Regarde dans la poche de la grande valise, dit-il. Je t'ai rapporté quelque chose qui t'appartient.

Je fis ce qu'il me demandait et tâtonnai jusqu'à réussir à ouvrir la poche.

À ma grande surprise, j'en sortis le livre que je lisais le jour où Eli était arrivé dans l'arrière-pays, ainsi qu'un roman de science-fiction.

— Je me demandais où il était passé, lui dis-je en examinant la couverture de la romance torride.

— Je n'ai pas fait exprès de le prendre, expliqua-t-il d'un ton d'excuse. Je sais ce que c'est quand on a commencé un livre et qu'on a envie de connaître la suite. J'ai pris les deux livres pendant que je faisais mes valises, mais j'avais fait en sorte que le tien dépasse de la poche pour pouvoir te le rendre. J'imagine que j'ai été distrait.

— Et celui-là, il est bien ? demandai-je en posant le livre de science-fiction sur la table basse.

— Jusqu'ici, oui, répondit-il. Je n'ai pas encore beaucoup avancé dedans.

Je m'apprêtais à poser mon livre à côté du sien, puis je changeai d'avis et le plaçai au sommet de ma pile de vêtements.

— Laisse-le là, suggéra-t-il. On trouvera peut-être un peu de temps pour lire.

Eli avait sûrement perçu ma réticence et mon visage se mit à rougir.

— C'est assez cru, lui dis-je.

— Ça m'a tout l'air d'une romance, répondit-il d'un ton désinvolte.

— Oui. Une romance très torride.

— L'histoire est bien ?

— Très bien. C'est l'une de mes auteures favorites.

— Alors, pourquoi avoir hésité à le poser sur la table ?

— Parce qu'il est vraiment très cru, expliquai-je.

— C'est un livre que tu as envie de lire. Je lis de la science-fiction pour m'évader. Je pense que la plupart des gens lisent pour oublier un peu le monde réel. Et puis, j'aime quand tu es crue, dit-il d'une voix dangereusement sexy.

Je posai mon livre à côté du roman de science-fiction. À l'évidence, Eli se fichait totalement que je lise de la romance. Je n'aurais su dire pourquoi, mais cela me toucha beaucoup.

— Merci, dis-je.

— Pourquoi ?

Je pourrais remercier Eli pour tellement de choses.

Merci de t'être soucié de mon plaisir sexuel.

Merci de prendre autant soin de ton chien.

Merci pour les expériences incroyables que j'ai connues cette dernière semaine.

Merci d'avoir remarqué les détails parce que ça me fait me sentir importante.

Merci pour chaque jour que j'ai passé en ta compagnie parce que c'est si drôle d'être avec toi et que tu es si prévenant et tu ne me juges jamais.

Pour finir, je me contentai de répondre :

— Merci d'être toi.

Je sortis de la pièce et me dirigeai vers la salle de bain pour prendre une douche.

CHAPITRE 14
Eli

J e passai les jours suivants à tenter de déterminer ce qu'il y avait de si bien au fait que je sois *moi*, mais je ne trouvais aucune explication pour justifier la gratitude que Jade m'avait exprimée.

J'étais surtout un bourreau de travail. Mes vacances avec Jade étaient les plus longues que je n'aie jamais prises depuis la mort de mon père.

Je n'étais pas du genre à m'engager, alors je n'avais pas la moindre idée de comment me comporter avec une petite amie. Mais l'idée de revendiquer Jade commençait à me paraître très alléchante.

Et Charlie était peut-être un peu trop gâté, mais je n'avais aucune difficulté à passer mon temps libre avec lui ; il méritait un propriétaire qui le traite bien. Il avait bien trop connu le malheur dans sa courte vie de chien.

Pour être honnête, je pensais que Jade méritait mieux qu'un homme qui ne passerait la voir que pour assouvir ses pulsions charnelles.

J'étais convaincu qu'une fois que nous nous serions gavés de sexe, l'un de nous finirait par se lasser et passer à autre chose.

Le problème, c'était que je n'étais pas sûr d'être celui qui voudrait s'empresser de rompre dès que mes envies auraient été satisfaites.

Raison pour laquelle j'avais évité de coucher avec Jade, même si ça me rendait dingue.

Plus il nous faudra de temps avant de coucher ensemble, plus elle restera longtemps avec moi, hein ?

Je m'étais assuré que nous rentrions chaque jour épuisés de nos activités : l'excursion à Yellowstone, la balade à vélo, la promenade à cheval, le rafting et quelques très longues randonnées.

Quand nos journées se terminaient, et après quelques verres bus pendant le dîner, Jade s'écroulait de sommeil dès qu'elle touchait le lit.

Je n'avais pas cette chance.

Il était hors de question que j'aille dormir dans un autre lit. J'aimais sentir sa chaleur m'envelopper ou quand elle se blottissait contre moi.

Mais chaque nuit était une vraie torture.

Je n'arrivais pas à comprendre ce qui n'allait pas chez moi. J'avais accompli mon objectif. Jade était consentante et nous étions tous deux des adultes. Pourquoi est-ce que je retardais ce qui serait sans aucun doute la relation sexuelle la plus satisfaisante de toute ma vie ?

Elle me rend fou.

Il n'y avait aucune autre explication.

Ces derniers jours avec elle m'avaient ouvert les yeux. Même si je savais déjà que Jade était courageuse, grâce à son expertise en survie, j'avais aussi découvert à quel point elle pouvait être intrépide dès qu'elle était confrontée à n'importe quelle activité en extérieur.

Elle sautait sur toutes les nouvelles expériences sans la moindre réserve et sans hésitation.

Je n'aurais su dire si cela me fascinait ou me terrifiait.

— Tu crois qu'on devrait rentrer ? demanda Jade, me tirant de mes pensées.

Je regardai autour de nous et réalisai que nous pouvions soit suivre le chemin qui nous ramènerait à notre campement, soit continuer de nous enfoncer dans le sens opposé jusqu'à former un grand cercle pour revenir.

Dès que je regardai Jade, mon sexe durcit. D'accord, c'était toujours le cas quand elle était près de moi, mais j'avais bien du mal à réfréner mon envie de la baiser contre l'arbre le plus proche.

Sa peau était encore rougie d'excitation, même après avoir passé deux jours à explorer les environs. Et son sourire heureux me donna la sensation que quelqu'un m'avait donné un coup en pleine poitrine.

La rendre heureuse était en train de devenir une obsession pour moi parce que je voulais pouvoir continuer à admirer son sourire.

Nous avions eu de la chance ces derniers jours. La météo avait été clémente, mais il faisait froid, nous étions donc tous deux emmitouflés dans des vêtements pour notre randonnée.

Je regardai le soleil, puis ma montre.

— On devrait sûrement rentrer. Je n'ai pas envie de me retrouver dans les bois après la tombée de la nuit.

C'était la saison du rut pour les gros mammifères cornus tels que les cerfs ou les élans et j'éprouvais la peur irrationnelle de voir Jade marcher sur un crotale depuis la seconde où nous avions commencé à faire de la randonnée. Nous avions vu un tas d'animaux à bois, mais n'avions aperçu aucun serpent durant nos sorties. Cela n'atténuait en rien ma peur de la voir se faire mordre.

Je me retournai pour ouvrir la marche en direction de notre logement luxueux, mais fis volte-face en entendant Charlie se mettre à grogner, un son grave que je n'avais jamais entendu sortir de sa gueule.

— Ne bouge pas, dit Jade d'un ton calme. Et ne cours pas.

Je levai les yeux vers le chemin opposé, juste à temps pour voir un énorme grizzli se dresser sur ses pattes arrière.

Je dus m'obliger à garder les mains le long de mon corps et à ne pas sauter sur Jade pour la mettre à l'abri.

Cet ours m'aurait déchiqueté avant même que j'aie pu l'atteindre.

— Tu as du répulsif à ours ? demandai-je d'une voix basse et monotone.

— On n'est pas assez près, répondit-elle. Et ce n'est sûrement pas nécessaire. Il s'apprête à entrer en hibernation et il doit juste être en train de chercher de la nourriture de type non humaine.

Je vis Jade récupérer son répulsif à ours d'un geste lent tout en parlant, juste au cas où. Vu que je n'étais pas vraiment ce qu'on pouvait appeler un gars de la campagne, je l'avais laissée me dissuader de le garder sur moi. J'avais cédé parce qu'elle avait bien plus d'expérience que moi en faune sauvage. Mais je n'avais jamais envisagé la possibilité qu'elle soit réduite en miettes si l'arme ne suffisait pas à stopper l'ours.

Le mâle était toujours sur les pattes arrière et le fait que Jade se trouve quelques pas plus près de l'ours que moi ne me rassurait pas du tout.

L'animal devait être à environ quinze mètres de nous et ne faisait aucun geste inquiétant qui aurait pu me rendre nerveux. Malgré ça, il était *bien trop près*.

— Ne le regarde pas dans les yeux, m'intima-t-elle. Et ne fais pas de geste brusque.

Je m'empressai de détourner les yeux de l'énorme tête de l'animal et fis signe à Charlie de se rapprocher de moi et de garder le silence. Je fus soulagé de le voir obéir avec réticence.

Je restai figé sur place alors que Jade parlait à l'ours d'une voix calme.

Bizarrement, sa voix posée sembla fonctionner.

— Commence à reculer lentement, me dit-elle du même ton tranquille que celui employé avec l'ours. Donnons-lui un peu d'espace.

J'attendis que Jade soit à côté de moi avant de commencer à battre en retraite.

S'il devait se passer quelque chose avec cet immense mammifère, j'avais bien l'intention de mettre mon corps entre elle et l'ours pour l'empêcher d'être attaquée.

— Quand est-ce qu'on va pouvoir se dépêcher de se barrer d'ici en courant ? demandai-je à voix basse tout en faisant signe à Charlie de nous suivre.

— Jamais, répondit-elle d'un ton ferme alors que nous continuons à laisser de plus en plus d'espace entre nous et le prédateur. Si nous nous comportons comme des proies, son instinct le poussera à nous poursuivre. Et un humain n'a aucune chance d'échapper à un grizzli.

À chaque pas que nous faisions, nous nous éloignions un peu plus de l'ours.

— On va continuer à se déplacer comme ça ? demandai-je.

— Oui. Tu t'en sors très bien. On ne peut pas tourner le dos à un ours tant qu'il peut toujours nous voir. Ce serait une mauvaise idée. Continue de marcher jusqu'à ce qu'il s'en aille.

Une fois que j'eus dépassé mon premier instinct de protéger Jade en la jetant au sol pour la couvrir de mon corps – un geste qui nous aurait sûrement tous deux fait tuer –, je respectai son jugement. C'était *elle* l'experte. Quand nous avions croisé des élans et des cerfs en rut, elle m'avait écarté d'eux avec prudence et m'avait expliqué comment éviter d'être blessé.

— Il s'en va, remarqua-t-elle.

Je levai la tête et vis que l'ours s'était retourné pour se diriger d'un pas lourd dans le sens opposé. Apparemment, l'ours n'avait aucun problème à nous tourner le dos, lui, vu qu'il était un plus grand prédateur que nous.

— On peut y aller, dit Jade quand le grizzli disparut enfin dans les bois.

Je pris sa main d'une poigne de fer alors qu'elle se retournait et se mettait à avancer d'un pas assez vif vers notre logement.

— Tu es encore inquiète ? demandai-je avec un signe de tête vers le répulsif à ours qu'elle tenait toujours à la main alors que nous marchions d'un bon pas.

— Non, répondit-elle d'une voix posée. Il avait l'air bien nourri et je n'ai décelé aucun signe laissant penser qu'il allait se montrer agressif ou nous traquer. Mais les ours peuvent se montrer imprévisibles. Mieux vaut rester préparé.

Cette réponse ne me rassura pas du tout.

— Je suis déjà venu ici et j'ai fait de la randonnée. Je n'avais jamais vu d'ours, et encore moins un grizzli. Nous prenons nos précautions. En général, nous n'autorisons que les groupes de randonnée de trois ou plus et ils doivent être accompagnés d'un guide expérimenté. Cet endroit est opérationnel depuis trois ans et aucun invité ou employé n'a jamais vu de grizzli. Pas aussi loin du parc.

— Leur nombre est en augmentation, m'expliqua-t-elle. Ils ont été protégés pour que leur population grandisse et ils commencent à se répandre au-delà de l'écosystème de Yellowstone. C'est le cas depuis un moment maintenant. Mais ne t'inquiète pas, ils ne viennent pas par ici très souvent. Je n'ai repéré aucun des signes habituels. C'était sûrement juste une circonstance exceptionnelle.

Je fronçai les sourcils.

— Tu crois que ça pourrait causer des problèmes au niveau du terrain de camping ? Les clients sont-ils en danger ?

Elle secoua la tête.

— Pas plus que ceux qui s'installent dans le parc. Il y a plus de chance d'être frappé par un éclair que de se faire attaquer par un ours. La majeure partie des attaques sont dues à des erreurs humaines. Je ne dis pas que ça n'arrive jamais sans provocation, mais c'est extrêmement rare.

— Des erreurs humaines ? Comme le fait de se mettre à courir ?

— Parfois, oui. L'une des plus grosses erreurs, c'est de trop se rapprocher des oursons. Les femelles sont très protectrices.

— Tu n'as pas l'air nerveuse du tout à l'idée de te retrouver face à face avec un grizzli, grommelai-je.

— Je ne le suis pas, répondit-elle. Je suis excitée. Ce n'était pas la première fois que je rencontrais un ours, mais c'est mon premier grizzli. Ne te méprends pas, nous n'aurions jamais dû nous retrouver aussi près de lui. Et je sais que les ours sont des animaux sauvages et qu'il pourrait se passer n'importe quoi. Mais j'ai toujours voulu en voir un dans son environnement naturel.

Putain ! Ses joues étaient rouges d'excitation et elle souriait.

— Tu t'es déjà retrouvée dans ce genre de situation ? lui demandai-je.

— Bien sûr. Je travaille très souvent sur le terrain, Eli. Je suis conservatrice de la faune naturelle. D'accord, je ne suis jamais sortie de Californie, mais nous avons tout un tas d'ours.

— Je n'aime pas ça, répondis-je d'un ton buté. C'est un boulot dangereux.

Elle se rapprocha et me donna une tape amusée sur l'épaule.

— La plupart du temps, je me contente d'étudier des données en laboratoire. Il est très rare que je tombe sur un ours.

— Ils peuvent être agressifs.

Seigneur ! Ne se rendait-elle pas compte que cela aurait pu très mal tourner ?

— Il avait le nez levé et était occupé à humer l'air. En général, ça indique la curiosité, pas l'agressivité. Mais je suis d'accord. C'était un énorme mâle. Nous étions sur *son* territoire. On doit toujours prendre ce petit risque quand on part en randonnée. Surtout dans ce coin-là.

— Je m'inquiétais surtout pour les serpents, avouai-je, en colère contre moi-même pour n'avoir pas envisagé les autres risques.

— Les rencontres entre humain et ours sont des choses qui arrivent. Mais il est très rare que quelqu'un se fasse attaquer ou tuer par l'un de ces animaux. La plupart du temps, ils préfèrent éviter les humains.

— Plus de randonnées, lui annonçai-je alors que nous arrivions à notre tente.

J'attendis qu'elle soit rentrée, puis je fermai la porte derrière nous. Il allait falloir un bon moment avant que j'oublie cette scène : elle, devant moi, alors que nous étions confrontés à un foutu grizzli.

Elle arrivait peut-être à gérer ce genre de situation, mais en ce qui me concernait, j'allais sûrement faire des cauchemars à l'idée de ce qui aurait pu mal tourner.

Je m'accroupis pour rassurer mon chien qui était encore perturbé par ce qui s'était passé.

— Bon chien, lui dis-je tout en lui caressant la tête.

Charlie était un chien facile à vivre. Après une minute d'affection, il était revenu à la normale.

Jade retira sa veste et se pencha pour caresser Charlie à son tour.

— Ça a été un très bon chien, c'est vrai, acquiesça-t-elle. S'il n'était pas aussi bien dressé, on aurait pu avoir de gros ennuis.

— Qu'est-ce que tu fais si un ours te charge ? demandai-je en me redressant.

Elle retira la ceinture autour de sa taille et laissa tomber ses outils de randonnée et son répulsif à ours sur le comptoir de la cuisine.

— Ça dépend, répondit-elle. Parfois, ils font semblant de charger pour te pousser à partir. Mais s'ils ont vraiment l'intention de t'attaquer, il faut attendre qu'ils soient à moins de dix mètres, puis les asperger de répulsif à ours.

Elle leva la tête vers moi et ajouta :

— Eh, tu as vraiment l'air inquiet. Tu vas bien ?

— Pas vraiment, avouai-je. J'ai eu peur que tu sois blessée.

— Tu as eu peur pour moi ? m'interrogea-t-elle d'une voix douce, l'air un peu surprise.

— Pour l'amour du ciel, c'est moi qui t'ai amenée ici, Jade. Et il aurait pu t'arriver quelque chose parce que j'ai choisi le mauvais endroit où aller.

Je n'avais pas peur d'admettre que j'avais été terrifié à l'idée que l'ours se rebiffe et la blesse.

Et ça aurait été ma faute.

— Je vais bien, Eli. J'ai eu peur aussi, la première fois que je me suis retrouvée aussi près d'un ours. Mais je suppose que j'ai fini par apprendre que le pire truc à faire dans cette situation, c'est paniquer. J'ai des années d'expérience et de recherches concernant le comportement animal. Pas toi. Je sais que c'est assez terrifiant.

— Je n'avais pas peur pour moi, répondis-je d'une voix rauque. J'avais peur qu'il t'arrive quelque chose. Si l'on avait fait une seule erreur, tu aurais pu lui servir de dîner.

Elle s'avança vers moi et me toucha le bras.

— Nous n'avons pas fait d'erreur, Eli.

Je la pris brusquement dans mes bras et la serrai si fort qu'elle n'arrivait sûrement plus à respirer.

Nous restâmes ainsi pendant quelques minutes et la sensation de son corps, bien en sécurité contre moi, finit par me calmer.

— Tu vas bien ? demanda-t-elle.

— Oui, répondis-je en la relâchant lentement. Je vais bien.

J'étais un menteur. Je n'avais toujours pas envie de la quitter des yeux une seule seconde.

Détends-toi, Stone ! Si elle n'avait pas peur jusqu'alors, j'étais sûrement en train de la rendre nerveuse par mon comportement.

— Je devrais sûrement passer quelques coups de fil pour faire savoir aux stations de la faune sauvage locales qu'on a croisé un grizzli. Ils aiment pouvoir surveiller ça quand les ours commencent à s'éloigner du parc.

Je retirai ma veste et entrepris d'ôter mes bottes.

— Pas de problème. On pourra aller dîner juste après.

— Merci de te soucier de mon bien-être, dit-elle doucement.

Je levai les yeux vers elle.

— Merci de t'être assurée qu'on ne soit pas au menu de ce gros nounours.

Elle rit et parcourut son téléphone.

Je retirai mes bottes, déterminé à ne plus jamais voir Jade en danger.

Mon cœur n'y survivrait jamais si je devais à nouveau la voir vulnérable sans pouvoir rien faire pour elle.

CHAPITRE 15
Jade

Notre dernière journée à la station de montagne eut un goût doux-amer pour moi. J'aurais aimé pouvoir rester plus longtemps, mais Eli avait tenu parole et nous ne ferions pas de randonnée aujourd'hui. Au lieu de ça, il m'avait fait choisir une activité qui impliquerait plus de gens réunis au même endroit.

Je savais que notre rencontre avec l'ours l'avait effrayé, mais j'avais aussi réalisé qu'il avait surtout craint pour ma sécurité.

Pour une raison inconnue, son inquiétude m'avait plus touchée qu'elle ne l'aurait dû ; nous nous étions retrouvés face à face avec un énorme grizzli après tout. Mais j'avais senti sa peur et je m'étais rendu compte qu'il ne craignait pas pour lui-même.

Il ne s'inquiétait que pour moi, alors je n'allais pas me plaindre de son refus de retourner en randonnée.

J'avais choisi de suivre un cours pour enseignant débutant : comment descendre en rappel d'une paroi rocheuse.

J'avais déjà pratiqué un peu d'escalade libre facile, plus par nécessité pour observer la faune sauvage qu'en tant que hobby. Quand je levai les yeux vers le point de rappel, je compris pourquoi Eli avait décidé de passer son tour. La paroi ne devait pas faire plus de douze mètres et Eli était expérimenté dans l'escalade artificielle et avait grimpé certaines parois rocheuses qui faisaient partie des plus abruptes du monde.

La facilité relative de la tâche ne refroidit pas mon enthousiasme. J'étais exaltée à l'idée d'apprendre l'escalade et le rappel était une compétence qui me serait utile si je devais grimper de plus hautes falaises.

Je tournai la tête vers Eli qui était en train de discuter avec le moniteur. Ils semblaient en grande conversation et je me demandai à nouveau pourquoi il avait l'air aussi peu enchanté par ce cours.

Est-ce parce qu'il est déjà un expert de l'escalade ? Ou est-ce qu'autre chose le perturbe ?

Il s'était montré réservé depuis notre face-à-face avec l'ours de la veille et il m'avait semblé encore plus distrait ce matin.

Il est peut-être juste pressé de reprendre le travail.

J'étais certaine qu'il avait dû prendre du retard à cause de tout ce temps passé avec moi, mais j'étais déterminée à faire mon possible pour l'aider à rattraper le temps perdu dès notre retour à San Diego. J'avais tant appris durant nos sessions matinales et j'étais convaincue de pouvoir apprendre encore plus quand je serais l'interne officieuse d'Eli. J'espérais pouvoir alléger un peu sa charge de travail, une fois que j'aurais compris comment fonctionnent ses affaires.

Je regardai mes camarades de classe pour le cours de rappel. Trois autres personnes étaient regroupées pour terminer leur café et je souris quand deux d'entre eux levèrent la tête et me firent un signe de la main avant de reprendre leur conversation.

Je remontai la fermeture de mon manteau après avoir jeté mon gobelet vide à la poubelle. Il était encore tôt et la température était glaciale. Le temps commençait à se rafraîchir, surtout la nuit. Même si je ne m'en rendais pas vraiment compte tant que je ne sortais pas. Nous étions bien au chaud dans la tente qui était équipée d'une cheminée à bois.

Je mis mes mains dans mes poches pour les réchauffer et jetai un nouveau coup d'œil à Eli et le moniteur. Ils étaient toujours en grande conversation et aucun d'eux n'avait l'air très content.

Eli avait passé quelques appels la veille au soir, après mon coup de fil aux biologistes de la faune sauvage locaux qui gardaient un œil sur les ours du coin. Je ne me souvenais pas à quelle heure il s'était couché parce que je m'étais endormie avant qu'il entre dans la chambre.

Par contre, je me souvenais de m'être réveillée étalée sur lui. J'étais certaine que mon corps était comme un missile à tête chercheuse avec Eli. Dès qu'il était près de moi, je le trouvais.

Le biologiste à qui j'avais parlé m'avait confirmé que le fait de croiser un grizzli à notre emplacement n'avait rien d'inhabituel et il m'avait expliqué les derniers développements concernant la population d'ours. Même si cette rencontre était un incident isolé, les grizzlis s'éloignaient de plus en plus du parc. Les biologistes et les conservateurs avaient donc du pain sur la planche avec les éleveurs et les fermiers locaux pour prévenir les conflits qui surviendraient inévitablement.

Je laissai échapper un soupir. Je n'enviais pas les gens qui géraient ces problèmes-là. Même s'ils se réjouissaient de la possibilité que les grizzlis de Yellowstone rencontrent ceux du parc national de Glacier un jour pour s'assurer un meilleur patrimoine génétique, les conséquences liées au fait que les ours étendent leur territoire étaient considérables.

Je fis le tour de la paroi rocheuse et découvris un escalier de fortune construit derrière la pente, sûrement pour offrir un accès facile au sommet aux novices en escalade. Mes camarades de classe étaient en train de monter lentement les marches, mais je grimpai sur les rochers parce que j'avais besoin de bouger un peu pour faire circuler mon sang.

Une fois arrivée au sommet, je scrutai le paysage. Je pouvais voir les chalets et les prétendues « tentes ». Nous ne nous étions pas aventurés très loin de la station de montagne et j'étais certaine qu'Eli n'avait pas prévu qu'on le fasse.

Il devait y avoir une vingtaine d'habitations et j'étais certaine qu'elles étaient toutes meublées de manière aussi extravagante. C'était clairement un endroit réservé à une certaine catégorie de personnes, un lieu qui ciblait les gens pouvant s'offrir des vacances en pleine nature tout en conservant tout le confort de la ville.

J'avais failli m'étouffer quand Eli m'avait dit le prix de location de l'une de ses tentes glamour et j'avais été encore plus surprise quand il m'avait confié que tous les logements étaient réservés toute l'année et qu'il y avait une grosse liste d'attente.

Le logement où nous étions installés était en général réservé aux partenaires. Quand ils étaient sûrs que personne n'en aurait l'utilité avant un moment, ils le louaient à un prix exorbitant.

Pour être honnête, je commençais à me dire que cette station de montagne était un assez bon investissement. Si elle était unique en son genre au point qu'Eli ait une si longue liste d'attente de clients, les gens devaient être encore plus disposés à payer une fortune pour passer un petit moment de détente dans les bois. D'accord, les seules personnes pouvant vraiment se permettre de venir ici devaient avoir les poches sacrément pleines, mais il y avait des tas de gens riches dans ce pays.

— Vous êtes expérimentée ? demanda quelqu'un d'un ton curieux derrière moi.

Je me retournai et vis une femme d'âge moyen à l'air terrifié. Je lui souris dans l'espoir de la rassurer.

— Je ne suis jamais descendue en rappel, mais j'ai déjà fait beaucoup de randonnée et escaladé un tas de montagnes en Californie.

— Vous avez peur ? demanda-t-elle.

Je secouai la tête.

— Non. Et je n'aurais aucune raison d'avoir peur. Je suis certaine que notre moniteur s'assurera que nous ne risquions rien.

Je n'avais pas envie de me montrer dédaigneuse devant sa nervosité. Même si je n'avais pas peur, tout le monde avait des appréhensions différentes. Pour moi, cet endroit n'était qu'un tas de rochers empilés les uns sur les autres, mais pour elle, cet endroit ressemblait peut-être à une falaise effrayante.

— J'ai le vertige, mais mon mari pense que c'est idiot de s'inquiéter, dit-elle, confirmant mes soupçons selon lesquels le simple fait d'être en hauteur faisait peur à cette femme.

— Personne ne vous forcera à le faire, dis-je gentiment.

— Mon mari se moquera de moi jusqu'à la fin de mes jours si je ne le fais pas. Nous essayons de repousser nos limites. Même si j'ai peur, je suis sûre que je vais m'en sortir.

— Si c'est ce que vous voulez faire, je suis sûre que tout ira très bien, lui assurai-je.

— Merci, ma chère, répondit-elle en me tapotant le bras. Faites attention à vous pendant la descente.

Puis elle fit quelques pas en arrière pour rejoindre le groupe parmi lequel devait se trouver son antipathique mari. À en croire la légèreté avec laquelle ils discutaient, je supposais que l'autre jeune homme devait être leur fils.

Je venais de décider d'aller voir ce qui retenait Eli et le moniteur quand j'aperçus un énorme oiseau qui volait au-dessus de ma tête. Distraite, je le regardai atterrir sur un arbre aux abords de la forêt.

Je m'abritai les yeux et fis un pas en avant pour l'observer de plus près, ne manquant pas de remarquer que j'étais tout près du bord de la paroi. Je plantai fermement mes pieds et plongeai la main dans ma poche pour en sortir mon appareil-photo. Avec le zoom, j'étais certaine de pouvoir prendre une bonne photo.

— Jade ! Éloigne-toi de ce foutu rebord tout de suite !

J'étais si concentrée sur l'idée de prendre une photo que le cri très sonore d'Eli en contrebas me fit sursauter. Ce n'était pas un simple avertissement. Il avait l'air terrifié et sa voix résonna dans toute la station.

Mon pied avança un peu quand je sursautai et, avant d'avoir pu reprendre mon équilibre, je me sentis basculer dans le vide.

J'agitai les bras comme l'oiseau que j'étais en train d'observer, mais finis inévitablement par perdre le combat contre la gravité.

Je n'étais pas un oiseau.

Et je ne m'attendais pas du tout à cette chute.

La première chose que je ressentis fut la douleur provoquée par mon corps heurtant les rochers abrupts.

Puis j'entendis le cri rauque d'Eli au moment où je touchai le sol.

Après ça, il n'y eut plus que les ténèbres.

CHAPITRE 16

Eli

—Tu devrais vraiment manger quelque chose, Eli, entendis-je dire ma mère d'une voix tendre.

Ma vision était brouillée à cause du manque de sommeil, mais je n'avais pas du tout faim.

Ces deux derniers jours et demi avaient été un vrai cauchemar éveillé. Et je n'avais toujours pas l'impression d'être sorti de ce mauvais rêve.

Même si je vivais cent ans, je n'oublierais jamais cette image de Jade, brisée et ensanglantée au bas de la falaise de rappel.

De toute évidence, ma peur face à l'ours n'avait été que le prélude de ce qui était à venir.

Et moi qui croyais qu'on pratiquait une activité relativement sûre.

Nous avions emmené Jade dans un petit hôpital local après sa chute et elle avait presque aussitôt été transférée par hélicoptère à Billings où son état avait pu être stabilisé. Son épaule déboîtée avait été remise en place sans nécessiter de chirurgie et elle se remettrait de sa fracture du crâne sans garder de séquelles.

Son médecin avait autorisé son transfert à San Diego par la voie des airs plus tôt dans la journée, mais elle était toujours en soins intensifs.

Elle s'était réveillée plusieurs fois, mais le personnel médical l'avait rendormie aussitôt après avoir déterminé qu'elle n'avait rien contre les analgésiques.

— Merci, maman, mais je n'ai pas faim, marmonnai-je en gardant la petite main de Jade serrée dans la mienne.

Je sentis une main se refermer sur mon épaule.

— Mec, tu devrais faire une pause. On est tous là maintenant. On s'en occupe. Va manger et dormir un peu.

Je levai les yeux pour associer cette voix à un visage. La plupart du temps, les frères de Jade avaient tous la même voix pour moi.

C'était Noah et il arborait une expression déterminée.

— Je vais bien, protestai-je.

— Elle ne va pas mourir pendant que tu prends soin de toi-même, grogna-t-il. Et tu ne l'aides en rien en te privant de sommeil.

— Je resterai assise à ses côtés pendant que tu es parti, dit une voix douce et féminine à côté de moi.

Je levai les yeux vers la jumelle de Jade, Brooke, alors qu'elle me poussait du coude pour m'encourager à me lever de la chaise.

Je cédai avec réticence et regardai la sœur de Jade prendre ma place.

— Vas-y, insista-t-elle. Jade ne voudrait pas que tu t'épuises comme ça, Eli. Tu as été là pour elle pendant deux jours quand elle a eu besoin de toi. Laisse-nous apporter notre aide maintenant.

Plusieurs personnes étaient présentes dans la pièce. Vu que l'état de Jade n'était pas considéré comme critique, on nous avait tous autorisés à rester dans la chambre privée.

Toutes les personnes présentes étaient de la famille de Jade, mis à part le mari de Brooke et ma mère.

Cette dernière était arrivée après ma discussion avec elle au téléphone, durant laquelle je lui avais expliqué ne pas pouvoir organiser la collecte de fonds que j'avais promise pour l'association caritative de Jade.

Ma mère avait pris les choses en main et reporté l'événement ; avec l'aide de mes assistants, elle avait appelé tous les participants et les fournisseurs pour repousser la date.

— Je reviens vite, dis-je d'une voix ferme.

— C'est une menace ou une promesse ? plaisanta Aiden. Il ne lui arrivera rien, Eli. Mes frères et moi avons pris soin d'elle pendant la majeure partie de sa vie. Ce n'est pas comme si nous ne l'avions encore jamais vue malade ou amochée.

Ils l'avaient peut-être déjà vue blessée, mais pas moi, et son état m'avait gardé collé à son lit d'hôpital sans interruption pendant plusieurs jours.

J'étais auprès d'elle à Billings quand elle émettait des cris de douleurs angoissants pendant qu'ils remettaient son épaule en place.

Seigneur ! J'espérais bien ne plus jamais l'entendre souffrir ainsi. Sa douleur m'avait fendu le cœur et laissé une blessure béante dans ma poitrine qui ne guérirait peut-être jamais.

— Appelez-moi si elle a besoin de quoi que ce soit, dis-je en me rapprochant de ma mère.

— Je pense qu'elle est complètement dans les vapes pour l'instant, remarqua Seth. C'est sûrement mieux comme ça. Ça donnera le temps à son corps de guérir.

Je reportai les yeux sur Jade, examinant chaque éraflure, lacération et bleu visible sur sa peau.

— On a eu de la chance, grommelai-je.

Elle avait atterri sur le flanc gauche, se déboîtant l'épaule et se cognant la tête contre une pierre. Mais sa chute avait été amortie quand elle avait heurté un affleurement de roche et sa tête n'avait pas heurté directement le sol. Si la chute s'était passée de manière légèrement différente, sa blessure à la tête aurait pu être bien pire.

— On sait tous que ça aurait pu être pire, dit Noah d'un ton sombre. Mais mieux vaut ne pas trop s'appesantir là-dessus. Ça te rendra dingue si tu le fais. Tu peux me croire sur parole… je suis déjà passé par l'hôpital avec tous mes frères et sœurs plus de fois que je ne saurais le dire. Chacun de ces incidents m'a fichu la peur de ma vie. Mais ils s'en sont tous sortis.

Même si je savais que Noah n'avait que quelques années de plus que moi, sa présence semblait apaiser tout le monde.

Quand Brooke était arrivée de la côte Est, paniquée, Noah l'avait calmée grâce à son caractère posé.

Il avait parlé à tous les demi-frères et cousins de Jade au téléphone en employant le même ton égal et régulier et le même raisonnement logique pour les convaincre que Jade allait bien et qu'ils n'avaient pas besoin de venir en Californie pour la voir.

Owen avait aussi été assuré qu'il n'avait pas besoin d'interrompre son emploi du temps chargé d'interne pour rentrer puisque l'état de Jade était stable.

C'était comme si Noah *savait* comment calmer tout le monde à la fois et il avait dû acquérir ce talent quand il s'occupait de ses jeunes frères et sœurs.

Il a dû avoir l'impression de porter le poids du monde sur les épaules.

— J'ai demandé à ton assistant d'apporter à dîner pour tout le monde, dit ma mère en posant une main sur mon bras. Allons manger.

— Si tu n'y vas pas, je vais retourner dans la salle à manger à dévorer toute ta nourriture, plaisanta Seth. C'était vraiment bon.

Tous les autres acquiescèrent dans un murmure. Apparemment, j'étais le seul à n'avoir rien mangé.

Je suivis ma mère hors de la pièce en silence et elle me mena jusqu'à une salle à manger déserte située juste à côté de la pièce que le personnel avait réservée à ma famille.

Installer ainsi les visiteurs n'avait rien d'une procédure courante dans l'unité de soins intensifs et j'étais certain que ma mère avait insisté, vu qu'elle et moi étions tous deux de très gros donateurs des établissements de recherche.

— Assieds-toi avant de t'écrouler, ordonna ma mère.

J'obéis vu que j'avais entendu ce ton toute ma vie et que je n'étais pas assez fou pour protester.

— Je vais bien, mentis-je. Je suis juste fatigué.

Ma mère se chargea de me remplir une assiette et la déposa devant moi quelques minutes plus tard.

— Ne me mens pas, Elias, me prévint-elle. Je sais toujours quand tu ne me dis pas la vérité.

Seigneur ! Je détestais quand elle m'appelait par mon nom complet. Elle était la seule femme capable de me faire me sentir comme un petit garçon pris en faute alors que j'étais un homme d'affaires milliardaire très respecté, et parfois même craint.

Il était devenu rare que ma mère soit aux petits soins pour moi et elle n'employait plus souvent ce ton qui exigeait toute mon attention.

En vérité, je voyais bien qu'elle était inquiète.

Je plantai ma fourchette dans les lasagnes de mon assiette et me forçai à mâcher et avaler une bouchée. Je continuai de manger et, avant même que je l'aie réalisé, j'avais vidé toute l'assiette. J'avais peut-être faim finalement, je n'avais juste pas pris le temps de m'en rendre compte.

Je la regardai en haussant un sourcil. Elle nous avait apporté du café et s'était assise en face de moi pendant que j'engloutissais toute une assiette de nourriture italienne.

— Tu es contente maintenant ? demandai-je.

Elle secoua la tête.

— Non. Tu as une sale tête, Eli. Mais je suis contente que tu aies un peu de nourriture dans l'estomac.

Je lui adressai un petit sourire malgré moi. Ma mère, Elizabeth Stone, était une force de la nature en affaires. Même si elle avait ralenti le rythme après la mort de mon père et qu'elle se concentrait sur ses événements philanthropiques, elle avait travaillé aux côtés de mon père pendant des décennies. Elle possédait une intelligence et une intuition effrayantes et elle avait reçu une très bonne éducation. Mon père l'avait toujours considérée comme l'un de ses plus gros atouts, à la fois en affaires et en dehors.

Elle avait coupé le cordon avec moi il y a longtemps, mais nous étions encore proches. Maintenant que mon père était mort, ma mère était tout ce qu'il me restait.

— Ces derniers jours n'ont pas été faciles, maman.

— Je m'en doute, acquiesça-t-elle. Je suis désolée pour ce qui est arrivé, Eli. Mais je suis soulagée que Jade s'en soit sortie.

Ma mère m'avait écouté parler de Jade, mais j'étais un adulte et je ne parlais plus beaucoup de mes émotions avec elle.

— C'était ma faute, avouai-je.

— C'était un accident, me corrigea-t-elle.

— Une chute que j'ai causée, dis-je d'une voix rauque. J'ai vu qu'elle était trop près du bord et je lui ai hurlé dessus. Ça l'a fait sursauter et elle est tombée.

— Je t'interdis de culpabiliser pour ce qui s'est passé, insista-t-elle. Les accidents arrivent. Tu as réagi par peur. Et tu n'avais aucune intention de la faire tomber.

— C'était stupide, grognai-je. Je n'agis pas par émotion. Jamais.

Presque tous mes actes étaient toujours calculés, bien pensés. Mais Jade avait retourné mon cerveau, d'habitude pragmatique, sens dessus dessous.

— Tu n'es pas un robot, fils, remarqua-t-elle. À un moment donné, tu auras forcément des réactions émotionnelles ; peu importe tous tes efforts pour essayer de l'éviter.

— Je ne veux pas me sentir comme ça, dis-je d'un ton désespéré.

— Tu tiens à elle, devina-t-elle. J'en suis heureuse.

— Pas moi. Et je pense que je tiens beaucoup trop à elle.

Ma mère sourit.

— Est-ce qu'elle le sait ?

— Bon sang, non.

— Tu devrais peut-être lui dire.

— Ça ne faisait pas partie du marché. Et je me suis comporté comme un con avec elle. Elle s'enfuirait sûrement dans la direction opposée si je lui disais que j'avais changé d'avis à propos de ma règle de « non-engagement ».

— Alors au lieu de ça, c'est toi qui vas fuir, prédit-elle. Parce qu'elle te fait peur.

Je passai une main dans mes cheveux, frustré.

— En ce moment, je n'ai aucune idée de ce que je suis en train de faire et je déteste ça.

Ma mère prit ma main dans la sienne.

— Ne laisse pas le passé ternir ton futur, Eli. Ça fait des années. Il est temps de tourner la page. Tu devrais lui vendre le terrain.

— Je ne peux pas, croassai-je. Tu sais que je ne peux pas.

Elle secoua la tête.

— Je te regarde te torturer depuis des années. Sans la moindre raison. Ça doit cesser.

C'était un sujet que je n'abordais *jamais* et ce jour ne ferait pas exception.

— Je veux concentrer toute mon attention sur Jade, en ce moment, lui dis-je.

— Tu es aussi buté que l'était ton père, se lamenta-t-elle.

— Tu vas essayer de me convaincre que je ne tiens mon entêtement que de lui ? demandai-je en croisant les bras.

— Tu crois que ça vient de moi ? hoqueta-t-elle.

Elle porta une main à sa poitrine et feignit le désarroi.

— Impossible. Je suis un ange, dit-elle d'une voix traînante, insistant sur son accent sudiste.

Je laissai échapper un rire réticent. Ma mère était *parfois* un ange, mais elle n'avait rien d'une docile beauté du Sud. Elle avait quitté ce coin depuis des décennies et avait appris à mordre quand c'était nécessaire. Par chance, elle avait aussi le cœur sur la main.

— Je suis désolé de me comporter comme un crétin, dis-je.

Je m'en voulais parce que ma mère s'était occupée de tout pour moi et, comme toujours, elle s'était jetée à pieds joints dans la mêlée.

— Ces derniers jours ont juste été très durs, c'est tout, ajoutai-je.

— Pas besoin de t'excuser. Tu es mon fils, Eli. Je sais que tu m'aimes. Mais quand tu souffres, je souffre aussi. Tout ce que je veux, c'est que tu sois heureux.

Je vis des larmes briller dans ses yeux, ce qui me ramena brusquement à la réalité.

— Je sais. Merci d'être venue. Mais tu devrais rentrer à la maison et dormir un peu. Est-ce que Jeff est là pour te ramener chez toi?

Elle hocha la tête.

— Bien. Tu as mangé quelque chose, toi?

— Oui, acquiesça-t-elle. J'ai eu une charmante discussion avec Brooke pendant le dîner. Si Jade ressemble un tant soit peu à sa sœur, c'est une chic fille. Les Sinclair sont une famille merveilleuse. Leur histoire de passage de la misère à la richesse est assez remarquable. Mais ça me fait mal au cœur de songer à quel point ils ont dû se battre dans la vie. Ça a dû être dur pour Noah.

— Je pense que ça a été difficile pour les trois grands frères de Jade. Mais ils sont tous plutôt solides.

— Tu as besoin d'une fille comme elle, dit ma mère d'un ton songeur.

— Assez, dis-je gentiment. Laisse-moi gérer ma vie amoureuse.

Elle se leva de la table.

— Si je te laissais la gérer tout seul, je n'aurais jamais de petits-enfants de mon vivant, répondit-elle d'un ton bougon.

— N'essaie pas de me culpabiliser, rétorquai-je. Tu es loin d'être une personne âgée sur son lit de mort.

Ma mère était encore belle et aussi active que jamais. Elle pouvait tenir le rythme mieux que certaines femmes plus jeunes de plusieurs décennies.

Je me levai, récupérai sa veste légère et la lui tendis.

Quand elle se retourna, elle me lança un regard inquiet.

— Repose-toi, s'il te plaît. Je sais que tu ne partiras pas, mais essaie de dormir.

J'étais le fils de ma mère et elle le savait. Quand mon père était dans un état critique, juste avant sa mort, ma mère était restée à ses côtés jusqu'à la fin.

— J'ai laissé un sac de vêtements dans le placard, continua-t-elle en pointant le doigt vers le petit meuble dans la pièce. Il y a une douche de médecins au coin du couloir. Je reviendrai demain.

J'acquiesçai de la tête. Pour être honnête, j'étais bien content d'avoir accès à des vêtements propres. J'étais certain que je devais puer.

Je la serrai dans mes bras un instant, puis la regardai sortir de la pièce.

Je récupérai les vêtements propres et allai trouver la douche.

Ma mère avait raison. Je n'irais nulle part. Mais dans l'intérêt de la famille de Jade, je savais que je devais me nettoyer un peu.

Dix minutes plus tard, j'étais de retour dans sa chambre, déterminé à camper ici jusqu'à être enfin sûr que Jade allait s'en sortir.

CHAPITRE 17

Jade

Je me réveillai brusquement, paniquée parce que je ne savais pas où j'étais ni pourquoi je ne reconnaissais rien autour de moi.

— Où suis-je ? lançai-je dans la pénombre de ce qui ressemblait à une chambre d'hôpital.

Je pris de grandes inspirations et m'efforçai de me calmer, réalisant soudain que tout mon corps me faisait souffrir.

— Tout va bien, dit la voix calme d'Eli alors qu'il venait à mon chevet. Tu as eu un accident, mon cœur.

Rien que sa présence suffit à calmer les battements de mon cœur et ma peur se dissipa quand il tendit la main pour étreindre la mienne.

Je me souviens. Je me suis réveillée plusieurs fois. Je me suis rendormie après avoir posé quelques questions à l'infirmière.

Des images de ma chute de la falaise de rappel défilèrent dans ma tête, suivies du souvenir d'une douleur insoutenable. Ensuite, il n'y avait plus rien.

— Je suis tombée. Je ne me souviens que de la douleur, lui dis-je doucement.

J'avais la gorge et la bouche sèche.

— Je peux avoir un peu d'eau ?

— Tu peux avoir tout ce que tu veux maintenant que tu me parles enfin, dit-il d'une voix grave et râpeuse.

Il me tendit un verre d'eau et je bus à la paille avant de lui demander :

— On est encore dans le Montana ?

— Non. On est revenus à San Diego. Tu as d'abord été transportée à Billings et, une fois stabilisée, on t'a autorisée à être transférée ici. Tu es ici depuis deux jours maintenant. L'accident a eu lieu il y a presque cinq jours. Ils sont en train de diminuer tes antidouleurs petit à petit, alors tu devrais être réveillée plus souvent à partir de maintenant.

Il s'était accroupi et son visage était tout près du mien ; je devais plisser les yeux pour le voir.

— Tu as une mine affreuse, remarquai-je.

Eli avait les yeux rouges et son visage semblait ravagé par l'épuisement.

— Tu ne t'es pas vue, répliqua-t-il en me souriant. Je trouve que tu as l'air en bien plus mauvais état que moi.

— Je suis blessée où ?

J'avais mal partout et n'arrivais pas vraiment à cerner l'origine de la douleur.

— Tu as des ecchymoses à peu près partout, répondit-il d'un ton sombre. Mais les blessures les plus graves étaient ton épaule démise et ton crâne fracturé.

— Moi qui croyais que le rappel était une activité plutôt tranquille, marmonnai-je.

— Elle aurait dû l'être. Je suis tellement désolé, Jade. J'ai causé ta chute en te hurlant dessus. Il ne te serait rien arrivé si je ne t'avais pas fait sursauter.

Un souvenir me revint soudain, révélant le moment où Eli m'avait interpellée d'une voix si forte que cela m'avait fait trébucher.

— Ce n'était pas ta faute, répliquai-je. J'étais bien trop près du bord. J'ai vu un pygargue à tête blanche et je voulais prendre une photo. J'étais déjà dans une position dangereuse parce que j'essayais de sortir mon appareil-photo. C'était stupide de ma part de me tenir sur ce rebord de manière aussi instable.

— C'est pour ça que j'ai hurlé. C'était un réflexe instinctif. Un mauvais réflexe. Tout se serait bien passé si je ne t'avais pas fait perdre l'équilibre, dit-il d'une voix raide.

J'entendais le remords dans sa voix et je détestais ça. Je tendis la main pour caresser sa mâchoire serrée et mal rasée.

— Ne t'en veux pas pour mon étourderie. C'était un accident. Je suppose que je vais survivre ?

Il hocha la tête.

— Il va te falloir encore quelques mois avant de te remettre, mais Dieu merci, tu ne souffres d'aucun dégât permanent. Mais tu vas avoir mal un certain temps encore.

— C'est tolérable, répondis-je.

Maintenant que je m'étais reprise après le choc initial causé par le fait de me réveiller en ayant mal partout, la douleur ne me semblait plus aussi grande.

— Ta tête guérira. C'était une fracture linéaire sans complication, il faudra juste un peu de temps. On a eu de la chance.

Je soupirai et laissai retomber ma tête contre les oreillers. Pour être franche, je savais que ça aurait pu être bien pire. Une chute incontrôlée de cette hauteur aurait pu causer bien plus de dégâts si j'étais tombée sur la tête.

— Je survivrai, plaisantai-je. Ce n'est pas la première fois que je me retrouve amochée.

— Ce sera la dernière, grommelai-je.

— Je suis désolée de t'avoir autant inquiété, dis-je. Est-ce que tu as dormi ?

— Oui. Un peu. J'ai dû me battre contre tes frères et ta sœur pour les convaincre de me laisser dormir dans l'autre lit, mais j'ai réussi à sommeiller un peu jusqu'à ce que tu te réveilles.

— Ma famille était là ?

— Tu en doutais ? me taquina-t-il. Tout le clan était là, même ta sœur Brooke.

— Brooke est ici ? demandai-je avec enthousiasme.

— Je pense que rien n'aurait pu l'empêcher de venir quand elle a appris que tu avais été blessée. Elle et Liam sont ici depuis ton retour à San Diego. Ils ne rentrent à la maison que pour dormir. Je pense que tes demi-frères et tes cousins seraient là aussi si Noah ne les avait pas dissuadés de venir vu que ton état était stable. Il leur a dit que la chambre était déjà bien assez remplie comme ça.

Je souris.

— Ça lui ressemble bien, admis-je. Je m'en veux à l'idée qu'ils aient mis leur vie en pause pour être auprès de moi.

— Tu plaisantes ? Tu aurais fait la même chose pour eux, tu le sais bien.

Eli avait raison. Si l'un de mes frères ou ma sœur était à l'hôpital, j'aurais campé ici avec eux.

— Je suppose, oui.

— Honnêtement, je ne suis pas sûr qu'on puisse les convaincre de partir. Ma mère les a nourris tous les jours. Je n'ai aucune idée de ce qu'il y a au menu demain, mais je peux te garantir que tes frères seront là quand les plats arriveront.

— Ta mère est venue ? m'étonnai-je.

Je me sentais un peu embarrassée à l'idée que même la mère d'Eli ait passé du temps à l'hôpital.

— Elle doit me détester de t'avoir fait manquer de sommeil à ce point. Tu n'as vraiment pas l'air en forme.

— Je me sens beaucoup mieux maintenant, répondit-il d'une voix rauque. Tu m'as fichu une trouille bleue, papillon.

Si nos rôles avaient été inversés, je savais que j'aurais été terrifiée moi aussi.

— Je suis désolée. J'ai raté mon dernier jour dans le Montana. Et j'étais dans les vapes pendant la majeure partie de ces derniers jours. Je ne garde que quelques images éparses en tête.

— Ça vaut sûrement mieux comme ça, répondit-il d'une voix peinée. J'aimerais bien oublier, *moi*. Et le Montana sera encore là quand tu te sentiras mieux. Même si je préférerais que tu évites cet endroit à l'avenir. Il s'est passé beaucoup trop de trucs négatifs là-bas.

Mon cœur se serra quand je vis la tension sur son visage et l'entendis dans sa voix. Eli avait l'air d'avoir vécu un véritable enfer.

— Combien de temps est-ce que je vais devoir rester à l'hôpital ? demandai-je.

— Jusqu'à ce que le docteur t'autorise à sortir, répondit-il d'un ton ferme. Tu seras sûrement transférée dans une chambre normale demain. Mais tes jolies fesses resteront dans cet hôpital jusqu'à ce que tu sois prête à rentrer chez toi.

Je savais que j'allais devoir réussir à me débrouiller toute seule. Il était hors de question que je laisse mes frères jouer les baby-sitters pour moi. Ils finiraient par me rendre dingue.

— J'aurais le bras en écharpe pendant combien de temps ?

— Au moins quelques semaines. Et tu ne pourras pas te servir de ce bras tant qu'on ne t'aura pas retiré l'écharpe. Peut-être même pendant un peu plus longtemps. Mais ça n'a pas d'importance. Tu vas t'installer chez moi.

— À San Diego ? demandai-je.

— Oui. Et pas la peine d'argumenter. Tu auras besoin d'examens ultérieurs et peut-être aussi de rééducation. Il vaut mieux que tu sois ici.

J'avais encore l'esprit un peu embrouillé et je n'arrivais pas à décider si je devais protester ou pas. J'avais envie d'être avec lui, mais je n'étais pas tout à fait sûre que ce soit une bonne idée.

— Nos dix jours sont terminés.

— On les prolonge, répondit-il d'une voix bourrue. Et j'ai reporté la date de la collecte de fonds pour ton association caritative, mais je ne l'ai pas annulée. Ça peut attendre que tu ailles mieux.

Je lui souris. Enfin, autant que je pouvais étirer les lèvres. J'étais sûre de m'être fendu la lèvre et qu'on me l'avait recousue.

Pour être honnête, la proposition d'Eli était très… inattendue. Je ne savais trop quoi dire. D'accord, tout ça avait commencé parce qu'il essayait de me mettre dans son lit, mais je ne me serais jamais imaginé qu'il pourrait s'avérer être un homme aussi bon.

Je savais qu'il ne pensait pas au sexe compte tenu de l'état dans lequel je devais être à cet instant.

— Merci, murmurai-je.

— Tu pourras me remercier quand tu iras mieux, grommela-t-il.

— Je pense que tu devrais dormir un peu, dis-je.

Les rides de stress sur son visage m'inquiétaient. Même s'il était aussi sublime que toujours et que ce style négligé, avec le début de barbe sur sa mâchoire, lui allait à merveille, j'étais certaine que cela n'était pas intentionnel.

Je détestais cet éclat tourmenté dans son regard et les rides de fatigue qui parsemaient son visage.

— Je vais attendre que tu te rendormes, maugréa-t-il.

— Quel entêté, dis-je.

Il sourit.

— Ce n'est pas la première fois qu'on m'accuse de ça.

— Tu vas vraiment te coucher quand je me serai endormie ? l'interrogeai-je d'un ton sceptique.

— C'est promis.

— Je suis contente que tu sois là, Eli, dis-je en fermant mes paupières lourdes.

— Je serai *toujours* là, papillon, me promit-il.

Je savais que les circonstances étaient particulières, mais alors que je dérivais vers le sommeil, j'espérais qu'il avait raison.

CHAPITRE 18

Jade

Deux jours plus tard, je sortais de l'hôpital, mais il me fallut deux semaines avant d'être libérée de l'écharpe autour de mon bras.

Je venais de le retirer plus tôt dans la matinée, juste à temps pour le gala que la mère d'Eli avait reprogrammé pour mon association, SWCF.

Je m'étais installée dans la maison sur le front de mer de San Diego d'Eli, un manoir élégant et contemporain qui comprenait une tonne de chambres et de salles de bain. Mais si la maison manquait de caractère, le mur de baies vitrées et l'époustouflante vue sur la mer compensaient amplement cela.

Même si je détestais la ville et les bouchons, je devais bien admettre que la maison d'Eli était magnifique.

— Qu'est-ce que tu fabriques ? s'exclama Eli depuis la porte ouverte du salon attenante à la chambre où il m'avait installée.

J'étais assise dans une position inconfortable sur l'une des petites chaises, une jambe pliée et le pied posé au bord du siège.

— Je mets du vernis à ongles, répondis-je sans lever la tête.

Le gala était prévu pour ce soir et j'avais décidé de faire un effort pour être élégante. J'avais passé la majeure partie de la journée avec Skye. Elle était venue passer la journée à San Diego et nous avions déjeuné ensemble avant d'aller faire du shopping. Elle m'avait aidée à me trouver une nouvelle tenue vu que je n'avais rien d'approprié à porter pour une fête où seraient rassemblés une tonne de gens riches.

— Tu es censée faire attention à ton épaule. Tu te penches trop, dit-il d'un ton agacé.

Comme d'habitude, Charlie était sur les talons d'Eli, mais il se laissa tomber dans un coin et ferma les yeux pour faire une sieste.

Pour être honnête, je commençais à m'habituer à ce qu'Eli désapprouve chacun de mes gestes un peu trop physiques.

— On m'a autorisée à reprendre une activité normale, lui rappelai-je.

Il entra dans la pièce et attrapa l'ottomane avant de la laisser tomber juste devant moi et de s'asseoir.

— Donne-moi ça, ordonna-t-il en tendant la main vers la bouteille de vernis dans ma main.

— Tu es sérieux ? demandai-je en remettant le pinceau dans la bouteille.

Je ne m'étais jamais fait vernir les ongles des doigts de pieds par un homme.

— Donne, insista-t-il en me prenant la bouteille de vernis à ongles rouge foncé des mains.

Je le regardai refermer ses grandes mains sur mon pied et le poser sur son genou.

— Oh mon Dieu, dis-je d'un ton ébahi. Tu vas vraiment faire ça.

Il me lança un regard d'avertissement, puis se mit à appliquer du vernis sur mes ongles de pieds.

— J'ai toujours trouvé ça compliqué à faire tout seul de toute façon, grommela-t-il.

Je me laissai retomber dans mon fauteuil.

— Ça l'est. Je déteste ça. Mais je porte des sandales, alors je dois vraiment vernir mes ongles de pieds.

Il était hors de question que je proteste. C'était assez sympa de regarder Eli, tête baissée et concentré sur le fait d'appliquer le vernis en lignes droites.

En vérité, c'était l'un des gestes les plus gentils qu'on n'ait jamais faits pour moi.

Même si Eli s'était déjà avéré un soignant incroyable ces deux dernières semaines. Il m'avait beaucoup trop dorlotée comme un bébé.

J'étais mal à l'aise au début quand sa mère passait durant la journée pendant qu'Eli était au bureau. C'était gênant au début et je leur avais répété encore et encore que je pouvais me débrouiller, mais aucun d'eux ne m'avait écoutée.

Ces deux dernières semaines, Elizabeth Stone et moi étions devenues amies. C'était une femme dotée d'un flair remarquable pour les affaires, mais elle avait aussi un cœur d'or. Liz avait pris le relais s'agissant de m'apprendre tout ce que j'avais besoin de savoir concernant le monde des affaires et j'apprenais plutôt vite. Évidemment, cela prendrait des années avant que j'acquière la même compréhension de cet univers qu'elle, mais je commençais à me sentir plus à l'aise s'agissant de gérer mes affaires moi-même.

— Merde ! jura Eli quand il appliqua par mégarde une toute petite tache de vernis sur ma peau.

Je lui tendis les lingettes de dissolvant sans un mot.

— Ça arrive tout le temps.

Il baissa à nouveau la tête et essuya la couleur sur ma peau avant de reprendre où il s'était arrêté. Je devais être honnête, de ce que je pouvais en voir, il se débrouillait mieux que je ne l'aurais fait. J'avais tendance à me montrer impatiente avec mes ongles et à appliquer le vernis sans vraiment vérifier si j'avais couvert la moindre petite portion de l'ongle.

Mais pas Eli.

Il était très concentré et faisait du très bon boulot. C'était peut-être pour ça qu'il connaissait un tel succès. Il se jetait à corps perdu dans tout ce qu'il faisait.

C'était l'une des choses que j'avais remarquées chez lui ces dernières semaines : il était toujours si absorbé et, quand il faisait quelque chose, il donnait tout ce qu'il avait, même s'il ne s'agissait que d'une tâche ordinaire.

Cette concentration intense, qui me mettait autrefois mal à l'aise, me fascinait aujourd'hui. Cet homme était capable d'effectuer plusieurs tâches à la fois, mais il ne perdait jamais de vue sa mission première.

— Je sais que tu m'as donné une liste d'invités, mais comment sera l'ambiance ? De quoi parlent les célébrités et les milliardaires quand ils sortent en soirée ?

Je savais que j'allais me sentir un peu intimidée, mais je voulais être préparée.

L'événement avait lieu dans un country club huppé et un concert où seraient présents certains des plus grands noms de la musique suivrait le gala et le dîner. Je ne savais pas du tout comment Eli avait réussi à convaincre ces musiciens très demandés de donner de leur temps, mais il m'avait dit qu'ils avaient tous refusé d'être payés.

Eli les avait tous convaincus que ma cause valait la peine d'être soutenue.

Il leva enfin la tête et reposa mon pied verni au sol avec délicatesse avant de soulever l'autre.

— De la même chose que n'importe qui d'autre. Leurs enfants, leurs vacances, leurs passe-temps et, de temps en temps, de leurs investissements. Tout ce qui leur passe par la tête.

— Je suis un peu nerveuse, avouai-je.

— Il n'y a pas de raison, répondit-il. Ils sont là pour t'aider.

— Ne crois pas que je ne leur en suis pas reconnaissante, m'empressai-je de préciser, ne voulant pas qu'il me prenne pour une ingrate. C'est juste un peu intimidant de participer à une fête à laquelle je n'aurais jamais été invitée quand j'étais pauvre.

— Moi, je t'aurais invitée, répliqua-t-il.

— Si je n'avais pas reçu cet héritage, on ne se serait jamais rencontrés, dis-je d'un ton songeur. Ce n'est pas comme si l'on évoluait dans les mêmes cercles.

— Peut-être, admit-il. Mais je pense que tu vas découvrir que toutes les personnes présentes là-bas ne seront pas pleines aux as. Et que la plupart ne sont pas nées riches. Certains sont des entrepreneurs qui ont travaillé comme des dingues pour trouver le succès, mais ce ne sont pas des milliardaires.

— C'est assez incroyable, que toutes ces personnes aient décidé de soutenir mon association. Ça impose le respect.

— Ton rapport a beaucoup aidé, me dit-il. Tu as un certain talent pour rédiger les faits tout en faisant d'eux quelque chose de personnel.

J'avais travaillé dur pour rassembler des informations à l'attention de possibles soutiens.

— C'est peut-être parce que je suis passionnée.

— Ça se voit, acquiesça-t-il d'un ton sérieux.

— Les donations aideront SWCF à racheter certains corridors importants. Merci.

— Ne me remercie pas, répliqua-t-il. Maintenant que j'ai lu toutes les informations, je comprends pourquoi préserver ces terres et ne pas les développer est primordial pour la faune sauvage. Dans certains cas, on voit déjà que certaines espèces ont été encerclées. Je ne comprends pas bien pourquoi on ne réfléchit jamais à ça avant de développer une zone.

— On le fait, en fait. Mais le plus souvent, les grosses entreprises gagnent et les animaux perdent.

Il leva la tête et me regarda en souriant.

— Plus maintenant. Plus tu obtiendras de soutien, plus tu auras de poids.

Eli reposa délicatement mon pied au sol, reboucha le vernis et me le rendit.

— C'est fait.

— Tu es un ange, dis-je avec un soupir. Merci. Tu n'étais pas obligé de faire ça, mais ils sont bien plus jolis que si c'est moi qui l'avais fait.

Je fléchis un peu le pied et agitai les doigts de pieds. Eli avait fait de l'excellent boulot.

— Je ne suis clairement *pas* un ange, protesta-t-il. Et comment tu sais que je n'ai pas fait ça rien que pour avoir une occasion de te toucher ?

Mon cœur rata un battement. Eli ne m'avait pas fait *une seule* remarque personnelle ces deux dernières semaines. Il était bien trop occupé à s'assurer que je fasse tout ce que le docteur avait ordonné.

Mais j'allais mieux maintenant. Je devais juste pratiquer quelques exercices simples ces prochaines semaines pour renforcer peu à peu mon épaule, mais je n'aurais même pas besoin de suivre une rééducation.

— Tu peux me toucher maintenant, lui fis-je remarquer d'une voix timide. Je suis rétablie.

La tension sexuelle entre moi et Eli était toujours présente, elle ne s'était jamais dissipée. À mesure que mon état s'améliorait, son intensité avait grimpé jusqu'à revenir au même niveau qu'autrefois, peut-être même jusqu'à le dépasser.

Le simple fait de me retrouver proche de lui sans qu'il y ait le moindre contact physique était une torture.

— Je ne vais pas compromettre ta rémission pour m'envoyer en l'air, dit-il d'une voix bourrue. Si tu fais trop d'efforts trop tôt, tu risques de te retrouver dans la même situation qu'il y a deux semaines.

Je voyais toujours le désir dans les beaux yeux agités d'Eli et je savais qu'il ressentait cette alchimie intolérable lui aussi.

— Alors, contente-toi de m'embrasser, répondis-je, frustrée.

Eli posa ses deux mains sur le fauteuil, m'emprisonnant entre ses bras et se penchant tout près de moi.

— Je crois qu'on sait tous les deux où ça nous mènerait, dit-il d'une voix rauque. Je ne peux pas te toucher sans avoir envie de te baiser jusqu'à ce qu'aucun de nous ne puisse plus bouger.

Seigneur, j'avais envie de ça, moi aussi. À tel point que mon corps en était douloureux.

— Rien qu'un baiser, insistai-je.

Ses yeux prirent une teinte grise plus sombre ; un feu couvait au fond d'eux.

— Tu sais très bien que je ne peux pas dire non.

Je le savais sûrement, oui, mais si Eli ne me touchait pas d'une manière ou d'une autre, j'allais devenir folle.

Il plaça ses doigts sous mon menton, m'inclina la tête vers le haut et, en un clin d'œil, sa bouche s'empara de la mienne.

La chaleur et la puissance délicieuses de son baiser me firent soupirer contre ses lèvres.

Je savourai cette intimité alors qu'il explorait ma bouche avec soin ; le baiser était si brûlant que j'avais l'impression d'être à deux doigts d'entrer en combustion.

J'avais désespérément envie d'enrouler mes bras autour de son cou et de refermer les doigts dans ses cheveux épais pour le maintenir contre moi. Mais je craignais que cela n'écourte cet instant de proximité entre nous et j'avais envie de me délecter de chaque coup de langue.

Eli ne se contentait jamais d'embrasser : il revendiquait. Ses tendances de mâle alpha ne me mettaient plus mal à l'aise. En fait, il m'arrivait de n'aspirer qu'à elles parce que j'avais tout autant envie de lui et que j'étais tout aussi prisonnière de la force insensée de notre désir que lui.

Quand il leva enfin la tête, je ravalai une protestation. Je n'avais pas envie qu'il s'éloigne.

Mais c'est ce qu'il fit.

Eli se redressa et se dirigea vers la porte.

— Prépare-toi, Jade, dit-il d'une voix rauque. On part dans une heure.

— Je sais, répondis-je, m'efforçant encore de reprendre mon souffle.

Il claqua des doigts pour intimer à Charlie de le suivre.

— Allons-y, mon grand, dit-il au chien. Si je ne peux pas la voir toute nue, toi non plus.

J'éclatai de rire parce que je savais qu'il plaisantait pour oublier sa frustration.

— Je n'ai jamais dit que tu ne pouvais pas regarder, dis-je d'un ton amusé.

— Si je faisais ça, répondit-il en me tournant le dos, nous n'irions jamais à cette collecte de fonds.

L'homme et le chien sortirent de la chambre sans rien ajouter de plus.

CHAPITRE 19

Eli

Je dois me ressaisir, putain !

Je me laissai aller contre le carrelage de la douche, les jets d'eau puissants me martelant le dos. La preuve que je venais de me masturber encore une fois forma un tourbillon au niveau du siphon avant de disparaître comme si mon orgasme n'avait jamais existé.

Et dans l'ensemble, cela n'avait pas d'importance parce que mon sexe ne se sentait pas soulagé pour autant. Et moi non plus.

Me branler ne suffisait plus.

J'avais envie d'une seule chose et rien d'autre.

Jade.

Bon sang !

Mon sexe ne se contentait plus d'imitations faciles.

Je pris une bouteille de shampoing et me mis à me laver les cheveux d'un geste vif, irrité à l'idée de ne pas avoir assez de discipline pour rester loin d'elle.

On vient de l'autoriser à reprendre une activité normale.

Mais ça ne voulait pas dire qu'elle pouvait encaisser une tonne de stress sur les épaules. Sa capacité à endurer le stress était limitée. Et la limite n'était pas haute.

Durant sa période de rémission, mon désir démentiel avait été mis en pause. J'étais trop inquiet et trop déterminé à m'assurer qu'elle ne souffrait d'aucun dégât permanent après sa chute.

Les ecchymoses, les éraflures et les lacérations sur son visage avaient quasiment toutes guéri, mais l'accident en lui-même se répétait dans presque tous mes cauchemars.

Tout ça doit cesser !

J'avais provoqué sa chute à cause de mes craintes qu'il lui arrive quelque chose et je n'apporterais jamais rien de bon à Jade. Je lui avais déjà fait trop de mal et je n'étais pas prêt à risquer que ça arrive à nouveau parce que j'étais incapable de contrôler mes pulsions quand j'étais avec elle.

J'étais bousillé de l'intérieur, je le savais. Et pour des raisons qui n'avaient rien à voir avec elle.

Je lui ai fait du mal, putain ! J'aurais pu la tuer à cause de mon désir insensé de la protéger.

Pendant deux semaines, je m'étais convaincu qu'elle serait mieux sans moi et je m'étais presque persuadé que j'avais raison.

Ce baiser avait été une pulsion à laquelle j'avais été incapable de résister.

Mais il était *hors de question* que je recommence.

Ma culpabilité concernant sa chute avait failli me tuer et, pour être honnête, je n'étais pas sûr de pouvoir traverser ça à nouveau.

La douleur.

La terreur.

Le remords paralysant.

Toutes ces émotions m'avaient dévoré vivant pendant qu'elle était en rémission.

Mes cauchemars étaient d'un réalisme effrayant et j'étais chaque fois incapable de me rendormir. J'étais trop agité pour retrouver le sommeil.

Je me rinçai, éteignis la douche et sortis pour m'essuyer.

Je tenais trop à elle et je ne pouvais plus le nier. Ce qui faisait de Jade un danger pour ma santé mentale.

Si je couche avec elle, je suis fichu.

Même si ça allait être dur, je *devais* l'écarter de ma vie.

J'arriverais à m'en remettre.

J'arriverais à l'oublier.

Et elle serait en sécurité parce que je ne serais plus là pour foutre sa vie en l'air.

Si je ne la voyais plus, je finirais par arrêter de penser à elle et elle ne serait bientôt plus qu'un lointain souvenir.

Ma poitrine était comprimée et je me sentais vide. En l'espace de quelques semaines, Jade Sinclair avait mis tout mon monde sens dessus dessous.

Je devais le remettre en ordre.

Je devais dormir. Manger. Je devais cesser d'être en érection à chaque instant que je passais avec elle.

Ma vie tournait autour de l'ordre et de l'équilibre. J'avais trop de responsabilités pour ne pas garder la tête froide.

Je jetai la serviette que je venais d'utiliser dans le panier à linge et retournai dans ma chambre, complètement nu, sachant qu'il ne me restait pas beaucoup de temps pour me préparer pour le gala.

Mon smoking avait déjà été accroché à la porte du placard, je récupérai donc un boxer dans l'un des tiroirs de la commode.

Au moment où j'enfilai mon sous-vêtement, mes yeux se posèrent sur la petite boîte rouge que j'avais posée là peu après avoir ramené Jade de l'hôpital.

J'eus envie de refermer aussitôt le tiroir, mais j'en étais incapable. Alors je soulevai la boîte et, quand j'ouvris le couvercle, ma poitrine se serra.

Après l'accident, dans un moment de folie passagère, j'avais acheté cette bague.

Je croyais être prêt à m'engager parce que j'étais incapable d'imaginer ma vie sans elle.

Le gros diamant incrusté à l'anneau de platine était brillant et flamboyant. Il me rappelait Jade.

Je ne peux pas faire ça. Je ne peux pas.

Rien de ce que je ressentais pour Jade n'était rationnel. J'allais faire quelque chose de stupide une fois encore et lui faire du mal. Oui. Je ne le ferais peut-être pas exprès, mais si elle mourait, il n'y aurait pas de retour en arrière.

Dieu savait que j'étais bien placé pour avoir conscience de ça.

Je n'ai pas pensé à toutes les ramifications associées à une relation quand j'ai acheté cette bague.

Je refermai vivement le couvercle.

— À quoi est-ce que je pensais ? marmonnai-je d'une voix rocailleuse.

Je remis la boîte au fond du tiroir.

Non. Hors de question.

Je ne l'épouserais pas et j'allais encore moins rester dans le coin pour ruiner sa vie.

Je refermai le tiroir.

Jade n'avait pas besoin d'une bague.

Elle avait besoin d'un homme qui serait toujours là pour elle, quelqu'un qui ne risquait pas de péter les plombs si elle s'arrachait un ongle.

Ce genre de comportement n'était pas normal.

Ce n'était pas sain.

Et c'était encore moins rationnel.

Je dois retrouver le contrôle de moi-même.

J'allais aussi avoir besoin de prendre mes distances. C'était le seul moyen.

Jade n'était pas le genre de femme dont on pouvait se détacher facilement.

Elle rentre chez elle demain.

Et bon sang, rien que l'idée de ne plus l'avoir dans ma vie en permanence provoqua une réaction de dénégation qui me noua les tripes. En fait, j'avais si mal que j'arrivais à peine à respirer.

— Merde ! lâchai-je d'une voix râpeuse. Je suis foutu.

Je retournai dans la salle de bain pour me raser et fis un effort désespéré pour ne pas réfléchir à ce qui allait se passer.

Parce qu'en toute franchise, je me demandais bien comment j'allais réussir à me séparer de Jade.

CHAPITRE 20
Jade

— Un peu plus au coin des yeux, me conseilla Brooke, me regardant appliquer mon maquillage dans le miroir par le biais d'une conversation vidéo.

Ça avait demandé pas mal d'efforts, mais j'avais réussi à disposer mon ordinateur portable selon un angle lui permettant de m'aider à comprendre comment appliquer mon maquillage.

Je fis passer légèrement le pinceau au coin de mes yeux.

— Depuis quand le maquillage est devenu une telle science ? lui demandai-je.

Nous avions traversé le processus laborieux consistant à me maquiller pour la soirée et je n'étais pas sûre d'aimer ça.

D'accord, il m'arrivait de mettre un peu de rouge à lèvres et peut-être aussi du mascara, mais la plupart du temps, je ne me maquillais pas parce que j'étais dehors, au beau milieu de nulle part et sous un tas de climats différents. En général, aucun des trucs que j'appliquais sur mon visage ne fonctionnait dans les environnements où je me trouvais le plus souvent.

Brooke éclata de rire.

— Pour être honnête, je ne m'embête pas à mettre autant de maquillage d'habitude, moi non plus. Mais l'une des femmes du coin a donné un cours au centre de loisirs et j'ai beaucoup appris. J'essaie de partager mon savoir avec toi. Tu as dit que tu voulais avoir l'air élégante.

— C'est vrai, soupirai-je.

Brooke m'expliqua le reste du processus et, quand je fis enfin un pas en arrière, je me sentis à peu près satisfaite.

— Je suppose qu'on ne fera pas mieux que ça, dis-je à ma jumelle.

— Retourne-toi, demanda-t-elle.

J'obéis et retirai la serviette que je portais comme un bavoir pour éviter de mettre du maquillage sur ma robe, puis je reculai pour qu'elle puisse me voir.

— Parfait, dit-elle. Tu es magnifique, Jade.

Je me dirigeai vers le bureau, reposai l'ordinateur et m'assis devant l'écran.

— Tu es sûre ? Tu ne crois pas que c'est un peu excessif ?

Brooke grimaça.

— Pas du tout, assura-t-elle. Tout le monde ne peut pas porter cette robe aussi bien que toi et c'est un dîner cocktail rempli de gens riches qui seront sur leur trente-et-un. Tu es parfaite.

Skye m'avait convaincue d'acheter la robe de soirée noire. Elle disait qu'elle était sexy sans être vulgaire. Elle était moulante et était plaquée assez étroitement contre mon corps, mais avec son col rond et la coupe basse dans le dos, elle était élégante. J'adorais les manches en dentelle noires ajustées autour de mes bras, mais pas trop serrées. La robe s'arrêtait juste au-dessus des genoux.

— Je ne suis pas habituée à porter des robes, dis-je à Brooke.

— Tu en portais une à mon mariage, me rappela-t-elle.

— J'ai fait ça pour toi, marmonnai-je.

— Alors, porte celle-là pour toi-même, répliqua-t-elle. À moins que ce ne soit pour Eli ?

— Peut-être un peu des deux, avouai-je. Il a organisé tout ça pour moi. Je veux avoir l'air convenable.

— Ma sœur, tu es plus que convenable, répondit Brooke. Il va passer la soirée à baver sur toi.

Avais-je envie qu'Eli bave sur moi ? Oui, c'était bien possible.

— Il m'a à peine touchée depuis l'accident, admis-je. J'ai peut-être aussi envie d'attirer son attention.

— Oh, Jade. Tu l'as déjà, m'assura-t-elle. Si tu avais vu à quel point il était bouleversé quand tu as été blessée, tu le saurais. C'est à peine s'il a mangé ou dormi.

— Je sais. Je m'en suis rendu compte quand les médicaments ont cessé de faire effet. Mais il est différent, Brooke. Je ne sais pas comment l'expliquer, mais il est… distant.

— Tu étais en train de te rétablir d'un grave accident, remarqua-t-elle.

Je n'aurais su mettre le doigt sur ce qu'il y avait de différent, mais cela m'inquiétait.

— J'espère que tu as raison.

— Est-ce que tu l'aimes ? me demanda-t-elle à brûle-pourpoint. Non, attends. Je suis ta jumelle. Je sais que c'est le cas.

Je hochai lentement la tête.

— C'est vrai. Je ne sais pas trop à quel moment c'est arrivé, mais ça me fiche la trouille.

— Je sais qu'il ressent la même chose, alors je ne suis pas inquiète. La peur finira par s'évanouir, Jade, dit-elle d'une voix douce. Je te le promets.

— Il m'a indiqué clairement qu'il voulait me mettre dans son lit, Brooke. Mais les émotions ne faisaient pas partie du marché. Il n'est pas le genre d'homme qui a envie de s'engager. Il me l'a déjà expliqué.

— Il raconte des conneries, répliqua Brooke. Eli Stone est si amoureux de toi qu'il n'a plus les idées claires. Peut-être que tout ça a commencé comme un jeu ou une passade, mais à un moment donné, tout a changé.

— Pour moi, c'est clairement ce qu'il s'est passé, confessai-je.

— Pour lui aussi, assura-t-elle. Les choses ne se passent pas toujours comme on les a planifiées, mais c'est ce qu'il y a de mieux dans la vie les surprises.

— Comme Liam ? demandai-je avec un sourire.

J'adorais le mari de ma jumelle, mais je ne pouvais m'empêcher de regretter qu'il ne vive pas en Californie.

Le visage de Brooke s'adoucit et une étincelle dansa dans ses yeux rien qu'à entendre son nom.

— Entre Liam et moi, ça n'aurait jamais dû marcher. Mais d'une certaine manière, je crois que j'ai toujours su qu'il était le seul homme que j'aimerais jamais. Ça a commencé comme du désir, et puis... bam ! Je ne pouvais plus vivre sans lui.

— Il te rend heureuse, dis-je.

— Très, acquiesça-t-elle.

— J'ai vraiment envie de le détester parce qu'il t'a emmenée à l'autre bout du pays, mais je ne peux pas, avouai-je.

— Ça n'a pas d'importance, répondit-elle. Nous serons toujours là l'une pour l'autre. Quand tu as été blessée, c'est Liam qui a fait nos valises pendant que je paniquais. Mais à aucun moment la question ne s'est posée de savoir si j'allais venir ou pas. Il comprend ça et il voulait être présent aussi. Liam est quelqu'un de spécial. Quand j'ai besoin de lui, il est toujours à mes côtés sans poser de question.

— Au moins, nous n'avons aucun mal à nous voir quand on a accès à des jets privés, plaisantai-je.

— Exactement, dit-elle. Et maintenant que je suis revenue de mes voyages, on va se parler tout le temps. Vous me manquez tous.

— Tu nous manques aussi, répondis-je, émue.

— Ne te mets pas à pleurer, me prévint-elle. Ou ton maquillage va couler.

Je clignai furieusement des paupières pour empêcher la moindre larme de couler de mes yeux.

— J'ai la situation sous contrôle.

— Amuse-toi bien, Jade. Et profite de ta soirée avec un homme très sexy. Tu vas rendre jalouses la plupart des femmes célibataires du monde entier.

— Oh, Seigneur, grommelai-je. Je n'y avais même pas pensé.

Pour moi, il était juste Eli. Pour tous les autres, il était le célibataire le plus convoité du monde.

Elle se mit à rire.

— N'y pense pas alors.

Nous continuâmes à discuter de manière décontractée, puis nous nous dîmes au revoir.

Pour la première fois, je ne me sentis pas vraiment triste en mettant fin à cette conversation avec ma jumelle.

Oui, il m'arrivait de vraiment souffrir de l'absence de Brooke, mais je savais que peu importait le nombre de kilomètres qui nous séparait, nous aurions toujours ce lien de jumelles qui ne serait jamais brisé.

Et nous pouvions réduire la distance quand nous le voulions pour nous voir ou passer du temps ensemble.

Notre héritage nous permettait assez facilement de voyager à travers le pays.

— Eh, tu es prête ? lança la voix de baryton d'Eli alors qu'il traversait le salon.

Je me levai, nerveuse dans ces artifices que je n'étais pas habituée à porter.

— Oh mon Dieu, lâchai-je, époustouflée, quand il apparut dans la petite salle d'eau.

J'étais si occupée à me sentir gênée que je n'avais même pas songé au fait qu'Eli serait sur son trente-et-un lui aussi.

Je savais déjà qu'il était à couper le souffle dans un costume.

Mais je n'étais pas prête à le voir dans un smoking.

— Tu es… parfait, murmurai-je.

Eli me rappelait un bonbon auquel on était accro. On savait que ce n'était pas bon pour nous, mais on en avait quand même envie. Il était la tentation à l'état pur et je savais que je ne pourrais profiter que d'une seule bouchée.

Il portait son smoking comme il portait ses costumes. Il avait l'air à l'aise en tenue de soirée et il la portait avec une élégance et une sophistication dont la plupart des hommes étaient incapables.

— Seigneur, Jade, dit-il d'une voix grave et râpeuse en s'arrêtant devant moi. Tu essaies de me tuer ou quoi ?

— Non, répondis-je en toute franchise. J'essayais de m'assurer d'avoir l'air convenable au bras de l'homme le plus sexy de la fête.

— Tu es magnifique, dit-il d'un ton pas tout à fait ravi. Qu'est-ce que tu as fait à tes cheveux ?

Je me retournai pour lui montrer mes cheveux relevés au-dessus de ma tête, une coiffure que Skye m'avait apprise.

— Style cocktail.

C'était une coiffure assez facile, maintenue en place par une énorme pince en argent et qui laissait quelques mèches s'incurver autour de mon visage.

— Ça me donne envie de les détacher pour passer les doigts dedans, remarqua-t-il d'un ton rauque.

Je me tournai à nouveau vers lui.

— Je crois que c'est l'idée, répondis-je d'un ton léger.

— Et cette robe va me rendre dingue toute la soirée.

— Je suis bien couverte, répondis-je.

Secrètement, j'adorais cette lueur de désir dans ses sublimes yeux couleur d'orage alors que son regard errait avidement le long de mon corps avant de remonter vers mon visage.

— Allons-y, dit-il d'une voix grave en me prenant la main.

Il avait parlé d'un ton abrupt, mais je ne lui en voulus pas et attrapai mon petit sac noir au passage. Je souris alors que je le suivais aussi vite que me le permettaient mes talons aiguilles, certaine d'avoir rempli mon objectif d'avoir l'air élégante à son bras.

CHAPITRE 21

Jade

Nous étions à la fête depuis plus d'une heure et tout le monde avait toujours les yeux fixés sur nous. Eli ne m'avait pas quittée d'une semelle et nous avions attaqué le buffet couvert de nourriture ensemble.

J'avais bu plus d'un verre dans un effort pour me détendre. Mais cela ne m'avait pas beaucoup aidée.

— J'ai l'impression d'être dans un bocal à poisson rouge, dis-je à Eli alors que nous nous mêlions à la foule. Tout le monde te regarde.

Comme il me l'avait promis, il m'avait présentée à tant de gens que j'avais déjà oublié le nom de la plupart.

— Ce n'est pas *moi* qu'ils regardent, répondit-il en se penchant vers moi. C'est *toi*.

— Merci, répondis-je. Ça me rassure vraiment.

— Tu finiras par t'y habituer. L'intérêt que suscitent les nouveaux milliardaires à rejoindre le groupe finit par se dissiper et les gens reportent leur intérêt sur la prochaine personne inhabituelle à arriver. Ce n'est pas si désagréable que ça, si ?

Était-ce désagréable ? Je devais avouer que ce n'était pas autant un cauchemar que je m'y attendais.

— Ce n'est pas mal, acquiesçai-je. Un si grand nombre de ces gens a les mêmes préoccupations que toutes les autres personnes que je connais. Et je suis ébahie de voir combien d'entre eux ont déjà fait des dons à la cause de la conservation.

Il sourit.

— Je vais éviter de te faire remarquer que je te l'avais bien dit.

— Mais tu en as envie, répondis-je avec un sourire. Et ça ne me pose aucun problème d'admettre que tu avais raison.

Mis à part les regards curieux, la majorité des gens que j'avais rencontrés m'avaient parlé de leur époux ou épouse, de leurs enfants et de leurs causes. Ce n'était pas qu'ils ne discutaient jamais de marchés à plusieurs milliards de dollars, mais cela était inclus dans la conversation comme n'importe qui discuterait de son boulot. Il se trouvait juste que ces gens composaient avec des sommes d'argent beaucoup plus grosses que la plupart s'agissant de leurs affaires.

— Quand je t'ai écartée de quelqu'un, c'était toujours pour une bonne raison. Comme dans n'importe quel autre groupe de gens, tout le monde n'est pas sympathique, m'avertit-il.

— C'est le cas presque dans tous les rassemblements, remarquai-je.

Il hocha la tête.

— Mais il est clair que plus d'un invité ici a les griffes acérées.

— Si tu essaies de me prévenir concernant tes anciennes petites amies, je les ai déjà vues, répliquai-je en fronçant les sourcils.

Il y avait des hommes d'affaires ultra-riches partout, mais j'avais reconnu quelques visages célèbres alors que nous traversions la grande salle. Bien sûr, je n'avais pu m'empêcher de remarquer que plus d'une des sublimes femmes présentes ici avaient un jour été au bras d'Eli – exactement dans la même position que moi à cet instant.

— Aucune d'elles n'était ma petite amie, protesta-t-il.

— Alors elles étaient quoi ?

— Des arrangements, répondit-il d'une voix pincée. Elles voulaient la même chose que moi.

Je secouai lentement la tête.

— Je ne crois pas, non. La plupart font partie de ceux qui nous dévisagent. Et ces femmes nous regardent tous les deux. Tu as rompu avec elles quand tu t'es lassé ?

Pour un tas de raisons, je n'étais pas certaine d'avoir envie d'entendre sa réponse.

— Oui.

Mon cœur rata un battement à ce simple mot. Eli et moi étions peut-être devenus plus ou moins amis, mais ma position n'était pas plus assurée que celle des autres femmes dont il s'était lassé par le passé.

Tout ça n'a jamais été pensé pour fonctionner à long terme. Je l'ai accepté. Alors je vais devoir suivre les règles.

Je gardai le silence un instant alors que j'observais la foule.

Pour finir, je m'appuyai sur lui pour rapprocher ma bouche de son oreille.

— Promets-moi que tu me le diras quand ce sera terminé, demandai-je à voix basse. Je préférerais qu'on reste amis.

Je ne voulais pas être la femme qu'il avait larguée si nous nous rencontrions quelque part quand tout ça serait fini. Je n'avais pas envie qu'un jour, nous ne puissions plus nous croiser sans éprouver des regrets.

— Je ne peux pas être ton ami, Jade, répondit-il en se penchant vers moi. Je ne pourrai *jamais*.

Mon cœur se serra. La conviction dans sa voix était si forte. Rien ne ressortirait jamais de cette relation dysfonctionnelle que j'avais avec Eli. Comme il l'avait prévu, tout cela ne serait qu'un arrangement plaisant pour nous deux jusqu'à ce que l'un de nous ou les deux décident que nous n'en avions plus envie.

— OK, dis-je à voix basse en levant les yeux vers lui.

C'était peut-être mon imagination, mais j'aurais pu jurer voir une brève lueur d'indécision et de vulnérabilité dans ses yeux qui a disparu presque aussitôt.

— Jade, je...

— Non, l'interrompis-je. On savait tous les deux dans quoi l'on mettait les pieds depuis le départ. Tu as été parfaitement clair. Pas d'engagement. Et c'est moi qui ai décidé d'accepter.

Je ne voulais pas qu'il ait pitié de moi parce que j'étais tombée amoureuse de lui comme toutes les autres femmes de cette pièce qui le lorgnaient avec regret.

Je n'avais pas envie de rejoindre ce club.

Je gérerais ma déception de mon côté.

Je *connaissais* le marché quand j'avais accepté cette intimité avec Eli. Mais peut-être qu'au fond de mon cœur, j'espérais que ça changerait.

— Eh, Eli, lança une voix masculine.

Je levai la tête pour voir qui essayait d'attirer l'attention d'Eli et vis un homme d'à peu près son âge s'approcher de nous.

L'homme blond était loin d'être aussi élégant et distant qu'Eli. En fait, il me rappelait plus un vagabond des plages désinvolte qui était tombé sur cette fête par hasard et avait décidé de s'arrêter pour boire un verre.

Mon regard passa de l'homme qui venait de s'arrêter face à nous à l'expression lugubre sur le visage d'Eli. Il était clair que ce dernier n'était pas ravi de voir cet invité.

— Joel, dit-il d'un ton sec.

Je pouvais sentir la tension s'accumuler alors que les deux hommes s'affrontaient du regard, mais je n'arrivais pas à en déterminer la cause.

— Je suis juste passé pour te donner ça, dit Joel à Eli en lui tendant une grande enveloppe en papier kraft.

J'attendis quelques secondes qui passèrent avec le stress d'un compte à rebours.

Eli ne fit aucun geste pour accepter l'enveloppe que lui offrait l'homme.

Mais ce dernier ne semblait pas avoir envie de laisser tomber.

Sans réfléchir, je tendis la main et pris l'enveloppe de la main de Joel parce que je voyais bien l'expression tourmentée sur le visage d'Eli et que je ne pouvais supporter ça plus longtemps.

— Merci, dis-je d'un ton abrupt, prête à tout pour triompher de l'angoisse que je lisais dans le regard d'Eli.

Joel se tourna vers moi, m'adressa un sourire triste, puis s'empressa de repartir dans la foule.

— Qu'est-ce que c'est ? demandai-je à Eli. Qu'est-ce qui ne va pas ?

— Je ne sais pas vraiment ce que c'est et je m'en fiche, répondit Eli d'une voix agitée. Abandonne-la quelque part. Jette-la. J'en ai rien à foutre.

Je tâtai l'enveloppe et ne pus m'empêcher de remarquer qu'elle était légère, mais que son contenu ressemblait à un très grand carton ou un matériau du même type.

— Je peux l'ouvrir ?

Quelque chose me disait qu'il ne serait pas judicieux d'en jeter le contenu sans regarder ce dont il s'agissait.

Je pris le silence complet d'Eli comme une permission et ouvris lentement l'enveloppe.

Surprise, je regardai les photos qui semblaient être d'Eli.

Eli en train d'escalader une montagne.

En train de pêcher.

De faire du parachute.

Quand j'arrivai à la dernière photo, je me demandai pourquoi je ne l'avais jamais vu sourire comme sur toutes ces photos.

Je fronçai les sourcils en voyant la dernière.

Deux hommes se tenaient côte à côte et ils étaient le portrait craché l'un de l'autre.

L'un d'eux était Eli sans son tatouage tribal.

Et l'autre était Eli avec le tatouage qu'il arborait aujourd'hui.

— Je ne comprends pas, dis-je à mi-voix en suivant le tatouage du doigt. Est-ce que ces deux personnes sont toi ?

Je reconnaissais le sourire d'Eli, mais il n'était pas sur le visage de l'homme au tatouage.

Cette photo était-elle un genre de montage dédoublé ?

— Ils sont tous les deux toi ? marmonnai-je à nouveau.

Mon cavalier rompit enfin le silence et baissa son visage dur sur la photo que je tenais.

— Non, ils ne sont pas tous les deux moi, répondit-il d'une voix rauque. Ça, c'est moi.

Il tapota du doigt l'homme sans tatouages.

— Alors qui est l'autre ? demandai-je en indiquant du doigt l'autre homme.

J'étais vraiment perdue. Les deux hommes étaient identiques, mais j'avais reconnu le sourire d'Eli.

— L'autre, c'est mon frère, Austin, répondit-il d'un ton grave et sinistre. C'était mon frère jumeau.

— Où est-il aujourd'hui ? demandai-je d'une voix chevrotante.

— Mort. Il est mort il y a presque quatre ans, répondit Eli d'une voix râpeuse.

Je faillis faire tomber l'enveloppe alors que je m'empressais de remettre les photos dedans. Mon cœur se serra comme dans un étau alors que je prenais la main d'Eli pour le guider vers la sortie.

CHAPITRE 22

Jade

on cœur battait encore la chamade quand Eli nous eut ramenés chez lui en silence.

Je n'arrivais pas à reprendre mon souffle alors que nous entrions dans sa maison de plage moderne.

— Explique-moi ce qu'il s'est passé, Eli. S'il te plaît.

La plupart des personnes présentes à la fête n'avaient sûrement pas remarqué ou senti la peine que je sentais émaner d'Eli. Je souffrais parce que je savais qu'il souffrait. Je n'étais pas sûre de comprendre pourquoi, mais je percevais sa peine émotionnelle aussi bien que si ça avait été la mienne.

C'était peut-être parce que je savais ce que c'était d'être lié à son jumeau et que je n'arrivais même pas à imaginer comment je pourrais survivre à la mort de ma sœur.

Je suivis Eli alors qu'il retirait sa veste de smoking noir, la laissait tomber sur la chaise de la salle à manger en passant et se dirigeait vers le salon pour se servir un verre.

Il ne prit même pas la peine de prendre des glaçons dans le bar. Il se contenta de retourner une bouteille au-dessus d'un verre pour se servir une bonne dose de scotch.

Je tendis la main derrière lui pour accéder au frigo et me servir un verre de vin, puis j'allai m'asseoir sur le canapé.

— Je ne parle jamais d'Austin, dit-il dans un grognement. Jamais.

Je laissai échapper un soupir soulagé quand il s'assit dans un fauteuil face à moi. Je retirai mes talons aiguilles et relevai mes jambes devant moi.

— Comment peux-tu ne jamais en parler ? demandai-je, espérant qu'il m'expliquerait ce qu'il s'était passé.

Je sentais clairement qu'Eli était tourmenté. Je voyais cette expression perdue dans ses yeux à cet instant même.

Il avala la moitié de son verre de whisky et répondit d'une voix rauque :

— C'est arrivé il y a quatre ans. Joel était le meilleur ami d'Austin. Il était photographe et, apparemment, il s'est dit que j'aurais envie d'avoir ces photos. Fin de l'histoire.

Je percevais la note d'avertissement dans sa voix, mais je ne comptais pas laisser tomber comme ça. Je savais au fond de moi qu'il avait besoin de parler de son jumeau. Je comprenais tout maintenant. Il avait besoin d'accepter la mort de son frère, même si ce serait douloureux.

— Comment est-il mort ? Il devait être jeune.

— Jeune et stupide, acquiesça-t-il d'un ton sec.

Eli leva les yeux vers moi et continua :

— Austin et moi étions proches, autant que toi et Brooke. Mais les choses ont déraillé quand nous sommes allés chacun dans une fac différente.

Il engloutit le reste de son verre et alla s'en verser un autre. Je bus une gorgée de mon vin et attendis. Je resterais assise sur ce canapé toute la nuit si c'était ce qu'il fallait pour qu'Eli me raconte tout.

Il se rassit, son verre rempli presque à ras bord cette fois.

— Si tu veux toute l'histoire, je vais te la raconter, dit-il d'une voix rauque. Et ensuite, je ne veux plus jamais avoir à l'aborder.

Je hochai la tête, mais ne prononçai pas un mot.

— Austin avait seize minutes de plus que moi et il était l'héritier officiel des entreprises et de la fortune de mon père. J'aurais aussi eu ma part bien sûr, mais cette vie lui a toujours été destinée, pas à moi. Et je n'en avais rien à faire. Je n'ai jamais eu envie de tout ça. Je n'ai jamais voulu attirer autant l'attention. Quand j'étais gosse, mon rêve était la technologie spatiale et j'ai été ravi de pouvoir partir à Caltech pour passer mon doctorat. Je n'avais pas vraiment envie de diriger les affaires familiales et j'étais bien content qu'Austin se prépare à aller à Harvard pour passer son diplôme de commerce.

— Tu as eu ton diplôme ? demandai-je dans un souffle, stupéfaite d'apprendre qu'Eli voulait devenir un vrai chercheur en aérospatiale.

J'étais peut-être aussi un peu admirative parce qu'il était très difficile d'entrer à Caltech.

Il hocha la tête, puis but une autre gorgée de son verre et reprit la parole :

— Je venais de passer mon doctorat quand Austin est mort.

— Je suis tellement désolée, m'empressai-je de répondre. Qu'est-ce qui s'est passé ?

— Austin et moi avons toujours été différents. Il a toujours été sous le feu des projecteurs parce que c'était quelqu'un de bien plus sociable que moi. Austin était prêt à tout pour attirer l'attention. Et je l'idolâtrais parce que j'étais le plus réservé de nous deux. J'étais le gosse discret qui aime lire alors qu'Austin avait toujours été passionné de sport, un intérêt que partageait mon père. Ils passaient beaucoup de temps ensemble, tous les deux, à regarder des matchs ou à participer à divers événements sportifs.

— Tu te sentais laissé de côté ? m'enquis-je d'une voix douce.

Il secoua la tête.

— Non. Mon père s'est toujours assuré qu'on fasse d'autres choses tous les deux. Je sais qu'il m'aimait autant qu'il aimait

Austin. Mais mon frère a toujours été celui qui brillait le plus fort alors que j'étais plutôt l'intello scientifique.

Eli était comme moi.

C'était dur de l'imaginer mal à l'aise en société, mais il avait peut-être fini par s'adapter au rôle qu'il occupait aujourd'hui.

— Tu n'as plus rien d'un intello, le rassurai-je.

Il haussa les épaules.

— Comme je te l'ai dit, je m'en fichais. J'étais plus que satisfait de rester à l'écart et de laisser Austin endosser le rôle du frère extraverti. J'étais heureux de mon sort. En fait, c'était ce que je voulais de tout mon cœur.

— Vous étiez proches à la fac ?

Ils n'étaient pas ensemble, mais cela ne voulait pas dire qu'ils ne pouvaient pas se parler. Et puisque l'argent n'était pas un problème, ils pouvaient se retrouver autant qu'ils le voulaient une fois les cours finis.

— Nous l'étions au début, répondit-il. Mais après un an ou deux, Austin est devenu assez rebelle. Il est tombé en dessous de la moyenne dans ses cours et, chaque fois qu'il m'appelait, il était bourré. Il traînait avec un groupe de jeunes riches et insouciants de Harvard. L'alcool, les femmes, les drogues et les fêtes sont devenus ses principaux intérêts, et peu importe le nombre de fois où je tentais de lui parler, rien ne changeait. Mes parents l'ont envoyé en cure de désintox, mais il retournait ensuite sur son campus et, tôt ou tard, replongeait. Après cinq ans sur la côte Est, mon père a fini par le faire rentrer en Californie. Je crois qu'il pensait pouvoir le faire rentrer dans le droit chemin s'il était à la maison.

— Mais ça ne s'est pas arrangé ? demandai-je.

— Parfois, il allait mieux, répondit Eli d'une voix rauque. Bon sang, il y avait des moments où nous étions persuadés que nous allions arriver à le remettre sur les rails. C'était peut-être ce qu'il y avait de plus dur. Nous commencions tous à nous sentir optimistes, puis nous recevions un nouveau coup sur la tête quand il disparaissait. Nous savions qu'il était parti prendre une cuite. Mais il finissait toujours par rentrer à la maison.

Jusqu'au jour où il n'est pas rentré.

Je savais déjà que cette histoire allait mal se terminer, mais j'attendis qu'il m'explique comment son frère était mort.

— J'allais à San Diego aussi souvent que possible, continua Eli. Mais ça n'était pas suffisant. Vers la fin, Austin faisait des trucs vraiment stupides. C'était presque comme s'il était suicidaire. Je n'ai jamais aimé escalader les montagnes, faire des courses automobiles ou accepter tous les défis extrêmes que je trouvais. J'avais des hobbies, mais après avoir travaillé si dur à la fac, je voulais faire quelque chose de mon éducation.

— Alors rien de tout ça n'a jamais été ton idée ?

Pas étonnant que le Eli que je connaissais et celui qui faisait tous ces trucs dingues ne m'aient jamais semblé correspondre.

— C'est pas mon truc, admit-il. Je trouvais toujours quelque chose de mieux à faire. Mon temps libre était précieux. Austin m'avait déjà proposé de l'accompagner, mais en général, j'étais occupé par mes études. Maintenant, j'imagine que je fais tout ça pour perpétuer sa mémoire.

Je laissai échapper un soupir ; je ne m'étais même pas rendu compte que je retenais mon souffle.

— Ce n'est pas ta faute, Eli, dis-je d'une voix ferme.

Quand il avait dit que ses visites chez lui n'avaient pas suffi, j'avais compris qu'il se sentait coupable.

— J'étais son frère jumeau pour l'amour du ciel, jura-t-il, avant de vider un peu plus son verre. J'aurais aimé être là plus souvent, même si ça signifiait que je devais faire tous ces trucs déments avec lui. C'est tordu de n'avoir commencé à faire tout ça qu'après sa mort.

En vérité, ce n'était pas *si* dingue que ça. Eli souffrait d'avoir été séparé de son jumeau et il avait voulu trouver un moyen de garder Austin en vie. Il l'avait fait en se transformant en partie en son frère.

Il fit un signe de tête vers l'enveloppe dans ma main et expliqua :

— Cette photo de nous deux, durant l'une de ses courses automobiles, est la dernière fois où nous avons été ensemble. C'était durant l'été après l'obtention de mon doctorat. Il n'a pas arrêté de me reprocher d'être ennuyeux et de ne pas vivre ma vie. On avait commencé à passer plus de temps ensemble et j'étais déterminé à le faire se ressaisir, même si je devais escalader des montagnes et apprendre le deltaplane pour ça.

Je sentis mes yeux s'emplir de larmes, mais m'efforçai de les réfréner. Je savais que ce n'était pas la fin de cette histoire. Mais ça me rendait folle d'imaginer Eli faire tant d'efforts pour se rapprocher de son frère sans réussir à sauver Austin.

Je regardai Eli vider son verre et le claquer sur la table basse à côté de lui.

— Mon frère me disait toujours que je ne devrais pas hésiter à « partir en vrille ». C'était son credo dans la vie. « N'hésite pas à partir en vrille, frérot. » C'est la dernière chose qu'il m'a dite la veille de sa mort.

Mon cœur se serra. Eli avait visiblement pris les paroles de son frère très à cœur et il s'était déguisé en un homme qu'il n'était pas vraiment pour faire perdurer le souvenir de son frère.

Le bras tatoué.

Les acrobaties folles.

Les défis extrêmes.

Le fait de prendre la tête de l'entreprise de son père.

Tout ce qu'Eli avait fait depuis qu'il avait perdu son jumeau tournait autour d'une volonté de se transformer en deux hommes. Son frère et lui-même.

D'une certaine manière, je pouvais comprendre pourquoi il faisait ça. Dieu savait que j'aurais été prête à tout pour nier la disparition de Brooke si je la perdais. Mais je n'arrivais pas vraiment à imaginer cette épreuve parce que je n'avais pas eu à endurer cela, contrairement à Eli.

— Tu n'es pas obligé d'être Austin, lui dis-je d'une voix douce. Je pense que tu peux honorer sa mémoire sans te transformer en un mélange de vous deux.

Eli me fusilla du regard.

— C'est ce qu'il m'a demandé. Il voulait que je parte en vrille.

Si ma sœur m'avait demandé quelque chose de spécifique, j'aurais peut-être fait la même chose. Mais pour moi, il était temps qu'Eli arrête d'essayer d'être qui que ce soit d'autre que lui-même.

Les larmes s'échappèrent et je les laissai couler. J'avais mal au cœur et c'était la seule manière d'apaiser la douleur.

— Je ne pense pas qu'il le pensait dans ce sens. Comment est-il mort ?

— Austin adorait le terrain que tu voulais me racheter. C'était un endroit parfait où faire la fête. Personne dans les environs. Aucun flic pour vous arrêter pour consommation de drogues illégales. Le bruit excessif causé par ses copains de beuverie, comme Joe et le reste de son groupe de la fac, ne dérangeait personne. Joel et quelques autres étaient originaires de Californie, alors les fêtes ne se sont pas arrêtées quand mon père a ramené Austin à la maison. Ils ont juste changé le lieu.

Mon cœur me remonta dans la gorge, mais je me forçai à prononcer la question :

— Qu'est-ce qui s'est passé ?

— Une autre fête sur la propriété familiale. À ce jour, nous ne sommes toujours pas sûrs de savoir ce qui s'est passé. Les autres potes de Joel et Austin étaient dans les vapes. Ils l'ont retrouvé au bas d'une falaise le lendemain matin. Austin était tombé et s'était rompu le cou.

Je réprimai un sanglot en me mordant la lèvre.

Eli me regarda enfin dans les yeux et termina :

— Tu veux savoir pourquoi je refuse de te vendre ce bout de terre sans valeur ? Peut-être parce qu'il n'est pas sans valeur pour moi. Mon frère est mort là-bas, Jade. Il a passé ses derniers instants à tituber au bord du vide, sûrement défoncé et complètement saoul, avant de tomber et de se tuer. Mais je ne peux me séparer de cette propriété parce que mon frère a passé ses derniers instants sur cette Terre là-bas. Je déteste cet endroit, mais je ne peux pas le perdre.

Je comprenais mieux pourquoi il avait paniqué en me voyant au bord de la falaise de rappel. Il était *vraiment* terrifié et c'était parce qu'il avait déjà perdu quelqu'un qu'il aimait à cause d'une imprudence et d'une chute. Et tout comme avec son frère, il s'en était voulu pour mon accident.

Je cessai d'essayer de faire comme si mon cœur ne se brisait pas pour Eli. Je me remis sur mes pieds en vacillant, m'avançai vers lui et me laissai tomber sur ses genoux pour enrouler les bras autour de son corps tremblant.

Il baissa la tête et je posai la mienne sur la sienne. Je réconfortai l'homme le plus courageux que je connaissais pendant qu'il pleurait.

CHAPITRE 23
Jade

Je ne savais pas si Eli se serait autorisé à se montrer si vulnérable s'il n'avait pas bu une aussi grande quantité de whisky, mais ça n'avait pas vraiment d'importance.

Il avait besoin de faire son deuil et de démêler le nœud d'émotions qu'il avait gardé en lui bien trop longtemps.

Mes larmes coulaient et la plupart étaient absorbées par la chemise blanche d'Eli alors que je le serrais contre moi comme si ma vie en dépendait.

Je poussai un cri quand il se reprit enfin et se leva, mon corps toujours blotti entre ses bras.

— Qu'est-ce que tu fais ? demandai-je d'un ton surpris.

Il me reposa lentement sur mes pieds, puis se mit à sécher les larmes qui coulaient encore sur mes joues. Quand il eut terminé, il referma la main sur le côté de mon visage et l'un de ses pouces caressa ma joue alors qu'il disait d'une voix rauque :

— Je m'apprête à découvrir où la fermeture de cette robe est cachée.

Mon cœur rata un battement quand je vis ses yeux devenir sombres et brumeux.

— Je sais où elle est, lui appris-je dans un souffle.

Au fond de moi, je savais que ce n'était pas une bonne idée d'avoir une relation intime avec Eli, mais je l'avais attendu si longtemps que je ne pouvais pas dire non.

Avec Eli, c'était tout ou rien. On ne pouvait pas y aller à moitié avec cet homme.

— Dans ce cas, je te suggère de me le dire avant que je détruise cette robe, m'avertit-il.

Il enfonça ses grandes mains dans mes cheveux, faisant tomber la pince, et mes boucles tombèrent en cascade sur mes épaules.

— C'est mieux, dit-il d'un ton satisfait, juste avant de plaquer sa bouche sur la mienne.

Je fus perdue à l'instant où nos lèvres se touchèrent.

J'étais prête à donner à Eli tout ce que j'avais à donner. J'étais amoureuse de lui et, aussi effrayantes que puissent être ces émotions, je ne fuirais pas.

J'avais trop envie de lui.

Oui, j'allais sûrement finir par le perdre parce que tout ça ne faisait pas partie de notre marché. Mais je comptais bien découvrir ce que ça faisait d'être avec quelqu'un qu'on aime.

Mes bras s'enroulèrent autour de son cou et mes doigts plongèrent dans ses mèches de cheveux épaisses.

Je gémis contre sa bouche, mon corps en demandant tellement plus.

— Eli, geignis-je quand il relâcha mes lèvres.

Je laissai retomber ma tête en arrière et savourai la sensation de son baiser avide sur la peau sensible de mon cou.

Toute pensée raisonnée avait fui mon cerveau alors qu'Eli imprégnait chaque cellule de mon corps.

Je n'avais plus aucun contrôle sur la situation et je n'en avais pas envie. Tout ce que je voulais, c'était me noyer dans les caresses chaudes et sensuelles d'Eli.

Il mordit délicatement la peau de mon cou avant de donner un coup de langue à cet endroit. La sensation érotique me fit basculer pour de bon.

Je tentai de faire passer mes bras entre nous pour lui retirer sa chemise.

J'ai besoin de le toucher. Il faut que je le touche.

Mes mouvements étaient si frénétiques qu'Eli recula et fit passer la chemise par-dessus sa tête avant de la laisser tomber au sol.

Ma bouche devint sèche. Eli Stone était sûrement l'homme à la carrure la plus parfaite de cette planète et, à cet instant, il était à moi.

Je m'avançai et fis courir mes mains le long de son torse musclé, me brûlant presque les doigts à la chaleur torride de sa peau douce comme la soie. Il dégageait autant de chaleur qu'un four et j'étais plus qu'heureuse de me laisser envelopper par ce brasier.

Je levai la tête pour le regarder.

— Tu es parfait, lâchai-je.

Mon cœur se mit à battre plus fort devant l'intensité de son regard. Je voyais le même désir que celui que je ressentais se refléter dans ses yeux.

Il riva son regard au mien, trouva la fermeture cachée de ma robe d'une main experte et l'abaissa. Je retins mon souffle alors que son regard me clouait sur place.

Il tira et je l'aidai à faire glisser la robe le long de mon corps. Il émit un hoquet quand mes seins furent libérés du vêtement. Je ne m'arrêtai pas là. Je me trémoussai pour faire descendre le tissu le long de mes jambes jusqu'à ne plus porter qu'une culotte et mes bas qui montaient jusqu'à mes cuisses.

— Jolie culotte, remarqua-t-il d'une voix rauque.

C'était la noire qu'il m'avait donnée à la station de montagne.

— C'était un cadeau, répondis-je d'une voix tremblante.

— Seigneur, Jade. J'ai tellement envie de toi que j'ai presque mal rien qu'à te regarder.

Une chaleur liquide s'accumula entre mes cuisses et je sus exactement ce qu'il entendait par là. Mes parois se crispèrent et tout mon corps me supplia d'apaiser cette démangeaison.

J'enroulai les bras autour de lui.

— Alors, faisons disparaître la douleur, suggérai-je d'un ton bas et sensuel. Parce que j'ai mal, moi aussi.

— Je n'ai jamais voulu te faire de mal, dit-il d'une voix râpeuse.

— Alors, baise-moi, Eli, le suppliai-je.

Un son animal s'échappa de sa bouche alors qu'il baissait la tête pour m'embrasser et je savourai son désir.

Son baiser était vorace, mais il titilla mes lèvres avec ses dents avant de les dévorer à nouveau. Il répéta les mêmes gestes encore et encore, m'aguichant jusqu'à ce que j'aie envie de lui hurler de me baiser.

Je frottai mon corps contre le sien sans aucune honte, me délectant de la sensation de sa peau nue contre mes tétons aussi durs que des diamants.

— J'ai besoin de plus, Eli, gémis-je quand il leva enfin la tête.

— Tu auras plus, papillon, répondit-il d'un ton bourru. Sûrement même plus que tu ne le veux. Mais je dois d'abord trouver des préservatifs.

— Je prends la pilule. Maintenant, insistai-je en tendant la main vers sa ceinture.

— Pas encore, répliqua-t-il en m'attrapant le poignet pour m'empêcher de libérer son sexe. Je veux que nous appréciions ce moment tous les deux et je ne vais pas tenir très longtemps.

— Je m'en fiche, rétorquai-je d'un ton défiant.

— Pas moi, grogna-t-il.

Puis il attrapa ma culotte et la retira d'un geste vif.

— Grimpe.

Je m'empressai d'obéir, enroulant mes jambes autour de sa taille alors que ma culotte déchirée tombait au sol.

Je tressaillis en resserrant mes jambes autour de sa taille, pressant la partie inférieure de mon corps en avant jusqu'à ce que son sexe touche ma peau brûlante.

— Oui, sifflai-je en remuant en cercle contre son corps dur comme la pierre.

Je soupirai en absorbant la sensation de nos corps, peau contre peau, et mon sexe se plaqua contre les contours de son sexe en érection.

Eli referma les mains sur mes fesses et m'attira encore plus près avant de se déplacer jusqu'au mur le plus proche pour me hisser devant lui.

— Bon sang ! jura-t-il en donnant un coup de poing contre le mur au-dessus de ma tête. Je n'ai aucun contrôle, quand il s'agit de toi.

— Tu n'en as pas besoin, lui chuchotai-je à l'oreille. Tu n'en auras jamais besoin avec moi.

Mes paroles durent faire effet parce que je sentis Eli se libérer et frissonner d'impatience.

Son empressement était évident et il s'enfonça en moi d'un seul mouvement puissant.

Haletante, je plongeai les mains dans ses cheveux. Eli était large et la sensation d'étirement alors qu'il était enfoui en moi jusqu'aux bourses était légèrement douloureuse. Mais la satisfaction que je ressentais à l'idée d'être unie à lui de manière intime était tellement plus époustouflante que cette pointe de douleur.

— Oui. Seigneur, Eli, j'ai envie de ça depuis si longtemps, confessai-je.

— Sûrement pas aussi longtemps que moi, grogna-t-il.

La douleur se dissipa et il ne resta plus que le plaisir charnel alors qu'Eli étreignait mes fesses, se retirait et plongeait à nouveau en moi.

Je me raccrochai à lui et il définit un rythme épuisant qui menaçait de me faire perdre la tête.

Il agrippa mes fesses si fort que je sus que la marque de ses doigts resterait sûrement imprimée sur les fesses, mais cet appui m'aidait aussi à aller et venir en rythme avec lui. Mes hanches remuaient de haut en bas, accueillant chaque coup de reins.

— Eli. C'est si bon, gémis-je.

Il me submergeait de sensations, comme je l'avais toujours souhaité, mais je n'étais pas préparée à ce que ce soit aussi incroyable.

Je ne m'étais jamais sentie aussi en vie. Toutes les cellules de mon corps étaient emplies du goût, de l'odeur et de la sensation d'Eli Stone.

C'était trop.

Et pourtant ce n'était pas assez.

— Prends ce dont tu as besoin, Jade, dit Eli d'une voix rauque. Je ne vais pas durer longtemps.

Je suivis mon instinct, vu que je n'avais aucune idée de ce dont j'avais besoin. Je resserrai les jambes autour de lui, l'obligeant à me pilonner de manière brève et vide. C'était exactement ce qu'il me fallait pour stimuler mon clitoris.

Mon orgasme grandit férocement en moi, c'en était presque effrayant.

— Eli, gémis-je alors que je sentais chaque muscle de mon corps se raidir.

La pression était presque insoutenable, puis une vague de plaisir brûlante submergea mon corps, me heurtant si fort que tout mon corps se mit à trembler. Je chevauchai la vague alors qu'elle m'emportait avant de me recracher.

Je sentis les muscles d'Eli se contracter et je sus que les spasmes de mes muscles internes l'avaient poussé jusqu'à l'orgasme.

— Putain ! s'exclama-t-il violemment, la respiration forte et saccadée.

J'étais haletante et nous tentions tous deux de reprendre notre souffle.

Eli hissa mon corps un peu plus haut, se dirigea vers le canapé et s'écroula dessus. Il atterrit sur le dos et amortit ma chute de son corps.

Notre peau était poisseuse de sueur et j'attendis en silence que mon cœur et ma respiration reviennent à la normale.

— C'était incroyable, dis-je à Eli quand je revins enfin à moi.

— Il n'y a qu'un seul problème, répondit-il d'une voix paresseuse.

Je m'écartai pour voir son visage.

— Quel problème ?

Je ne voyais pas le moindre point négatif dans ce qui venait de se passer.

Il haussa un sourcil et répondit :

— Je n'ai toujours pas réussi à te mettre dans mon lit.

— Tu ne m'as pas proposé, le taquinai-je.

Il se redressa et serra mon corps contre le sien en se levant.

— Je ne te demande pas ton avis. Je vais juste t'emmener là-bas. Je refuse de te donner l'opportunité de refuser.

Je souris contre son épaule. Eli n'avait jamais été très doué pour demander quoi que ce soit, mais au vu de notre situation actuelle, j'étais disposée à le laisser se montrer aussi autoritaire qu'il en avait envie.

CHAPITRE 24

Eli

— Bordel de merde ! jurai-je, furieux de ne pas réussir à contrôler mon propre corps.

Je retirai ma veste de costume tout en m'avançant d'un pas titubant et mon corps s'écroula sur le lit avec un bruit sourd.

— Bon Dieu ! m'exclamai-je, la gorge si endolorie que je parvins à peine à faire sortir les mots de ma bouche.

J'avais beau être un homme d'affaires milliardaire, à cet instant, j'étais incapable de prononcer deux phrases cohérentes.

Je roulai sur le ventre et l'odeur alléchante de Jade m'envahit aussitôt les narines, là où elle s'était attardée sur l'oreiller depuis la nuit précédente.

Papillon.

Elle était repartie de chez moi un peu plus tôt dans la journée, après mon départ pour le bureau, mais son parfum alléchant était toujours là.

J'avais beau être malade comme un chien, mon corps n'en réagit pas moins aussitôt quand je sentis son odeur sur mes draps.

Je dois l'appeler. Je n'aurais pas dû partir sans rien dire ce matin.

Alors que je la regardais dormir comme un ange, épuisée après avoir si peu dormi de la nuit, mon cœur ne m'avait pas autorisé à la réveiller, même si je savais qu'il fallait qu'on parle. Alors, j'étais allé au bureau pour rattraper mon retard, histoire qu'on puisse passer plus de temps ensemble et discuter de tout ce dont nous aurions dû parler bien plus tôt.

Jade était à moi et je savais sans le moindre doute que j'étais à elle. Pour être tout à fait honnête, je l'avais su presque dès la première minute où je l'avais vue. Mon papillon m'avait attrapé par les couilles et le cœur dès le premier jour. J'avais juste eu beaucoup de mal à accepter l'idée de mériter une femme comme elle et qu'elle serait coincée avec moi pour la vie si je donnais suite à ces émotions.

Mais j'en avais assez de lutter contre mon destin. Je n'avais jamais eu envie de faire ça. Ma seule véritable appréhension concernait le fait d'enchaîner une femme comme elle avec un homme comme moi, alors j'avais trouvé toutes les excuses possibles pour ne pas le faire.

En vérité, je m'étais comporté comme un vrai crétin et il avait fallu un moment de révélation tel que celui que j'avais connu la nuit dernière pour retomber sur terre.

J'avais besoin d'elle et j'espérais de tout cœur qu'elle éprouvait la même chose. Au diable mes certitudes de ne pas la mériter. Je la rendrais si heureuse qu'elle ne regretterait jamais de m'avoir accepté.

Je cherchai mon téléphone dans ma poche.

Elle devait savoir ce que je ressentais.

Je *voulais* qu'elle le sache.

Mais les synapses de mon cerveau avaient du mal à se connecter et les médicaments contre la grippe que j'avais pris n'arrangeaient rien. Un instant, j'étais brûlant de fièvre ; et l'autre, j'étais glacé jusqu'aux os.

Rien que l'effort de sortir mon téléphone me provoqua une quinte de toux si forte que mes côtes me firent mal.

Je dois appeler Jade.

Mais je ne veux pas qu'elle vienne ici parce que je suis en train de contaminer toute ma maison.

Pas sûr d'être capable de tenir une conversation à cet instant, encore moins de dire à Jade tout ce que j'avais besoin d'exprimer, je tentai de me concentrer sur mon téléphone et me contentai de lui envoyer un message pour lui expliquer ce que j'éprouvais. Puis je laissai tomber le téléphone sur mon lit, le simple fait d'avoir tapé ces quelques mots m'ayant vidé de toute mon énergie.

Je roulai sur le dos avec un grognement. J'avais l'impression que tout mon corps était en feu et j'avais mal de la tête aux pieds.

Tout ce dont j'avais envie, c'était d'échapper à cet état misérable et mon souhait fut exaucé quand les médicaments que j'avais pris firent enfin effet et que je tombai dans un sommeil agité.

— Elle n'a toujours pas répondu ? demandai-je à ma mère d'une voix rauque.

J'étais couché dans un lit d'hôpital, sept jours après être tombé malade. Des fluides étaient injectés dans mon corps parce que j'étais déshydraté.

Comme si la grippe ne suffisait pas, j'avais attrapé une pneumonie bactérienne secondaire qui m'avait délivré le coup final. Ma toux avait tellement empiré que j'avais la sensation que ma poitrine et mes côtes avaient été tabassées de manière répétée avec une batte de baseball.

Ma mère jeta un œil à mon téléphone et répondit :

— Je ne vois aucun nouveau message.

— Merde ! Et si j'avais aussi rendu Jade malade ? Elle était avec moi la nuit avant que je quitte le bureau parce que j'avais la grippe. Il lui est peut-être arrivé quelque chose.

— Elle va bien, Eli, dit ma mère en passant délicatement une main sur mon front en sueur. Elle m'a envoyé un message hier pour me poser une question à propos de l'un de ses investissements. Elle n'est pas malade.

Seigneur ! J'avais l'impression d'être redevenu un enfant avec ma mère pour veiller sur moi à mon chevet. Et je détestais ça. J'étais un adulte et c'était insupportable d'être faible au point que ma mère doive m'aider.

— Alors elle n'est pas en colère contre *toi*, confirmai-je. C'est juste à *moi* qu'elle refuse de parler.

Cela me fit l'effet d'un coup de poignard. J'étais sûr d'avoir dit à Jade que je ne voulais pas qu'elle vienne à San Diego pour moi parce que j'étais malade. En fait, j'avais essayé de m'assurer qu'elle ne le fasse pas parce que je ne voulais pas l'infecter. Mais elle aurait au moins pu répondre à mes messages.

Elle aurait pu dire quelque chose.

N'importe quoi.

J'étais soulagé qu'elle ne soit pas malade, mais j'avais désespérément besoin de communiquer avec elle. J'avais déjà été sur sa liste de personnes à ignorer et j'avais détesté ça.

Parce que j'avais la sensation de cracher mes poumons en permanence, je ne pourrais sûrement pas lui parler. Mais je pouvais envoyer des messages.

À peu près.

Ma mère me lança un regard soupçonneux.

— Pourquoi serait-elle en colère contre toi ?

— Pour rien, marmonnai-je en regrettant de lui avoir dit quoi que ce soit.

Ma mère était un vrai chien de chasse ayant senti l'odeur de sa proie quand elle s'y mettait. Elle serait prête à tout pour obtenir une réponse.

Je me remis à tousser et la douleur qui me transperça les côtes me donna l'impression que quelqu'un me poignardait avec un couteau chauffé à blanc.

— Je déteste être malade, grommelai-je d'un ton irrité dès que mon corps se fut calmé.

Ma mère sourit.

— Tu as toujours été un mauvais patient. Par chance, tu ne tombes pas souvent malade.

J'étais soulagé qu'elle n'ait pas l'air de vouloir me harceler au sujet de Jade.

— Je vous apporte votre antidouleur, monsieur Stone, m'annonça une infirmière sympathique en passant en coup de vent dans la chambre.

— Je n'en veux pas, répliquai-je comme un petit garçon capricieux. Ça m'embrouille la tête.

Je venais tout juste de me réveiller après la dose précédente. La dernière dont j'avais besoin, c'était de m'endormir à nouveau.

L'infirmière me lança un regard désapprobateur.

— Si vous ne diminuez pas votre niveau de douleur, vous n'arriverez pas à prendre de grandes inspirations et à tousser profondément comme vous en avez besoin. Votre pneumonie pourrait empirer.

Je pesai mes choix, sourcils froncés, puis lui pris le gobelet de pilules dans ma main, jetai les médicaments dans ma bouche et les avalai avec un peu d'eau.

Si je devais être encore dans les vapes pendant plusieurs jours, qu'il en soit ainsi.

Puisque Jade ne me répondait pas, j'étais déterminé à aller la trouver dès que je serais capable de sortir de ce fichu lit.

Et il était hors de question que je laisse passer plus de temps que nécessaire avant d'être guéri.

CHAPITRE 25

Jade

— Ça fait presque deux semaines, Brooke. Je ne pense pas qu'Eli va m'appeler.

Mes paroles restèrent suspendues dans l'air comme un nuage noir alors que je bavardais au téléphone avec ma sœur.

Je baissai les yeux sur les messages que j'avais reçus de la part d'Eli le lendemain de la nuit où nous avions couché ensemble. Je les avais sûrement déjà regardés un millier de fois, mais ils n'avaient toujours aucun sens. Le message était clair et net pourtant.

Eli : *Je ne veux pas te voir.*

Eli : *Je ne veux pas de toi ici avec moi.*

Eli : *Mieux vaut que je reste seul.*

Il était impossible de se méprendre sur son point de vue après notre relation sexuelle.

Il avait mis un terme à notre relation et la manière abrupte avec laquelle il m'avait rejetée avait bien failli me briser.

OK, de manière *rationnelle*, je savais qu'il y avait un risque pour que la situation ne tourne pas bien entre moi et Eli, mais je ne m'attendais pas à ce que la nuit où il m'avait enfin mise dans son lit soit aussi la dernière où je le verrais.

Nous avions passé la nuit comme aimantés l'un vers l'autre, chacun de nous recherchant avidement la passion que nous trouvions chaque fois que nous nous touchions.

Pour être honnête, nous n'avions pas beaucoup dormi, alors je ne m'attendais pas à ce qu'Eli soit parti à son bureau quand je m'étais réveillée le lendemain matin. Son chauffeur était arrivé en fin de matinée pour me ramener chez moi, mais je n'étais pas trop inquiète. C'est le silence radio qui durait depuis quatorze jours après ses SMS qui m'avait fait comprendre qu'il n'avait pas l'intention de me revoir.

— Pour être honnête, Jade, je ne peux pas croire ça, répondit Brooke. Je ne sais pas ce que signifient ces messages bizarres, mais cet homme est fou de toi.

— Peut-être pas, répondis-je d'un ton songeur. Peut-être que je n'étais qu'une distraction.

Je n'avais pas répété un mot de ce qu'Eli m'avait confié la dernière fois que je l'avais vu. C'était personnel et j'étais certaine qu'il n'avait pas parlé de ça à beaucoup de monde.

Mon cœur saignait encore pour lui, même si nous ne nous étions plus revus. Non seulement il avait perdu son frère, mais son père était mort deux ans après Austin. Alors même qu'il s'efforçait encore de se transformer en une personne qu'il n'était pas, il avait dû abandonner ses rêves et prendre la place de son père.

Comment se remet-on de deux aussi grandes pertes si rapprochées dans notre vie ?

— Tu n'étais *pas* une distraction, répliqua Brooke. Personne ne se comporte comme il l'a fait à l'hôpital pour une simple passade. Il a des sentiments pour toi, Jade. Je ne peux pas te dire que je comprends ce qui s'est passé, mais je suis sûre d'avoir raison. Je pense qu'il a plus probablement peur de ses sentiments et qu'il essaie de fuir.

— Ça n'a pas d'importance, marmonnai-je tout en levant mes fesses du canapé pour me rendre à la cuisine. Quelle que soit la raison, je ne le reverrai plus. J'aurais aimé que ça dure plus longtemps, mais je savais dans quoi je m'engageais quand j'ai commencé à passer du temps avec lui. Pas d'engagement. Pas d'attaches. C'était juste du sexe.

Du très, très bon sexe.

— Je ne suis pas dupe, Jade. N'essaie pas de prendre ce ton philosophe. Ça ne marche pas. Il t'a brisé le cœur.

— C'est vrai, admis-je à voix basse. Mais je m'en remettrai. Il le faut.

J'avais passé ces deux dernières semaines à pleurer non-stop et ça devait cesser. Même si Eli avait décidé de fuir ses sentiments, je ne pouvais pas l'en empêcher.

— Oh, Jade. Je suis désolée. Ce connard t'a fait du mal.

— Je croyais que tu l'aimais bien, lui rappelai-je.

— C'était le cas. Mais plus maintenant, répliqua-t-elle d'une voix résolue. Comment pourrais-je continuer à l'apprécier s'il n'a pas le bon sens de se rendre compte de ce qu'il avait ?

Je soupirai. C'était systématique dans ma famille : si vous vous en preniez à un Sinclair, vous vous en preniez à chacun d'entre eux. Nous nous serrions les coudes quoi qu'il arrive.

— S'il te plaît, ne dis rien à nos frères, lui demandai-je. Tu sais comment ils sont.

— Je ne suis pas sûre de ne pas avoir envie de les voir remonter les bretelles d'Eli, répondit Brooke.

— Brooke, dis-je d'un ton d'avertissement.

— Oh, d'accord. Je ne dirai rien, promit-elle comme si c'était la dernière chose qu'elle avait envie de faire.

— Tout ira bien, Brooke, lui assurai-je, sans savoir si c'était ma jumelle ou moi-même que j'essayais de rassurer.

— Je sais bien, répondit-elle doucement. Mais je déteste te voir souffrir.

— Parfois, la douleur mène à quelque chose de meilleur, hein ? Regarde ce que tu as traversé. Tu as trouvé Liam grâce à ça.

Brooke renifla.

— Tu as lu trop de romances, ma sœur. La douleur, ça craint. Et ne laisse personne te dire le contraire. Mais c'est vrai que j'ai trouvé Liam.

— OK. Si tu veux savoir la vérité, je songeais à l'appeler. Je dois combattre mon instinct tous les jours. Et c'est douloureux.

— Je sais, répondit Brooke avec un soupir. Je perçois tes souffrances.

Je ne savais pas pourquoi j'essayais de minimiser ma peine quand je parlais à Brooke. Peut-être parce qu'elle était si heureuse et que je n'avais pas envie de la déprimer. Mais elle savait toujours, tout comme je le sentais toujours quand quelque chose n'allait pas chez elle.

Ma jumelle et moi avions la même connexion que celle unissant Eli et son frère.

— Il a traversé beaucoup d'épreuves, Brooke. Je ne peux pas tout te raconter, mais il a vécu quelque chose de terrible. Alors peut-être qu'il fuit. Je sais qu'il tenait à moi.

— Je le sais aussi, acquiesça-t-elle. Écoute, tu devrais peut-être lui parler. Il était clair qu'il avait des sentiments pour toi, Jade. Et je ne t'aurais jamais donné de faux espoirs si je n'en avais pas été persuadée.

— Je crois qu'Eli et moi nous ressemblons beaucoup, songeai-je. J'ai découvert qu'il était un passionné de science lui aussi. Il a un doctorat en ingénierie aérospatiale, Brooke. Il est allé à Caltech.

— Bordel ! s'exclama-t-elle. Est-ce que tu sais à quel point cette école est sélective ?

— Je sais, oui. Et ce n'est pas son argent qui l'y a fait entrer. Il est sûrement plus intelligent que moi.

— Mais je ne comprends pas pourquoi il ne travaille pas dans ce domaine, remarqua Brooke.

— La mort de son père a été inopinée, expliquai-je dans un effort pour ne pas mentir à ma sœur. Il a pris le relais de la gestion de ses entreprises.

— Et ça lui convient ?

Je réfléchis un instant à sa question avant de répondre :

— Je ne suis pas sûre. Mais il possède son propre laboratoire d'aérospatiale, alors ce n'est pas comme s'il n'avait aucune implication dans le domaine.

— Parle-lui, Jade.

Je gardai un instant le silence, puis dis :

— Il m'a proposé de devenir son interne officieuse, après tout, pour que j'apprenne le fonctionnement des conglomérats et des investissements.

— Parfait, répondit-elle d'un ton enjoué.

— Et je suppose qu'il serait temps que je me refasse une beauté, ajoutai-je. Et que je change de garde-robe.

— Ne change pas qui tu es pour lui, Jade, me prévint-elle.

— Je ne suis plus une étudiante, Brooke. J'ai un doctorat. Si je veux obtenir un jour une carrière de gestion ou professionnelle, je vais devoir apprendre à m'habiller en conséquence.

— Si c'est ce que tu veux, alors fonce. Tu as raison. Je devais m'habiller de manière convenable tous les jours pour aller travailler à la banque. Je n'aimais pas beaucoup ça au début, mais maintenant, ça me manque un peu.

— Peut-être parce que tu as beaucoup plus d'argent pour acheter de nouveaux vêtements ces derniers temps, la taquinai-je. Tu as décidé de ce que tu allais faire à Amesport ?

Je savais très bien que ma sœur ne se satisferait jamais de ne pas travailler.

— Je ne peux pas retourner dans une banque, me confia-t-elle. Les souvenirs sont trop douloureux. Mais j'ai commencé à étudier d'autres options.

— Tu seras exceptionnelle quoi que tu décides de faire, lui assurai-je. Et ce n'est pas comme si tu avais des problèmes d'argent. Tu peux prendre ton temps.

Brooke avait déjà traversé suffisamment de traumatismes émotionnels.

— Liam me tient occupée, plaisanta-t-elle. Et c'est assez drôle d'analyser les possibles investissements. Je finirais peut-être par me lancer là-dedans.

Brooke était toujours heureuse quand elle était plongée dans les chiffres jusqu'au cou.

— Tu pourrais peut-être gérer aussi mon argent alors ? suggérai-je avec espoir.

— Je suis certaine que tu peux te débrouiller toute seule avec ça, répondit-elle avec assurance. Surtout après avoir appris auprès d'Eli. Il a vraiment un don incroyable pour voir le tableau d'ensemble quand il investit. Il a repris des sociétés qui auraient dû être impossibles à redresser. Mais il arrive chaque fois à les transformer en monstres de profit après avoir fait changer l'entreprise de direction.

— Ça ne va pas être facile de me pointer dans son bureau, marmonnai-je.

— Tu es la personne la plus culottée que je connaisse, répondit Brooke. Et tu es brillante. Mais tu as passé la majeure partie de ta vie d'adulte à l'école et à étudier. Tu n'as pas encore vraiment eu l'occasion d'œuvrer dans le monde professionnel. Mais je suis certaine que tu t'en sortiras à merveille.

— Je continue de candidater à un tas de postes, lui dis-je. Mais je n'ai toujours aucune idée où je vais me retrouver.

— Je sais que tu veux mener des recherches à long terme. Et tu es plus que qualifiée pour ça.

— Je suis plus que prête à commencer au bas de l'échelle, expliquai-je. Mais j'aimerais vraiment devenir le membre permanent d'une équipe. Il se passe tant de choses dans le domaine de la conservation génétique en ce moment et la plupart des découvertes révolutionnaires vont nécessiter des décennies avant de porter leurs fruits.

— Tu comptes candidater sur la côte Est ? demanda-t-elle avec espoir.

— Je me porte candidate pour tous les postes qui m'intéressent sans me soucier de la position géographique. Je suis prête à vivre n'importe où.

— Je croise les doigts pour que tu trouves quelque chose près de chez moi, plaisanta Brooke.

— Je te tiens au courant, répondis-je.

— Chaque chose en son temps, dit-elle. Va te trouver une garde-robe de femme d'affaires dynamique avec une pointe de séduction. Je suis impatiente de te voir mettre Eli dans tous ses états.

J'étais à peu près sûre qu'Eli Stone était déjà bien assez tourmenté comme ça et que ça n'avait rien à voir avec moi, mais je gardai cela pour moi.

Nous discutâmes encore quelques minutes de plus de notre famille, puis nous raccrochâmes.

Quelques instants plus tard, j'étais sur mon ordinateur à essayer de déterminer qui embaucher pour transformer une petite intello passionnée de science en professionnelle.

Il s'avéra que ça n'avait rien de très difficile.

CHAPITRE 26
Eli

E li : *Je ne veux pas te voir.*

Eli : *Je ne veux pas de toi ici avec moi.*

Eli : *Mieux vaut que je reste seul.*

Je fixai mes messages pour la centième fois en une heure et me demandai ce qui avait bien pu me prendre.

D'accord, mon cerveau était à plat à cause de ma maladie à l'époque, mais aurais-je pu faire quoi que ce soit de plus stupide que d'envoyer à Jade des messages aussi aberrants que ceux que j'avais sous les yeux ?

Non. Sûrement pas.

Il y avait une différence énorme entre ce que je *croyais* avoir dit et ce que j'avais *écrit en réalité.* Oui, je ne voulais pas qu'elle vienne à San Diego parce que j'avais peur qu'elle tombe malade elle aussi. J'avais désespérément envie de la *voir* et j'avais envie qu'elle *soit avec moi.* Mais j'avais préféré rester *seul* à cause de la nature contagieuse de ma première maladie.

J'étais si mal en point que j'avais eu le *sentiment* de lui ouvrir mon cœur. En réalité, je l'avais plus ou moins larguée par SMS.

Merde !

Je jetai mon téléphone sur mon bureau, plus fort que nécessaire, parce que j'étais dégoûté de moi-même.

J'aurais dû regarder ce que je lui avais envoyé plus tôt, mais je n'avais pas songé une seule seconde que j'aurais pu envoyer quelque chose d'aussi idiot à la femme sans qui je ne pouvais vivre. Et puis, je n'avais pas eu envie de regarder ces messages laissés sans réponse. Cela m'aurait abattu encore plus que je ne l'étais déjà quand j'étais malade.

J'allais m'occuper des tâches nécessaires au bureau, puis j'allais monter dans ma Bugatti et rouler jusqu'à Citrus Beach pour voir Jade en personne aussi vite que possible.

On arrête avec les SMS.

Et hors de question de passer des coups de fil qu'elle pourrait ignorer sans mal, comme par le passé quand elle était en colère contre moi.

Maintenant que j'étais enfin redevenu lucide, je comptais bien arranger la situation. Et cela impliquerait peut-être de ramper un peu devant elle pour convaincre Jade de me laisser lui expliquer les messages embrouillés que j'avais découverts seulement une heure plus tôt.

— Et je me demandais pourquoi elle ne me rappelait pas ? lançai-je à voix haute dans mon bureau vide.

Bon sang, elle devait me prendre pour un connard encore plus gros qu'elle le croyait au départ.

Nous avions couché ensemble.

Et ensuite, je lui avais envoyé mes divagations qui donnaient l'impression que je ne voulais plus d'elle alors que ma véritable intention avait été de lui confier mes sentiments.

J'aurais mieux fait de ne pas toucher à mon téléphone tant que mes pensées étaient embrouillées par la maladie. Mais j'étais si obsédé par Jade que, même en étant à peine cohérent, je ne pensais qu'à une chose : essayer de tout lui expliquer.

Je jetai un œil aux dossiers et documents qui s'étaient empilés en mon absence.

Je n'avais l'intention de ne m'occuper que des affaires urgentes ou critiques avant de partir pour Citrus Beach. Ensuite, je me barrerais du bureau pour m'accorder le temps dont j'avais besoin pour convaincre Jade que nous devions être ensemble.

Pas pour dix jours.

Pas jusqu'à ce que notre passion se dissipe – ce qui n'arriverait jamais.

Pas en tant qu'amis – parce que je ne survivrais jamais à une simple amitié.

Je la voulais pour toujours. Et j'étais déterminé à rester à Citrus Beach jusqu'à ce qu'elle accepte.

— Jade Sinclair voudrait vous voir monsieur Stone, lança la voix d'Alice d'un ton professionnel depuis l'interphone.

Jade ?

Mon cœur se mit à battre plus vite rien qu'à l'idée qu'elle se trouve juste derrière la porte de mon bureau.

Je levai les yeux des documents que j'étais en train de signer, l'esprit soudain sur le qui-vive.

Malheureusement, mon sexe se dressa lui aussi avec attention. Il avait suffi que j'entende son nom.

Même si je ne pouvais rien faire pour arranger ça maintenant. Mais c'était rassurant de savoir que j'étais encore fonctionnel après trois semaines dans un état lamentable.

Cela faisait dix-sept jours, cinq heures et une poignée de minutes depuis que je n'avais plus revu Jade. J'avais eu une conscience aiguë de chaque seconde durant laquelle je n'avais pas entendu sa voix ou vu son beau visage.

Aujourd'hui était le premier jour où je m'étais à nouveau senti à peu près humain et j'avais su dès l'instant où j'étais sorti du lit que je ne pouvais passer un jour de plus sans parler à Jade.

Oui, le docteur m'avait dit qu'il faudrait un peu de temps avant que je puisse reprendre un rythme normal après l'épuisement provoqué par la pneumonie bactérienne. Mais j'avais été sous traitement antibiotique pendant assez longtemps pour être sûr de ne plus être contagieux. Peu importait que je traîne encore un peu la patte. Je savais que je devais voir Jade, même si ça devait me tuer.

Mais elle est là maintenant.

Et bordel de merde… j'avais *besoin* de la voir.

Cette maladie m'avait rendu furieux. Je n'avais plus eu la grippe depuis que j'étais gosse et c'était la dernière chose dont ma relation avec Jade avait besoin.

J'appuyai sur le bouton de l'interphone.

— Accorde-moi une minute Alice, demandai-je à ma secrétaire.

— Faites-moi savoir quand vous serez prêt monsieur Stone, répondit-elle.

Je me levai et allai à la salle de bain, m'aspergeai de l'eau sur le visage, puis observai mon reflet dans le miroir.

À un moment donné durant ces dernières semaines, je m'étais rendu compte que je n'avais plus besoin d'être Austin. Mon frère aurait toujours une place dans mes souvenirs, mais il était mort à cause d'un problème d'addiction. Personne n'aurait pu le guérir tant qu'il ne voulait pas lui-même se sevrer. Nous avions tous essayé. Mes parents avaient fait tout leur possible pour le remettre sur le droit chemin et je l'avais quasiment supplié d'arrêter. Mais il aurait fallu que cela vienne de lui et il n'avait jamais vraiment fait l'effort de rester sobre. Pas vraiment. Il était allé en cure de désintox pour faire plaisir à mes parents, pas pour lui-même.

Ce n'était qu'après m'être effondré dans les bras de Jade que j'avais réussi à réévaluer des émotions que j'avais gardées enfouies pendant quatre ans.

Et je n'étais pas très satisfait de la manière dont j'avais réagi à la mort d'Austin.

Je n'étais pas non plus très content de moi à l'idée de m'être vu offrir la chance d'être avec une femme aussi formidable que Jade et d'avoir plus ou moins fichu cette opportunité en l'air en me comportant comme un con.

J'avais su que Jade était spéciale dès le moment où nous nous étions rencontrés.

J'aurais dû chercher à établir une vraie relation.

Au lieu de ça, j'avais cru ne vouloir que du sexe.

Oui, j'avais peut-être très envie de ça aussi, mais je désirais bien plus que le corps de Jade.

Je voulais son cœur.

Mais j'avais été trop lent à comprendre ça.

Maintenant, j'allais sûrement payer le prix cher pour ma stupide erreur.

Mais je ne la perdrai pas. Peu importe ce qu'il faudra, je m'assurerai qu'elle finisse avec moi.

Je jetai la serviette, dont je m'étais servi pour m'essuyer le visage, dans le panier à linge.

C'est le moment de vérité, Stone.

Il était grand temps pour moi de me battre pour ce que je voulais et la seule chose dont j'avais vraiment envie, c'était la femme qui attendait derrière la porte de mon bureau.

Je me rassis sur ma chaise et pris une profonde inspiration, puis j'appuyai sur le bouton de l'interphone.

— Tu peux la faire entrer Alice, demandai-je.

— Tout de suite monsieur, répondit-elle aussitôt.

Je secouai la tête et me demandai si la secrétaire, qui était à mes côtés depuis plusieurs années maintenant, m'appellerait un jour Eli comme je lui avais déjà demandé de le faire environ un million de fois.

Cette réflexion quitta mon esprit quand Alice apparut et que Jade passa la porte.

Je sus, dès qu'elle croisa mon regard, que quelque chose était très différent.

Il me fallut quelques secondes pour digérer ces changements.

Je ne remarquai pas le cliquètement de la porte qui se refermait, signalant qu'Alice nous avait laissés seuls. J'étais trop occupé à observer la femme qui venait d'entrer dans mon bureau comme s'il lui appartenait.

Elle ne renvoyait aucune hésitation, aucune nervosité de nouvelle milliardaire comme celle que j'avais sentie chez elle la première fois qu'elle était entrée dans mon bureau.

Ses beaux yeux étaient grands ouverts et elle me jaugea du regard tout en s'avançant vers mon bureau.

Bon Dieu ! Qu'est-il arrivé à la Jade que je connaissais ?

Son jean bleu et son t-shirt avaient disparu et, à la place, elle portait une jupe droite en cuir noir qui moulait sa silhouette et s'arrêtait au-dessus des genoux, donnant l'impression que ses jambes étaient interminables. Sa tenue la faisait ressembler à une femme d'affaires, mais le décolleté de son chemisier blanc était un peu trop bas. Et la petite veste en cachemire qu'elle portait ouverte par-dessus la tenue en soie qui avait attiré mon attention ne devait pas du tout lui tenir chaud.

Elle évoluait avec grâce dans ses hauts talons noirs et, quand elle arriva face à mon bureau, elle laissa tomber son sac à main noir tendance sur la chaise à côté de celle dans laquelle elle s'assit.

— Qu'est-ce que tu as fait à tes cheveux ? demandai-je d'une voix rauque.

Les boucles étaient attachées d'un côté par une énorme pince et retombaient en cascade sur une épaule. Mais ce n'était pas la coiffure qui m'avait désarçonné. C'était la couleur.

Jade était brune, mais maintenant, ses cheveux avaient plutôt une teinte auburn et ces reflets rouges avaient toutes les chances de pousser les hommes à la regarder à deux fois. Je n'aimais pas ça, mais mon sexe enthousiaste adorait.

— C'est nouveau, répondit-elle d'un ton vague. Je suppose que j'avais besoin de changement.

De changement ?

Acheter une nouvelle paire de chaussures, c'était un *changement.*

À cet instant, tout chez Jade me paraissait totalement différent, y compris son maquillage, alors qu'elle n'en mettait jamais d'habitude.

— Tu es magnifique, dis-je d'une voix rauque.

Pas une fois je ne m'étais dit que Jade n'était pas la femme la plus séduisante que j'aie jamais vue, mais aujourd'hui, elle était encore plus éblouissante.

Elle haussa les épaules, mais garda les yeux rivés aux miens.

— Merci, dit-elle avec désinvolture. Mais je ne suis pas venue ici pour entendre tes compliments. Je viens accepter ton offre de devenir ton interne, si elle est encore d'actualité.

— Bien sûr que oui, m'empressai-je de répondre. Mais Jade, je voulais te parler de...

Elle leva une main pour m'interrompre.

— Pas la peine de t'expliquer. Je veux juste avoir une chance d'apprendre. Je ne te demande rien de plus.

J'avais envie qu'elle me demande tout ce dont elle avait envie. Quoi que ce puisse être, je trouverais un moyen de le lui offrir.

— Je suis désolé d'avoir...

Je fus aussitôt interrompu par un autre geste de type « parle à ma main ».

— Je n'ai pas besoin de tes excuses. On a passé un bon moment, Eli. Maintenant, il est temps que je me mette au travail.

Elle ne va pas accepter mes excuses. Elle ne va pas m'écouter parce qu'elle n'est pas intéressée par les crétins comme moi.

Je ne pouvais pas vraiment lui en vouloir. À bien y repenser, je savais que je m'étais comporté comme un vrai connard. Elle aurait peut-être été intéressée par une vraie relation si je ne lui avais pas dit que le sexe était la seule chose qui m'intéressait.

— J'envisageais justement un nouvel investissement potentiel, lui dis-je. Il est assez important, alors je vais devoir faire pas mal d'analyses.

En vérité, je n'envisageais rien du tout. Je m'étais contenté de gribouiller ma signature sur des documents qui devaient être approuvés avant de partir à sa recherche. Mais j'avais quelques propositions sur mon bureau, et une en particulier était un gros projet qui nécessitait plus de recherches.

J'étais prêt à tout pour au moins la garder auprès de moi. J'allais donc jouer le jeu de cette histoire d'interne pour l'instant. Je voulais comprendre ce qui lui était vraiment arrivé et j'étais prêt à prendre tout le temps du monde pour le découvrir.

— Bien, répondit-elle d'un ton enjoué avant de se lever et de contourner le bureau avec sa chaise. Je peux regarder avec toi ?

Elle plaça sa chaise à côté de la mienne et se rassit.

Étant un homme au sang chaud qui n'avait jamais été capable de détourner les yeux d'elle, je ne pus m'empêcher de faire une fixation sur ses jambes quand elle les croisa et que cette jupe moulante remonta sur ses cuisses.

Je perçus une bouffée de parfum léger, frais et floral, et mon sexe se transforma en pierre.

Elle va me rendre fou, mais au moins je mourrai heureux.

J'écartai les yeux d'elle et reportai mon attention sur l'écran de l'ordinateur.

— Tu me montres ce que tu fais ? me demanda-t-elle.

Je passai les quelques heures suivantes tiraillé entre la joie et la torture.

Je n'avais envie de rien de plus que de rester ainsi à ses côtés.

Mais chaque fois qu'elle se levait pour aller chercher quelque chose, aller aux toilettes ou juste pour se dégourdir les jambes, mes yeux et mon sexe étaient attirés par cette petite jupe en cuir.

Et bon sang, elle avait l'air si heureuse et assurée. Le pire, dans tout ça, c'était qu'elle était parvenue à cela *sans moi*.

Malgré tout, je dus m'émerveiller de sa vivacité d'esprit et de la rapidité à laquelle elle comprenait toutes les problématiques associées à un investissement. Ses questions étaient aussi rapides que l'éclair et elle semblait absorber tout ce que je disais avant d'exploiter ses connaissances.

— Alors, quelle est ta décision finale ? demanda-t-elle d'un ton curieux alors que nous terminions de passer les informations en revue.

— Je dois demander quelques rapports supplémentaires, expliquai-je. Mais jusqu'ici, ça me paraît prometteur. Ce sera un défi. Mais si je peux préserver les emplois des employés, ça en vaudra peut-être la peine.

— Tu crois pouvoir sauver cette entreprise si tu la rachètes ?

— Je suis à peu près sûr que oui, mais nous devrons faire des changements dans toute l'entreprise. Et parfois, les gens n'ont pas envie de changer. J'ai compris ça il y a longtemps.

— Ce n'est pas toujours une mauvaise chose, dit-elle d'un ton songeur.

J'entendis l'interphone biper et la voix d'Alice s'éleva dans la pièce.

— Je pars déjeuner, monsieur Stone. Voulez-vous que je vous rapporte quelque chose ?

— Ça ira, répondis-je.

— Vous devriez vraiment manger quelque chose, monsieur, dit Alice d'un ton prudent. Ces antibiotiques vous rendront malade si vous ne le faites pas.

— Je vais bien, Alice. Allez déjeuner, répondis-je d'un ton ferme.

Je devais encore prendre des antibiotiques pendant quelques jours supplémentaires, mais le traitement était presque terminé.

— Je reviens dans une heure, dit-elle.

— Tu es malade, Eli ? demanda Jade à voix basse.

Je percevais l'inquiétude dans sa voix et, pour la première fois, j'eus un aperçu de la Jade à laquelle je tenais.

— Ce n'est rien. Tu as faim ?

Elle posa une main sur sa hanche galbée et me regarda d'un air sévère.

— Eli Stone, pourquoi est-ce que tu prends des antibiotiques ? Tu es malade ?

— Je ne suis pas contagieux, lui assurai-je. Mais j'ai dû combattre la grippe et une pneumonie. Le virus et la bactérie ont remporté la bataille.

Elle tendit la main et je la pris parce que son regard était si farouche que je n'envisageai pas une seconde de refuser.

— Je t'emmène déjeuner, dit-elle quand je fus debout. Ensuite, tu vas m'expliquer pourquoi tu es déjà de retour au bureau alors que tu n'es pas encore totalement remis.

Elle prit son sac à main en chemin vers la porte, mais resserra les doigts autour de ma main.

— De quoi tu as envie ? m'interrogea-t-elle alors que nous quittions le bureau ensemble.

— De rien, répondis-je en toute franchise.

— Très bien. Alors ce sera une soupe et un sandwich, décida-t-elle.

Je souris alors que nous attendions que sa voiture soit amenée par le voiturier. Elle était devenue vraiment autoritaire, mais ça me plaisait. Jade avait toujours été destinée à diriger plutôt que de rester cachée dans les bois. Elle n'avait simplement jamais réalisé qu'elle était tout à fait capable de faire plus d'une chose ou d'être douée pour un tas de choses.

Je n'en avais jamais douté.

— C'est la mienne, dit-elle en pointant du doigt le véhicule qui approchait.

— Depuis quand tu conduis une BMW ? demandai-je, surpris. Qu'est-ce qui est arrivé à ta Jeep ?

— Je l'ai toujours, répondit-elle tout en se dirigeant vers la portière du conducteur et en tendant un pourboire au portier. J'en ai besoin pour mes leçons de survie. Mais je pense qu'il était temps que je me procure un nouveau véhicule. Ce n'est pas vraiment une Bugatti, mais je l'aime bien.

Je me dirigeai vers le côté passager. C'était une série 3, pas vraiment une dépense extravagante pour elle, mais le modèle noir et élégant lui allait bien.

— Et le papillon est enfin sorti de son cocon, a étiré ses ailes et s'est envolé, marmonnai-je en montant dans la voiture.

Jade s'était libérée de la carapace protectrice dans laquelle elle avait vécu toute sa vie, mais elle n'irait pas très loin.

Si j'avais mon mot à dire – et je l'aurais –, elle allait rentrer à la maison avec moi.

CHAPITRE 27
Jade

Depuis deux semaines, je passais toutes mes journées dans le bureau d'Eli.

J'avais peut-être l'intention de me comporter en femme d'affaires et, globalement, j'y étais parvenue. Mais j'avais bien failli m'effondrer ce premier jour quand j'avais découvert qu'il avait été assez malade pour se retrouver à l'hôpital.

Au fond de mon cœur, j'avais peut-être vraiment envie de croire qu'Eli ne m'avait pas appelée parce qu'il était trop malade pour le faire. Et cette excuse était plausible puisqu'il m'avait expliqué que la majeure partie de ce qu'il s'était passé durant sa période de maladie était très floue. Il avait pris une tonne de médicaments, y compris des antidouleurs, durant son hospitalisation.

Mais… il y avait ces messages qui m'avaient brisé le cœur. Je ne lui avais posé aucune question à ce sujet. Je n'avais peut-être pas envie de savoir.

La plupart du temps, nous parlions affaires et cela semblait lui suffire. Alors j'avais continué de jouer le rôle de son interne de fortune et de conserver cette idée stupide selon laquelle il ne m'aurait pas appelée parce qu'il en était physiquement incapable.

Si je l'avais observé plus attentivement, la première fois que je l'avais retrouvé dans son bureau, j'aurais remarqué qu'il avait perdu du poids et qu'il n'avait pas la même énergie que d'habitude. Mais j'étais trop accaparée par la crainte qu'il ne découvre que mon comportement n'était qu'un masque pour *vraiment* le regarder.

Après avoir découvert qu'il avait fait un séjour à l'hôpital, je m'étais rendu compte qu'il n'avait pas l'air en forme.

J'apportais le petit-déjeuner tous les matins et m'assurais qu'il prenne un déjeuner. À mesure que les jours passaient, nous fréquentions des restaurants de plus en plus huppés, dont la plupart étaient les siens, pour le déjeuner.

Il était totalement remis maintenant et ce devait être le cas depuis au moins une semaine. Mais je continuais d'attendre avec impatience le moment où je le verrais tous les matins.

Nos journées étaient productives et j'en étais arrivée à un point où je pouvais prévisualiser les propositions empilées sur son bureau. Quand elles étaient clairement sans intérêt, je lui faisais gagner du temps en soulignant pourquoi ça ne marcherait pas et je lui passais les offres moins incertaines.

Dans l'ensemble, j'apprenais vite, et je devenais de plus en plus à l'aise dans mon costume d'affaires. Enfin, je ne m'étais peut-être pas encore totalement habituée à ma nouvelle garde-robe, mais je commençais à me sentir comme une vraie femme d'affaires.

— Bonjour Alice, lançai-je d'un ton enjoué en passant la porte de la réception.

La femme aux cheveux gris sourit.

— Bonjour mademoiselle Sinclair.

— Omelette au fromage et bagel accompagné de fromage frais, annonçai-je en posant la boîte du petit-déjeuner sur son bureau. Et quand est-ce que vous vous déciderez à m'appeler Jade ?

Alice et moi étions devenues amies depuis que je travaillais avec Eli, mais je n'avais pas encore réussi à la convaincre d'arrêter de se montrer aussi formelle.

— Sûrement quand je commencerai à appeler monsieur Stone par son prénom. Ça fait des années qu'il me le demande, alors arrêtez d'essayer d'apprendre de nouveaux tours à la vieille femme que je suis, me conseilla-t-elle.

J'éclatai de rire et pris l'un des nombreux magazines sur son bureau.

— Qu'est-ce que c'est que tout ça ?

— De nouveaux magazines, répondit-elle. C'était très étrange. Monsieur Stone m'a demandé de changer nos abonnements juste après votre première visite ici.

Je parcourus les magazines en m'efforçant de ne pas les mélanger.

Le Time.

Rolling Stone.

National Geographic.

Wired.

The Economist.

The Atlantic.

Harper's.

Il n'y avait pas un seul magazine féminin dans le tas.

— Oh mon Dieu, lâchai-je.

Je laissai échapper un gloussement que je n'avais encore jamais entendu sortir de ma bouche. Je n'arrivais pas à croire qu'Eli avait suivi mon conseil s'agissant des lectures proposées dans sa salle d'attente.

— Qu'est-ce qu'il y a ? demanda Alice.

— Rien du tout, répondis-je, un sourire aux lèvres. Eli est déjà là ?

Elle hocha la tête.

— Il est arrivé il y a quelques minutes.

Les boîtes de nourriture en équilibre dans mes mains, je me remis en route, ne protestant pas quand Alice se leva pour m'ouvrir la porte de son bureau.

— Bonjour, lançai-je à Eli tout en apportant les boîtes à son bureau.

— Tu aurais pu m'appeler pour que je t'aide, grommela-t-il en se levant. Et bonjour à toi aussi.

Comme tous les jours depuis deux semaines, j'ignorai sa remarque et me demandai combien de temps encore je pourrais continuer à jouer le rôle de la gentille interne.

Je m'étais mise dans une situation dangereuse en acceptant cette relation. Mais je n'étais pas sûre de pouvoir continuer à faire comme si je n'étais pas folle amoureuse du directeur de cette entreprise.

Eli était parti se laver les mains et je sortis les plats de leur emballage protecteur.

Je me penchai et m'étirai en travers du bureau pour poser la nourriture d'Eli de son côté du bureau.

Je poussai un cri quand un corps ferme me heurta dans le dos. Eli recouvra ma main de la sienne, plaqué contre mon dos, et grogna :

— Si tu te penches par-dessus mon bureau encore une fois, je ne pourrai être tenu responsable de ce qui se passera.

Je fermai les yeux et pris une grande inspiration. Malheureusement, je ne sentis rien d'autre à part l'odeur masculine d'Eli.

— Ça te perturbe ? demandai-je.

Je n'avais pas l'intention de me laisser intimider par lui. Tout le but de cette manœuvre avait été de faire en sorte qu'il me remarque et qu'il prenne conscience de ses sentiments pour moi. Ces derniers temps, j'en étais venue à la conclusion que j'étais comme l'une des femmes pathétiques de ces magazines qui veulent attirer un homme qu'elles ne peuvent avoir et qui ne veut pas d'elles.

— Tu parles si ça me perturbe, répliqua-t-il d'une voix râpeuse près de mon oreille. *Tu* me perturbes, papillon. Est-ce que tu sais à quel point c'est dur de me réfréner, de te plier en deux sur mon bureau pour rendre mon sexe plus heureux qu'il ne l'a jamais été ? Tu as le plus beau cul que j'aie jamais vu.

Tout en moi avait envie de céder, mais alors que je réfléchissais à ce que je ressentirais après l'avoir laissé me baiser, mon estomac se noua.

J'avais désespérément envie de lui.

Mais je savais que je méritais mieux que ça.

— Lâche-moi, lui demandai-je en le repoussant. Ce n'est pas ce que je veux, Eli.

Il recula aussitôt.

— Je ne peux pas continuer comme ça, lui dis-je en me retournant pour prendre mon sac à main. Il faut que je parte.

Même si mon cœur se brisait, je savais que je devais trouver la force de m'en aller.

Ce n'était pas juste de lui demander de changer et je connaissais les termes de notre accord dès le départ : rien que du sexe, sans engagement.

Ce n'était pas sa faute si j'en voulais plus.

— Jade, attends. Il faut qu'on parle. Écoute-moi…

— Non, l'interrompis-je. *Toi*, écoute-moi.

J'en avais assez de jouer à ces petits jeux. Mais je ne partirais pas tant qu'il n'aurait pas écouté tout ce que j'avais à lui dire.

— J'ai joué à ton stupide petit jeu du chat et de la souris au début parce que je voulais apprendre à mieux te connaître. Ça ne me pose aucun problème d'admettre que j'avais envie de finir dans ton lit moi aussi parce que j'étais totalement attirée par toi. Mais à un moment donné, j'ai eu un problème.

Je pris une grande inspiration et le regardai dans les yeux avant de continuer :

— J'ai fini par en vouloir plus, Eli. Même si tu m'avais indiqué très clairement que ce n'était pas ton cas. Ce n'est pas ta faute, vraiment. Tu as été honnête. C'est moi qui suis tombée amoureuse de toi. Je ne voulais pas, mais c'est arrivé. J'aurais dû comprendre le message quand tu ne m'as plus donné de nouvelles après qu'on a couché ensemble. Et j'aurais *vraiment* dû piger quand tu m'as envoyé ces messages pour m'exprimer ce que tu ressentais. Mais je n'étais pas sûre de savoir si tu avais besoin de temps pour réfléchir à tout ce qui s'était passé avec ton frère. Ou si tu ne m'avais pas appelée parce que tu étais malade. Bêtement, je me suis dit que tu finirais peut-être par réaliser que tu m'aimais toi aussi. Mais tu ne l'as pas fait. Alors je *dois* tourner la page. Le sexe sans lendemain ne me suffira jamais. Je ne suis pas comme ça. Je suis désolée.

— Ça n'a jamais été sans lendemain, Jade, l'entendis-je dire alors que je me précipitais vers la porte.

Je ne répondis pas. Je ne pouvais pas. Je devais partir avant de me ridiculiser plus encore.

Je sortis mon téléphone de ma poche tout en traversant le couloir aussi vite que me le permettaient mes hauts talons.

— Vous aurez un gros pourboire si vous m'amenez ma BMW devant la porte avant que je sois descendue de l'ascenseur et sortie du bâtiment, dis-je au portier.

— Je m'en occupe, répondit ce dernier.

Je sautai dans un ascenseur ouvert et appuyai sur la touche du lobby, soulagée que personne d'autre n'entre avec moi.

Je laissai retomber ma tête en arrière contre le mur alors qu'il descendait, m'efforçant sans grand succès de réfréner les larmes qui tentaient désespérément de s'échapper de mes yeux.

— Tu peux le faire, Jade. Tu peux le faire, murmurai-je.

J'aurais peut-être pu tenir une semaine de plus si Eli ne m'avait pas touchée. Mais à quoi bon ? Je ne pouvais pas le forcer à m'aimer et je l'aimais tellement que je ne pouvais supporter la douleur causée par le fait d'être proche de lui chaque jour sans pouvoir aspirer à plus.

Quand l'ascenseur s'ouvrit, je traversai le sol de marbre, mes talons claquant bruyamment alors que je me dirigeais vers la porte.

Ma BMW était tout juste en train de se garer le long du trottoir.

— Eh, monsieur Stone m'a demandé de vous faire attendre, lança un deuxième portier près du bâtiment.

Le type qui venait de descendre de ma voiture hésita, mais je lui fourrai plusieurs billets de vingt dans la main et dis :

— Monsieur Stone n'obtient pas toujours ce qu'il veut.

Je sautai dans ma voiture et partis. Je pus alors laisser couler les larmes que je retenais et pleurer tout mon saoul. Cela dura sur tout le trajet jusqu'à Citrus Beach.

CHAPITRE 28

Jade

Je découvris plus tard ce jour-là que j'avais obtenu un entretien pour le boulot de mes rêves en tant que chercheuse scientifique à San Diego, je sus donc que j'allais devoir me ressaisir.

J'aurais peut-être dû appeler Skye ou Brooke, mais je n'avais envie de rien faire à part rester couchée sur mon canapé à dévorer autant de glace que possible.

Ma drogue alimentaire préférée était l'Americone Dream de Stephen Colbert, fait par Ben & Jerry's. Et j'étais bien approvisionnée. Mis à part la boîte dans ma main, j'en avais quatre autres dans le congélateur.

Je plongeai ma cuillère dans le cône de glace recouvert de caramel et de chocolat et la fourrai dans ma bouche avant d'attraper la télécommande pour zapper de chaîne en chaîne.

Oui, je me rendais bien compte que je n'allais pas pouvoir passer toutes mes soirées assise dans le canapé à manger du Ben & Jerry's, mais j'avais besoin de temps pour rassembler mes esprits.

Peut-être qu'approcher Eli pour donner suite à sa proposition de me prendre comme interne n'était pas une bonne idée, mais je ne le regrettais pas. J'avais beaucoup appris et ces quelques semaines m'avaient aidée à gagner en confiance dans un monde dont je ne connaissais rien.

Je ne regrettais pas non plus ma nouvelle garde-robe. J'en aurais besoin si je devais passer des entretiens. Le relooking avait renforcé mon assurance et je me sentais enfin bien dans ma peau.

J'avais dépassé ma culpabilité d'être devenue milliardaire. J'avais surtout envie de déterminer comment faire une différence grâce à ma richesse.

À un moment donné, durant ces dernières semaines, j'avais changé. J'avais cessé d'être l'étudiante timide et j'avais décidé de devenir la meilleure personne que je puisse être.

Eli m'avait aidée à en arriver là, raison pour laquelle je ne regrettais pas le temps passé avec lui.

Ce qui me bouleversait vraiment, c'était l'idée que mes sentiments pour Eli ne soient pas réciproques. J'étais certaine de ne plus jamais ressentir quelque chose d'aussi fort pour un autre homme.

J'arrêtai de changer de chaîne en tombant sur l'émission de télé-réalité « Shark Tank » et jetai la télécommande sur la table basse. Je pourrais écouter l'émission tout en répondant à mes e-mails.

J'ouvris mon ordinateur portable et me mis à effacer les courriers indésirables que je recevais tous les jours. J'avais l'impression de m'être déjà désabonnée d'un million de trucs, mais je continuais de recevoir des pubs dans ma boîte e-mail le lendemain.

Je cliquai sur un message du site d'analyses ADN que j'avais utilisé quand j'avais découvert qu'Evan était mon demi-frère. Je m'apprêtais à l'effacer parce que je recevais des pubs ou des notifications de manière presque quotidienne, mais j'hésitai en voyant la première phrase.

Une nouvelle correspondance ?

Je cliquai sur le site et regardai l'entrée. Je la parcourus des yeux avec un intérêt renouvelé en voyant qu'on avait trouvé une nouvelle correspondance avec mon ADN.

Relation : Nièce.

— Sérieusement ? marmonnai-je. Comment c'est possible ?

J'étais une scientifique. Je savais que l'ADN ne mentait pas.

Les pensées tourbillonnèrent dans ma tête alors que je fixais des yeux la notification. Il n'était pas écrit « demi », la seule conclusion logique était donc que l'un de mes frères avait engendré un enfant. Mais aucun d'eux n'était assez âgé pour avoir une fille adulte.

— Ce n'était pas Brooke, dis-je à voix haute. C'est *forcément* l'un de mes frères.

Je n'arrivais pas à imaginer l'un de mes frères capable d'abandonner sa propre fille, mais il était possible que l'un d'eux ait mis une femme enceinte sans jamais l'avoir su. Aucun de mes frères n'avait manqué d'attention féminine et ils avaient tous eu des petites amies. Mais toute cette histoire ne me plaisait pas.

Comment pouvait-il ne pas le savoir ?

Et lequel d'entre eux avait un enfant dont il n'avait pas conscience ?

Il n'y avait pas vraiment d'information au sujet de cette nièce, mais je pouvais écrire au membre de ma famille via le site.

J'écrivis quelques lignes, me présentant et lui faisant savoir que j'avais un lien de parenté avec elle.

Je me demandais encore si tout ça n'était pas une erreur.

Je venais de prendre mon téléphone pour appeler Brooke quand la sonnette retentit.

Sûrement Aiden ou Seth.

Je levai mes fesses du canapé et me dirigeai vers la porte. Je n'étais pas vraiment habillée pour recevoir des visiteurs, mais ce n'était pas comme si mes frères ne m'avaient jamais vue en short de pyjama et sweat-shirt.

J'ouvris la porte, surprise de découvrir qu'il n'y avait personne derrière.

Puis j'entendis un aboiement excité.

— Charlie ?

J'ouvris la moustiquaire et laissai le chien entrer avant de tendre la main pour le caresser.

— Qu'est-ce que tu fais ici?

Je fronçai les sourcils en remarquant qu'il y avait quelque chose d'attaché à son collier.

Une enveloppe sur laquelle était écrit « lis-moi d'abord » et une petite boîte avec les mots « garde-moi » inscrits dessus.

Les deux étaient attachés avec un simple nœud, alors je les retirai du collier de Charlie et m'assis sur le sol pour câliner le chien que j'en étais venu à adorer. Puis j'ouvris l'enveloppe.

Si Charlie est ici, je sais qu'Eli ne doit pas être bien loin.

Mon cœur rata un battement à l'idée qu'Eli devait être tout près. Qu'est-ce qu'il manigançait?

La grosse blessure béante que j'avais ouverte en affrontant Eli ce matin était encore à vif et je n'étais pas sûre de pouvoir supporter de le revoir aussitôt.

Je sortis les papiers de l'enveloppe, les mains tremblantes d'émotion.

— Oh, Eli, qu'est-ce que tu as fait? murmurai-je en parcourant l'acte de renonciation.

Il m'avait cédé le Lucifer Canyon.

Je laissai tomber les papiers sur mes genoux et enroulai les bras autour de Charlie alors que des larmes coulaient sur mes joues.

J'étais certaine que cela signifiait que ce terrain n'avait plus d'emprise sur Eli. Et s'il était vraiment libéré de ses démons, alors j'étais heureuse pour lui.

— Ça craint vraiment d'en arriver à être jaloux de son cabot, entendis-je dire la voix de baryton d'Eli depuis la porte.

Je me levai, la boîte et les documents dans les mains.

— Qu'est-ce que tu fais ici? Et pourquoi as-tu fait ça? demandai-je avec un geste vers les papiers.

Il ouvrit la moustiquaire et entra.

— Parce que je veux que tu l'aies. C'est sans engagement, peu importe ce que tu diras pour la boîte.

— Je ne l'ai pas encore ouverte.

— Ne le fais pas, demanda-t-il. Pas encore.

Il me prit la main et me guida jusqu'au petit salon. Je pris la télécommande et éteignis la télé.

— J'étais… en train de manger, dis-je.

Je pris la boîte de crème glacée, l'emmenai à la cuisine et la jetai dans le congélateur. Vu que la maison était minuscule, je fus de retour en quelques secondes.

Je m'arrêtai face à lui, la poitrine comprimée parce qu'il était si séduisant dans son jean et son sweat.

— Eli, je…

Il plaqua ses doigts sur mes lèvres.

— Non. Ne parle pas. J'ai des choses à dire avant que tu ne t'enfuies à nouveau.

Je hochai la tête et il se mit à essuyer les larmes sur mon visage avec son pouce.

— Je veux te remercier de m'avoir remis les idées en place. J'ai gardé tout ce qui avait trait à mon frère enfoui au fond de moi pendant bien trop longtemps. À tel point que je ne savais plus ce qui était moi et ce qui était Austin. Grâce à toi, je crois que j'ai réussi à faire le tri.

— Alors qu'est-ce qui était toi ? demandai-je.

— Quand j'ai commencé à faire ce que faisait Austin, je l'ai fait selon mes propres termes. Il faisait des trucs de dingue parce qu'il en avait envie. Je les ai faits pour collecter de l'argent pour les associations caritatives. Alors je suppose qu'il y a toujours eu une partie de moi dans tout ça. Mais il y a aussi certaines choses que j'aime faire pour moi-même, comme l'escalade en montagne ou les courses automobiles. Je pourrais bien me passer de tout ce qui ne sert à rien par contre. Alors je vais continuer de faire ce dont j'ai envie et laisser tomber le reste. Je ne suis pas suicidaire comme l'était Austin.

— Et les tatouages ?

— Je les ai faits en l'honneur de mon frère. Je ne le regrette pas.

Je ne pensais pas qu'il ait à regretter quoi que ce soit, mais je ne dis rien parce que je voulais qu'il continue à parler.

— J'ai encadré toutes les photos que m'a données Joel, continua-t-il. Je me suis rendu compte que je ne pouvais pas continuer de le détester pour ce que mon frère se faisait subir à lui-même. Ma mère m'a dit que Joel s'était assagi après la mort d'Austin, alors au moins une bonne chose est ressortie de la mort de mon frère. Et je pense qu'il est temps pour moi de me rappeler le positif concernant mon jumeau plutôt que d'essayer d'oublier complètement le passé.

— Est-ce que tu regrettes d'avoir abandonné tes propres rêves pour reprendre les affaires de ton père ? demandai-je.

Il secoua lentement la tête.

— Non. Il s'avère que je peux faire les deux. Je suis très impliqué dans l'entreprise d'aérospatiale et j'éprouve une certaine satisfaction dans le fait de racheter des entreprises pour les rendre meilleures qu'elles l'étaient autrefois.

— Et ton père ? l'interrogeai-je doucement.

— Je l'aimais. Et je sais qu'il serait fier de savoir que sa compagnie est florissante. Mais je ne peux pas continuer à être endeuillé. Même ma mère a tourné la page. Et elle a perdu un fils et un mari qu'elle aimait. Je dois profiter du temps que je passe avec elle. Elle veut que je sois heureux.

La mère d'Eli était une personne incroyable et je savais que ce qu'il disait était vrai.

— Mais il y a un problème, reprit-il.

— Lequel ?

— Je ne peux pas être heureux sans toi, papillon.

Mon cœur rata un battement.

— Qu'est-ce que ça veut dire ? demandai-je.

Il me prit les mains et riva son regard au mien.

— Ça veut dire : comment peux-tu ne pas te rendre compte que je t'aime aussi ? Je crois que c'est le cas depuis un bon moment, mais j'étais trop stupide pour m'en rendre compte aussitôt. Ce que je t'ai dit au début, ce n'était pas moi, papillon. Je n'étais encore que l'ombre d'un homme qui s'efforçait de composer avec la perte de son frère jumeau et de son père de manière très rapprochée. Mais ce n'est pas une excuse. Si tu m'en donnes l'opportunité, je passerai le restant de nos jours à me racheter.

Il tendit la main et prit la boîte sur la table basse, là où je l'avais laissé tomber pour récupérer la glace.

— Ce qui m'amène à ceci.

Il tendit la boîte et je la pris entre mes mains tremblantes. J'ouvris le couvercle et me retrouvai face au plus magnifique diamant que j'aie jamais vu.

— Oh mon Dieu. Eli ? Qu'est-ce que c'est que ça ?

— Tu sais ce que c'est, répondit-il d'une voix rocailleuse. Abrège mes souffrances. Quelle est ta réponse ? *Oui* ou *non* ?

Mon cœur gonfla dans ma poitrine et je me jetai dans ses bras.

— Oui. Oui. Seigneur, je t'aime tellement.

Eli referma aussitôt les bras autour de moi.

— Je t'aime aussi, papillon. Tu m'as brisé le cœur aujourd'hui quand tu t'es enfuie de mon bureau.

— Pourquoi n'avoir rien dit plus tôt ?

Il me souleva et se laissa tomber sur le canapé avec moi. Eli m'étreignit comme s'il ne me lâcherait plus jamais et cela me fit pleurer encore plus fort.

— J'ai essayé de te dire que je ne t'avais pas appelée parce que j'étais trop malade pour ça et que ces messages n'étaient que les divagations dénuées de sens d'un homme qui s'efforçait de t'expliquer à quel point il tenait à toi, mais avait échoué parce qu'il était incapable de formuler la moindre pensée cohérente tant sa fièvre était forte. Tu n'avais pas l'air de vouloir que j'aborde le moindre sujet personnel. J'étais déjà terrifié à l'idée de t'avoir perdue.

J'étais prêt à me contenter de ne t'avoir que comme interne pour un temps si ça pouvait me permettre de te voir tous les jours.

Les messages étaient vraiment une erreur.

J'enfonçai ma main dans ses cheveux parce que je ne pouvais m'empêcher de le toucher.

— J'étais là parce que j'en avais envie. Tu devais bien savoir que j'étais venue accepter le poste d'interne pour toi.

— Je n'étais pas sûr de tes motivations, admit-il. Mais j'étais si heureux de te voir que je n'avais pas envie de te faire fuir. Et puis, c'est ce que tu as fini par faire quand même.

— Je n'arrivais pas à t'oublier après les messages, avouai-je. Je devais m'assurer que ça ne marcherait jamais entre nous et que tu voulais vraiment que je sorte de ta vie.

Il m'étreignit plus fort.

— Je n'ai jamais voulu que tu ailles où que ce soit. J'ai toujours voulu que tu restes, Jade. J'imagine que je ne savais pas comment changer les choses, c'est tout. Je crois que j'étais fichu dès la première fois où tu es entrée dans mon bureau et où tu m'as engueulé.

— Je croyais que tu voulais juste me baiser, le taquinai-je.

— C'était le cas, répondit-il d'une voix grondante. Ça l'est toujours. Mais j'étais stupide de croire que je pouvais me contenter de coucher avec toi jusqu'à cesser d'être obsédé par toi. Il n'y aura jamais un seul jour sans que mon sexe durcisse à la seconde où tu entreras dans une pièce.

— Des paroles si romantiques, dis-je avec un soupir.

— Je ne suis pas très doué pour être romantique, répondit-il en fronçant les sourcils.

Je songeai à toutes les gentilles choses qu'il avait faites pour moi par le passé et au fait qu'il venait de me céder les terres dont il refusait jusqu'alors de se séparer.

Ses actes étaient bien assez révélateurs.

— Je plaisantais, Eli. Seul ce que tu fais importe.

— Alors, dis-moi ce que je dois faire pour te rendre heureuse parce que c'est devenu une obsession pour moi.

— Tu l'as déjà fait, répondis-je. Mais si tu veux vraiment me rendre heureuse, alors emmène-moi au lit.

CHAPITRE 29
Jade

Eli ne perdit pas une seconde. Il se leva et m'attira avec lui.

— D'abord la bague, insista-t-il en me prenant la boîte des mains. Je dois être sûr que tu seras à moi.

Il sortit la bague et laissa tomber la boîte sur la table basse.

Je me mis à sangloter quand il me passa l'anneau somptueux au doigt.

— Ne pleure pas, papillon, dit-il d'une voix rauque tout en me soulevant pour me porter jusqu'à ma chambre. Si j'avais mon mot à dire, tu ne pleurerais plus jamais de toute ta vie.

— Je suis heureuse, répondis-je. Ce sont des larmes de bonheur cette fois.

— On pourrait faire tout un tas d'autres choses pour montrer qu'on est heureux, grogna-t-il tout en me reposant sur mes pieds à côté du lit.

— Alors, montre-moi, lui demandai-je.

Mon corps était déjà en feu et il m'avait à peine touchée. J'avais encore beaucoup de mal à croire qu'Eli allait vraiment devenir mon mari.

Il referma la main sur le bas de son sweat et le fit passer par-dessus sa tête.

— Je suis à toi, Jade. Tu le sais, n'est-ce pas ? demanda-t-il d'une voix grave et sincère.

Je tressaillis tout en prenant le sweat et en le jetant au sol. Eli se plaçait volontairement dans une position vulnérable face à moi et jamais je ne trahirais une telle confiance.

Je fis passer mon sweat par-dessus ma tête et le jetai de côté, désormais nue au-dessus de la taille.

— Je suis à toi aussi, Eli, répondis-je.

L'émotion entre nous était si intense que nous éprouvions un besoin primaire démentiel d'appartenir l'un à l'autre. Je le sentais dans l'air épais autour de nous.

Et je n'avais qu'une envie : céder.

Je n'avais pas peur de me donner à Eli, pas plus que cela ne le dérangeait de se remettre à moi.

Il passa un bras autour de ma taille et m'étreignit jusqu'à ce que la partie supérieure de nos corps soit peau contre peau.

C'était un pur bonheur.

— Tu as toujours été destinée à devenir mienne, dit-il d'une voix râpeuse avant de baisser la tête pour s'emparer de ma bouche.

J'ouvris les lèvres pour lui et enveloppai les bras autour de son cou. J'étais avide de le goûter et tout le désir que j'avais nourri pendant des semaines se déversa de mes lèvres jusqu'aux siennes.

Je touchai chaque centimètre carré de peau nue que je pouvais trouver, puis en cherchai plus, mes doigts explorant et tentant désespérément de rapprocher Eli de moi autant que possible.

— Putain ! jura-t-il quand il écarta sa bouche avide de la mienne. J'ai besoin de toi, Jade.

J'avais besoin de lui aussi et il ne résista pas quand mes doigts tâtonnèrent au niveau des boutons de son jean. Il était serré parce que son membre était énorme et totalement en érection, mais je finis par réussir à l'ouvrir.

Je me laissai tomber à genoux et déchirai presque le tissu dans mon impatience de le faire descendre le long de ses jambes musclées, emportant son boxer en même temps que le jean.

Il les écarta d'un coup de pied alors que je refermai la main sur son énorme sexe. Je frissonnai quand mes doigts évoluèrent le long de ce qui ressemblait à de la soie par-dessus de l'acier. Puis je me penchai en avant et sortis la langue pour goûter la minuscule goutte d'humidité au bout.

Je n'eus pas le temps de goûter une deuxième fois parce qu'Eli me redressa sur mes pieds.

L'expression de son visage était féroce quand il lâcha :

— Tu n'as aucune idée à quel point j'adorerais sentir ces jolies lèvres enroulées autour de moi, mais j'ai encore plus envie d'autres choses.

— Comme quoi ? demandai-je dans un souffle.

— Toi, grogna-t-il.

Il tendit la main vers mon short et le fit descendre le long de mes jambes jusqu'à ce qu'il se retrouve entortillé autour de mes chevilles et que je puisse l'écarter d'un coup de pied.

Ses yeux errèrent sur moi de manière possessive et il dit :

— Je n'ai jamais rien vu d'aussi beau que toi.

Je frémis quand ses mains se refermèrent sur mes seins et que ses pouces tournèrent autour de mes tétons durs. Il les pinça un instant, puis les lâcha, et ce douloureux plaisir fit se crisper mes parois d'un désir si sauvage qu'il en était écrasant.

Il glissa une main entre mes cuisses et ne rencontra qu'une chaleur humide.

— Seigneur, bébé, tu es si mouillée.

Je fermai les yeux et gémis, impuissante alors qu'il glissait un doigt sur mon clitoris.

— Eli, gémis-je, mon désir pour lui si profond que c'en était presque effrayant.

Ses doigts étaient implacables et chaque caresse me faisait grimper de plus en plus.

Je laissai échapper un geignement quand il s'arrêta soudain, me souleva et nous fit tomber tous deux sur le lit.

En un instant, sa bouche recouvrait l'endroit où s'était trouvé son doigt un instant plus tôt et elle était brûlante alors qu'il enfouissait sa tête entre mes jambes.

Il n'y eut pas d'aguichage délicat. Il me dévora avec une passion chauffée à blanc qui me rendit à moitié folle.

Eli ne faisait jamais rien timidement et, quand il était déterminé à obtenir mon plaisir, c'était si agréable que c'en était presque insoutenable.

Sa langue évoluait avec des mouvements charnels et voraces, encore et encore, sur le petit nœud de nerfs qui hurlait pour obtenir son attention.

Mon orgasme me submergea si vite que je me mis à gémir des paroles dénuées de sens alors que mes cuisses se mettaient à trembler.

Il glissa ses doigts en moi et les recourba jusqu'à toucher un point qui me fit basculer violemment.

— Oh mon Dieu ! Je n'y survivrai jamais, hurlai-je.

Mon dos et mes hanches s'arquèrent au-dessus du lit alors que mon orgasme me balayait comme un rouleau compresseur.

J'étais réduite à une masse haletante alors que l'orgasme venait de me mâcher et de me recracher.

Mais cela ne faisait que me donner encore plus envie de sentir Eli en moi.

— Tu vas bien ? m'interrogea Eli d'une voix bourrue tout en remontant le long de mon corps.

— Baise-moi, Eli, suppliai-je.

J'étais désespérée.

Il m'attira sur lui.

— Monte-moi, bébé, demanda-t-il.

Je le chevauchai sans hésiter, mais je n'avais aucune expérience dans cette position.

— Je ne sais pas quoi faire, confessai-je.

Il me prit les hanches et m'abaissa jusqu'à ce que je sente le bout de son sexe contre le mien.

Je continuai de m'abaisser, savourant chaque centimètre de lui jusqu'à ce qu'il soit enfoui en moi jusqu'aux bourses.

— Oui, sifflai-je tout en me maintenant en équilibre, les mains posées sur ses épaules.

J'avais l'impression qu'il était enfoncé si profond qu'il ne ressortirait jamais. Mais il me prouva le contraire en guidant mes hanches pour me faire me soulever, puis m'abaisser à nouveau sur lui.

Nous évoluâmes ainsi ensemble, Eli se soulevant au moment où je me baissai, chaque mouvement lent et profond.

Je ronronnai, les pulsions charnelles momentanément satisfaites. Mais j'en voulais plus.

Mes yeux erraient sur le visage d'Eli alors que je me délectais du plaisir intense que j'y lisais. Je me redressai et me penchai en arrière alors qu'il accélérait la cadence. Je remarquai qu'il avait plié les jambes de manière à ce que je puisse m'appuyer sur elles.

Je fermai les yeux et rejetai la tête en arrière, me perdant dans le plaisir érotique de ce rythme, accélérant sans cesse, qui menaçait de me faire voler en éclats.

— Putain, Jade, grogna Eli. C'est si bon.

Je me penchai à nouveau en avant et posai les mains sur son torse.

— Jouis, Eli, dis-je. Ne te retiens pas.

— Jamais je ne jouirai sans toi, répliqua-t-il d'un ton rauque.

Il tendit la main entre nos corps et trouva mon clitoris.

Une seule petite stimulation suffit à me faire basculer.

Mes parois se crispèrent violemment autour du sexe d'Eli et je jouis en tressaillant.

Il resserra ses mains sur mes hanches et se mit à ruer des hanches en avant à un rythme effréné, tout en plaquant une main sur ma nuque pour attirer ma bouche sur la sienne. Son baiser avait le goût de l'amour, du désir, du sexe torride et transpirant et de l'orgasme intense.

Je m'écroulai sur son torse, complètement vidée alors que je m'efforçais de reprendre mon souffle.

Tout mon corps était sans force, mais Eli me gardait nichée contre lui de manière protectrice, alors je savais que je m'en remettrais.

Quand je pus à nouveau bouger, je me laissai glisser à côté d'Eli et il resserra à nouveau un bras autour de moi.

Les émotions s'accumulèrent en moi et elles étaient si entremêlées que j'avais du mal à les identifier, mis à part l'amour que j'éprouvais pour l'homme qui venait de changer ma vie.

— Je t'aime, lui dis-je.

— Je t'aime aussi, bébé, répondit-il.

C'est la dernière chose dont je me souvins avant de m'être endormie.

CHAPITRE 30

Jade

— Comment se fait-il que je n'aie jamais entendu parler d'Austin ? demandai-je avec prudence alors qu'Eli et moi mangions un petit-déjeuner le lendemain matin. Je ne savais même pas que tu avais un jumeau, et encore moins qu'il était accro à la drogue.

Je regardai Eli dévorer ses œufs, son bacon et ses pancakes que je venais tout juste de déposer devant lui.

Il était facile de garder les yeux rivés sur lui vu qu'il n'avait enfilé qu'un jean et qu'il était torse nu.

Il marqua une pause et but une partie de son café avant de répondre :

— Mes parents ont fait leur possible pour nous protéger des médias, Austin et moi. Mon père a fait de gros efforts pour que le problème d'addiction de mon frère reste dans la famille. Ils ont fait profil bas et ça a plutôt bien marché. La presse n'avait rien à dire sur eux.

— Jusqu'à ce que tu deviennes célèbre pour tes acrobaties insensées, dis-je.

Il hocha la tête.

— Je *voulais* attirer l'attention pour mes associations et j'ai réussi à attirer beaucoup de célébrités et d'athlètes à mes événements. Surtout aux courses. Ces événements-là ont bénéficié de beaucoup de publicités.

Je m'assis et nous gardâmes le silence pendant quelques minutes alors que nous mangions.

— J'ai le ventre plein, annonçai-je finalement en reposant ma fourchette.

Je me demandais s'il me restait du Ben & Jerry's.

Il haussa un sourcil.

— Qu'est-il arrivé à la femme qui aimait manger ? m'interrogea-t-il.

— J'ai déjà beaucoup mangé, répondis-je, avant d'échanger son assiette vide contre la mienne. Tu veux finir ?

— Après la nuit dernière, je suis sûr que oui, plaisanta-t-il.

— Tu dois conserver ton énergie, acquiesçai-je en le regardant engloutir le reste de mon petit-déjeuner.

— Tu as des réclamations à faire, grommela-t-il.

— Pas une seule, soupirai-je.

Eli surpassait tous les héros de romances que j'avais pu lire. En fait, il était tellement plus que je n'aurais jamais pu l'imaginer. Il était acharné et nous avions tous deux été avides l'un de l'autre toute la nuit. Je doutais de pouvoir un jour me lasser de lui, même si j'avais mal partout. Et j'étais épuisée parce que nous n'avions dormi que de courtes périodes durant la nuit.

— À moins que tu aies envie que je brûle toute cette énergie que je viens d'engranger, je te suggère de porter autre chose que mon sweat.

Le vêtement était si chaud et j'aurais voulu ne jamais l'enlever parce qu'il sentait comme Eli.

— Je vais le laver, lui dis-je avec un sourire.

— Bébé, je ne crains pas que tu le salisses. J'ai des affaires dans la maison voisine. Mais chaque fois que tu te penches, je peux voir ce magnifique petit cul.

— Ça te pose un problème ? le provoquai-je.

Il me lança un regard délicieusement dangereux.

— Tu sais bien que oui, répondit-il d'une voix rocailleuse.

Il y avait quelque chose de vraiment enjôleur dans le fait de titiller le lion qui dort et Eli pouvait se transformer en homme des cavernes alpha en un instant.

Pour être honnête, j'adorais faire ressortir le mâle impatient et dominant au fond de lui. Cela n'avait rien d'intimidant parce qu'il ne devenait cet homme-là qu'avec moi. Et que c'était le truc le plus sexy que j'aie jamais vu.

Je me levai et commençai à débarrasser la table. Je sentis ses yeux posés sur moi alors que je me penchai en avant en travers de la table de manière répétée et délibérée.

Quand j'eus terminé, je vins me placer près de lui et me penchai pour ramasser une poussière imaginaire sur le sol.

Il me sauta dessus en un clin d'œil.

Je savourai la sensation de son torse puissant pressé contre mon dos et de son érection recouverte de son jean plaquée contre mon derrière.

— Je t'avais prévenue, papillon, grogna-t-il dans mon oreille.

— Je suppose que tu ne m'as pas fait assez peur, répondis-je dans un souffle tout en posant les mains à plat sur la table.

Je tressaillis quand sa main me caressa les fesses.

— Je ne sais toujours pas si je devrais les fesser ou les vénérer, dit-il d'une voix râpeuse et lourde de désir.

— Peut-être les deux, suggérai-je avec espoir.

Eli m'excitait, peu importe la façon dont il me touchait, et j'étais certaine que ce serait la même chose s'il me donnait une fessée. Tant qu'il me baisait quand il aurait terminé.

Il appuya délicatement sur mon dos, me faisant pencher la partie supérieure de mon corps contre la surface de bois et pointer les fesses vers le ciel.

Je n'étais pas vraiment prête à sentir sa grande main forte entrer en connexion avec mes fesses.

Je poussai un cri bien que la douleur soit minime.

Le vif picotement provoqué par sa main alors qu'il frappait mes fesses vulnérables était si érotique que je me mis à gémir.

Cela n'avait rien d'une punition. Il me frappa encore plusieurs fois, caressant mes fesses d'un geste sensuel chaque fois qu'il touchait ma peau.

Quand il tendit la main entre mes cuisses, je fus presque déçue, mais le picotement persistant intensifia le plaisir que je ressentis quand il caressa mes replis trempés avant de se concentrer sur le fait de faire grimper mon désir en frottant sa main contre mon clitoris avec force.

— Eli, gémis-je. Baise-moi, ordonnai-je.

Je le sentis tâtonner au niveau de son jean alors qu'il grondait :

— Je ne me lasserai jamais de t'entendre dire ça.

Je n'aurais peut-être pas dû, mais je fus stupéfaite quand il s'enfonça en moi par-derrière.

L'angle était si différent et il était enfoui si profond que je hoquetai.

— Oui, l'encourageai-je.

Mes parois étroites l'acceptèrent et il n'y eut aucun préliminaire. Nous étions tous deux trop affamés, trop emplis de désir.

Je poussai en arrière contre lui et trouvai mon propre rythme alors qu'il s'empalait sur moi encore et encore.

— Plus fort, le suppliai-je.

— Je ne veux pas te faire de mal, grogna-t-il.

— Tu ne m'en feras pas. J'ai besoin de toi, Eli.

De manière incroyable, il serra mes hanches encore plus fort et me pilonna à une cadence qui me précipita vers l'orgasme.

Quand il passa la main à l'avant de mon corps pour caresser mon clitoris, j'implosai.

— Je t'aime tellement, Jade, grogna-t-il.

Les mots se déversèrent sur mon corps tremblant et envahirent mon âme.

— Je t'aime aussi, répondis-je en prenant une brusque inspiration, alors que mes parois étaient agitées de spasmes si puissants que j'arrivais à peine à respirer.

Il rugit de manière incohérente alors que je le propulsais vers son propre orgasme.

Eli resta enfoncé profondément en moi un instant, puis souleva mon corps mou et se laissa tomber sur l'une des chaises de la salle à manger.

— Je suis irrécupérable, dit-il d'un ton rocailleux. Je ne pourrai plus jamais vivre sans toi, mon cœur.

Il me serra contre lui comme si j'étais son trésor le plus précieux et je sentis les émotions qui émanaient de son corps.

— Tu n'auras pas à le faire, répondis-je d'une voix enrouée de satisfaction post-orgasme. Je serai toujours là.

Il m'embrassa doucement, ses lèvres s'attardant tendrement sur les miennes.

— Tant mieux, répondit-il. Mais tu dois vraiment arrêter de te pencher comme ça. Tu vas finir par me donner une crise cardiaque.

Je souris contre son épaule. Il y avait un attrait un peu coupable dans le fait d'être capable de faire tomber à genoux un homme aussi puissant qu'Eli. Et il me faisait assez confiance pour me le faire savoir.

— Seigneur, j'ai mal partout, lui confiai-je.

Je me levai lentement et m'étirai. Il fronça les sourcils.

— Pourquoi n'avoir rien dit ?

— Je ne voulais pas m'arrêter.

— Le jacuzzi, ordonna-t-il. Maintenant.

— Je n'ai pas de jacuzzi, répliquai-je.

— Alors heureusement que je suis propriétaire de la maison d'à côté qui en a un, répondit-il avec un sourire.

Je le lui rendis, comblée de joie qu'Eli ait fait cet achat que j'avais autrefois considéré comme follement extravagant.

Ce n'était peut-être pas une si mauvaise idée finalement.

CHAPITRE 31

Aiden

e tentai de supporter la prise de mesure pour le smoking avec patience, mais je n'avais jamais été du genre à rester immobile.

Je peux le faire pour Jade.

Ma petite sœur se mariait à la fin de l'été.

D'abord Brooke.

Et maintenant, c'était Jade qui passait la corde au cou de l'homme avec qui Seth et moi nous étions associés pour bâtir ce que nous espérions devenir un jour la plus grosse entreprise de construction et d'immobilier du monde.

Pour dire la vérité, j'aimais bien Eli Stone, et Seth aussi. Mais je n'étais pas ravi de prendre part à la fête de mariage.

Témoin.

J'avais reçu le prétendu honneur de me tenir aux côtés d'Eli, vu que la plupart de ses amis proches étaient en dehors de l'État. La majorité d'entre eux avaient l'intention d'être présents, mais ne pourraient rester pour participer aux autres festivités.

— Aïe ! lâchai-je d'un ton grognon quand une autre épingle perdue me piqua les fesses.

— Désolée, monsieur Sinclair. C'est presque terminé, me dit la femme occupée à ajuster le costume de pingouin sans une trace de remords dans la voix.

— Pas grave, grommelai-je, m'en voulant de l'avoir engueulée.

Mais je n'étais pas vraiment d'une humeur très sereine.

Mon regard fut attiré du côté opposé de la pièce pour au moins la centième fois depuis que j'étais arrivé chez le tailleur.

Comme d'habitude, mes yeux se rivèrent sur la femme blonde la plus sexy que j'aie jamais vue. En fait, il y a des années, j'avais fait bien plus que de reluquer le corps de cette femme. J'avais autrefois pu m'enfouir au plus profond de son corps virginal et mon sexe ne me permettrait jamais de l'oublier.

Il fut un temps où Skye Weston, la demoiselle d'honneur de Jade, était la seule femme que je désirais.

Maintenant, elle était la seule femme que je voulais oublier.

— C'est fini, monsieur, dit la couturière. Si vous voulez bien retirer le vêtement en faisant attention, je pourrai l'ajuster.

— Oui. Compris, répondis-je en repartant dans une cabine d'essayage.

Je poussai un soupir soulagé après avoir renfilé mon jean et mon pull.

J'avais passé toute ma vie d'adulte en tant que pêcheur à la palangre commercial, travaillant parfois entre quatorze et dix-huit heures par jour et partant parfois en mer pendant plus de deux mois.

Je n'étais pas vraiment du genre à porter des smokings et participer à des soirées cocktails, même si, par un miracle que j'avais encore du mal à accepter, j'étais désormais milliardaire.

D'une certaine manière, je savais qu'au fond de moi, je resterais toujours un pêcheur. Peut-être que je présentais bien, mais je ne réussirais jamais à être aussi détendu dans un smoking qu'un mec comme Eli Stone.

Je sortis de la cabine d'essayage juste à temps pour voir Skye sortir de la sienne, vêtue d'un jean et d'un pull vert qui, je le savais, était assorti à ses yeux.

Passe à autre chose, Sinclair.

Ma relation avec elle s'était terminée il y a longtemps. Presque une décennie. Mais pour une raison inconnue, elle était la seule femme avec qui je regrettais d'avoir perdu.

J'étais peut-être simplement encore énervé qu'elle m'ait quitté pendant que j'étais en voyage long-courrier. Si j'avais voulu me montrer raisonnable, j'admettrais qu'il n'était pas facile de sortir avec un type comme moi. J'étais plus souvent en mer qu'à la maison et je gagnais une misère. Mais l'argent que j'encaissais m'avait aidé à élever mes frères et sœurs, alors je ne regretterais jamais d'avoir fait ce boulot.

Parle-lui, histoire que vous soyez tous les deux courtois pendant le mariage de Jade.

Skye et moi n'avions pas échangé un seul mot depuis qu'elle était rentrée de San Diego pour réemménager à Citrus Beach. Bizarrement, elle avait paru aussi en colère que moi et m'avait envoyé promener chaque fois qu'on s'était croisés.

Je m'arrêtai à côté d'elle plutôt que de me diriger vers la porte.

— Salut, Skye, lançai-je avec prudence.

Elle me regarda, l'air tendu.

— Aiden, dit-elle.

— Écoute, je sais qu'on a un passé compliqué, mais est-ce qu'on peut essayer de s'entendre jusqu'à la fin du mariage de Jade ? demandai-je d'une voix bourrue. Notre relation s'est terminée il y a longtemps et l'on a tous les deux tourné la page.

Seigneur ! Quel menteur !

Pour être honnête, j'avais surtout envie de la prendre par les épaules et de la secouer jusqu'à ce qu'elle m'explique pourquoi elle avait épousé un autre homme qui leur avait de toute évidence fait vivre un enfer, à elle et sa fille. Merde ! J'aurais été un meilleur choix même si j'étais pauvre. Au moins, je ne faisais pas partie d'un réseau criminel. Et je tenais à elle.

Elle tourna la tête et évita mon regard.

— Je n'ai pas tourné la page et tu sais très bien pourquoi, répondit-elle d'un ton tranchant que je n'avais jamais entendu venant d'elle. Mais je n'aurai aucun problème à me montrer courtoise dans l'intérêt de Jade. Je dois y aller maintenant. J'ai une fille à aller chercher à l'école.

— Mais qu'est-ce que j'ai fait, bon sang ? lançai-je d'une voix furieuse. C'est toi qui m'as quitté, tu te souviens ?

— Tu as clairement des problèmes de mémoire, répondit-elle tout en enfilant sa veste légère. On se voit au mariage.

Je la regardai, bouche bée, alors que ses fesses galbées passaient la porte.

— Qu'est-ce que c'est que ces conneries ? murmurai-je dans ma barbe.

Elle n'a aucune raison de me haïr. Je ne l'ai pas remplacée par une autre femme. Elle m'a largué pendant que j'étais en mer.

S'il y avait bien une chose que je savais, c'était que Skye était quelqu'un de réaliste. Elle n'était pas du genre à faire des drames. Pas à l'époque en tout cas.

Quelque chose ne tourne pas rond.

Je me dirigeai vers la porte et sortis juste à temps pour voir l'arrière de sa voiture s'éloigner.

Qu'est-ce que j'en ai à foutre après tout ?

Skye Weston n'était plus rien pour moi.

Je plongeai mes mains dans les poches de mon jean, déterminé à ne plus accorder une seule pensée à la raison pour laquelle elle semblait me tenir responsable de notre rupture.

Mais alors que je me dirigeais vers mon véhicule, je savais très bien que je me mentais à moi-même.

Skye avait hanté mes pensées pendant des années, alors j'avais bien l'intention de découvrir ce qu'elle avait en tête. Même si je ne savais pas encore très bien comment j'allais pouvoir faire ça.

Jade

TROIS MOIS PLUS TARD…

— Eli, est-ce que tu envisages sérieusement de t'engager dans ce projet ? lui demandai-je.

J'étais en train de parcourir un prospectus à propos d'un grand centre de recherche qui existait depuis moins de cinq ans et était en train de péricliter.

Je n'avais pas encore trouvé le boulot de mes rêves même si j'avais passé plusieurs entretiens ces derniers mois. Certains étaient situés en dehors de l'État, ce dont Eli n'était pas très content. Mais il était si déterminé à me soutenir qu'il m'avait proposé de créer un deuxième siège social si l'une de ces opportunités m'intéressait.

Pour être honnête, je n'avais envie d'aller nulle part. San Diego et Citrus Beach étaient notre foyer à tous les deux. Et même si je savais qu'il serait prêt à n'importe quoi pour moi, j'avais bien conscience qu'il n'avait pas envie de vivre sur la côte Est, et moi non plus.

J'essayais encore de m'habituer à l'idée que j'allais épouser Eli. Nous passions nos semaines dans sa maison de San Diego et les week-ends à Citrus Beach. Je l'aidais encore au bureau tous les jours parce qu'il m'avait assuré qu'il avait besoin de moi, même si je savais que ce n'était qu'une excuse pour qu'on travaille ensemble tous les jours.

Je m'améliorais de plus en plus s'agissant de gérer les affaires chez Stone, mais de manière générale, je me contentais toujours de filtrer les opportunités qui se présentaient de manière quotidienne.

— Je ne sais pas, répondit-il d'un ton nonchalant depuis son bureau. Je me disais que je te laisserais te charger de celui-là. Ce n'est pas mon domaine d'expertise.

Je levai les yeux de là où j'étais assise, sur le canapé dans le coin opposé de la pièce.

— Tu as des experts, lui rappelai-je.

— Je préférerais que tu t'en charges, répondit-il.

Je reportai mon attention sur mon ordinateur et passai en revue les informations dont je disposais.

— On dirait qu'ils ont accepté beaucoup trop de projets, finis-je par dire, et qu'ils n'avaient pas les fonds nécessaires pour les financer.

C'était un laboratoire de génétique dernier cri, mais la gestion avait été médiocre.

— Si je décidais de l'acheter, je pense que cet endroit ferait un excellent endroit où mener des recherches sur la conservation génétique de la faune sauvage, remarqua-t-il.

Il me fallut un moment pour enregistrer ce qu'Eli essayait de dire.

Le centre était immense et pouvait accueillir plusieurs zones d'étude. Vu qu'il était déjà construit, les changements requis seraient minimes, mais globalement, l'endroit était parfait.

— Le centre est incroyable, mais tu te rends compte de ce que ça coûterait de garder à flot une entreprise à but non lucratif de ce genre ? l'interrogeai-je. Ça demanderait une quantité de financement énorme et continue.

Il tourna la tête et me sourit.

— Je connais un type qui est assez doué pour ça. Et j'ai déjà des donateurs intéressés. La plupart sont des Sinclair, mais il ne serait pas difficile d'en trouver plus.

Mes pensées se mirent à tourbillonner dans ma tête alors que je songeais à tout le bien qui pourrait être fait dans ce centre.

— J'ai besoin de connexions dans le monde entier pour l'analyse des échantillons et les recherches sur le terrain.

— Je te fournirai leurs coordonnées, me répondit-il d'un ton assuré. Et tu te feras ces relations, mon cœur. Ça n'arrive pas en une nuit.

Mes yeux s'emplirent de larmes alors que je m'imaginais retourner en laboratoire pour trouver des solutions au déclin de certaines populations d'animaux sauvages. Je devrais rassembler une équipe solide autour de moi. Mais c'était faisable.

Jamais, de toute ma vie, je n'avais cru pouvoir faire quelque chose qui aurait un si gros impact dans le domaine de la conservation. Et à l'idée qu'on m'offre cette opportunité, j'eus l'impression que mon cœur était pris dans un étau.

— Alors tu as déjà appelé la cavalerie pour leur demander de faire des dons ? demandai-je à voix basse.

— Je n'en ai pas eu besoin, répondit-il. Tes frères et Brooke ont aussitôt été partants et le reste de la famille n'a pas tardé à suivre. Ils savent tous à quel point tu es passionnée par la conservation et ils croient tous sincèrement que tu effectueras un travail primordial. C'est une cause à laquelle tout le monde peut se rallier, mon cœur. La seule personne capable d'arranger les choses, c'est toi.

Je m'étais très souvent mis des bâtons dans les roues toute seule au cours de ma vie, mais je n'avais pas l'intention de le faire cette fois.

— J'en ai envie. J'en ai vraiment envie, dis-je en me levant, des larmes me coulant sur les joues.

Je traversai la pièce en courant et Eli se leva pour m'accueillir à bras ouverts.

Il me rattrapa et me serra contre lui comme j'étais sûre qu'il le ferait.

— Je t'aime, dis-je, heureuse en enroulant les bras autour de lui et en l'étreignant aussi fort que je pouvais. Qu'est-ce que j'ai bien pu faire pour mériter d'épouser quelqu'un d'aussi incroyable que toi ?

— Je me disais la même chose, mais je n'ai toujours pas trouvé la réponse, plaisanta-t-il. Pour je ne sais quelle raison, tu penses que je suis spécial et je n'ai aucune intention de te détromper.

J'éclatai de rire et lui donnai un petit coup de poing dans le bras. Eli s'était emparé de mes causes et m'avait toujours remonté le moral quand je n'arrivais pas à trouver le boulot que je voulais.

— Tu viens plus ou moins de créer un job rien que pour moi, l'accusai-je.

— Non, pas du tout. Tu es brillante, Jade. Et si quelqu'un est capable de sauver certains des animaux en voie d'extinction, c'est toi. Tu as besoin de ton propre centre pour ça et c'est bien pratique que tu aies une immense famille de milliardaires. Cette opportunité était à ta portée depuis le début. Mais je n'étais pas sûr que ce soit ce que tu voulais.

— Ça ne m'était jamais venu à l'esprit, Eli. Je ne suis pas douée pour la réflexion.

— C'est juste parce que tu n'as jamais eu l'occasion de voir grand, répondit-il d'une voix rauque. Maintenant, tu peux. Je te propose d'appeler ça l'Institut Sinclair pour la conservation de la faune sauvage.

— L'Institut Sinclair-Stone, le corrigeai-je. Je ne resterai plus une Sinclair très longtemps. Et c'est toi qui as rendu tout ça possible, Eli. Merci.

Que pouvais-je dire d'autre à l'homme qui m'avait déjà offert le monde avant de m'offrir plus encore ? Il n'existait aucun mot pour exprimer à quel point il comptait pour moi, pas parce qu'il était riche, mais parce qu'il était Eli.

— Je n'ai pas fait grand-chose. J'ai trouvé une opportunité et je vais acheter le centre. Mais il n'y aurait pas de centre de recherche si tu n'étais pas la personne la plus intelligente et la plus motivée que je connais.

— Je vais être très occupée, l'avertis-je.

— Je vais d'abord devoir négocier et acheter l'entreprise, répondit-il. Et je me fiche que tu sois occupée tant que tu rentres toujours à la maison avec moi.

— Je pourrais faire certaines choses quand on sera propriétaires des droits, et ensuite assembler une équipe et décider des projets qu'on endossera à notre retour de notre lune de miel.

Eli m'emmenait en Australie, une autre destination de rêve pour moi. Un endroit que je n'étais même pas sûre de pouvoir visiter un jour parce que je croyais devoir rembourser mes prêts étudiants pendant des années.

— Qu'est-ce que tu as décidé de faire au sujet de la correspondance ADN ? me demanda-t-il. Tu vas le dire à ta famille ?

Je n'avais jamais eu de nouvelles de la personne dont l'ADN correspondait au mien. Plusieurs mois étaient passés maintenant. Si je le disais à mes frères, je savais qu'ils n'auraient aucune idée duquel d'entre eux pouvait être concerné.

— Je ne suis pas sûre que ça serve à grand-chose. Je suis sûre que mes frères ne le savent pas ou ils auraient été avec leur enfant. Je ne sais pas si ce serait une bonne idée de leur mettre ce fardeau sur les épaules s'ils ne peuvent pas savoir qui ça concerne.

— Je suis prêt à creuser un peu, proposa-t-il. Je pourrais sûrement trouver quelqu'un capable de m'apporter des informations.

L'idée d'avoir une nièce quelque part dans le monde me perturbait et Eli le savait.

— Oui, s'il te plaît, répondis-je. J'aimerais bien apprendre à la connaître si j'arrive à découvrir où elle est. Et mes frères sont en mesure de l'aider maintenant. Si j'arrive à apprendre quelques détails sur elle, je pourrai sûrement déterminer lequel de mes frères est son père.

— Maintenant qu'Aiden, Seth et moi avons lancé cette nouvelle entreprise, je passe beaucoup de temps avec eux deux. Je pourrais peut-être leur tirer des infos sans vendre la mèche.

Je levai les yeux au ciel.

— Bonne chance avec ça. Tous mes frères sont assez réservés s'agissant de leur vie amoureuse, même si cela ne leur pose aucun problème de s'insinuer dans la mienne.

— Ils vont devoir se résoudre à rester à l'écart maintenant, répondit-il d'un ton amer. Il est hors de question qu'ils continuent à monter la garde auprès de toi. C'est mon boulot maintenant.

— Ce n'est le boulot de personne, rétorquai-je. Je suis tout à fait capable de me débrouiller toute seule. Et en parlant de ça, que puis-je faire pour prendre soin de vous, monsieur Stone ? Puisque vous venez de réaliser tous mes rêves, j'ai vraiment envie de faire quelque chose pour vous.

— Tu sais que tout ce dont j'ai vraiment envie, c'est de te voir nue, répondit-il d'une voix râpeuse.

Je lui souris et resserrai mes bras autour de son cou. C'était loin d'être la seule chose qu'Eli voulait, mais il y pensait effectivement très souvent. Peut-être autant que moi.

— J'ai envie de te rendre heureux, lui dis-je.

— C'est bien trop tard pour ça, papillon. Je suis déjà plus heureux que je n'aurais jamais pu l'imaginer.

Il avait tant changé ces derniers mois et il avait l'air bien plus satisfait de la personne qu'il était. Eli parlait ouvertement et régulièrement d'Austin et il y avait des photos de son frère partout chez lui.

Même s'il continuait à faire des trucs dangereux, il n'était plus aussi extravagant que ses activités passées. J'apprenais à faire de l'escalade avec lui, mais j'avais dressé la limite aux courses automobiles. Je m'étais rongé tous les ongles des mains quand il avait participé à une course de célébrités pour une association le mois dernier, mais je m'en étais remise.

Cet homme avait un faible pour les voitures rapides et je pouvais l'accepter.

J'étais juste heureuse qu'il ait annulé son défi de traverser la Manche à la nage, ainsi que la course à compétences multiples extrêmement dangereuse à travers les terres sauvages de la Patagonie.

Eli continuait de partir en vrille pour la bonne cause, mais il ne faisait que ce qu'il aimait.

— Je t'aime, dis-je, cette déclaration provenant du plus profond de mon âme.

— Je sais, acquiesça-t-il. C'est pour ça que je suis si heureux. Parce que je t'aime aussi, papillon.

C'est vrai que je me sens comme un papillon.

Il baissa la tête pour m'embrasser et j'étirai un peu plus largement mes ailes.

La femme que j'étais encore quelques mois plus tôt avait parcouru beaucoup de chemin et cela n'avait rien à voir avec mon héritage.

Eli était parvenu peu à peu à me tirer de mon cocon de confusion timide et manquant d'assurance. J'avais peut-être fait quelques faux pas en chemin, mais le soir où j'avais accepté qu'Eli me montre son monde avait scellé mon destin.

Même à l'époque, alors qu'il refusait de s'engager, je lui avais instinctivement fait confiance.

Je passai les mains dans ses cheveux et lui rendis son baiser.

Tant que j'avais cet homme qui m'aimait farouchement à mes côtés, je savais que je continuerais de m'élever toujours plus haut.

Et que nous volerions côte à côte.

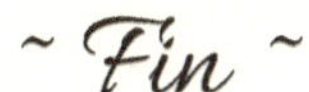

~ *Fin* ~

Remerciements

Encore une fois, un grand merci à mon incroyable équipe chez Montlake Romance. Toute cette aventure a été incroyable, et je suis si heureuse de l'avoir partagée avec l'équipe de Montlake, qui rend chacun de mes livres aussi bon qu'il peut l'être.

Une grosse dédicace à mon extraordinaire éditrice, Maria Gomez. Merci pour tout ce que tu as fait pour moi et mes livres.

Comme toujours, je suis très reconnaissante envers ma KA team et ma street team, Jan's Gems.

Je ne sais comment exprimer mes remerciements envers vous tous, alors comme d'habitude je vais me contenter de vous dire que… vous déchirez !

Affectueusement, Jan

À propos de l'auteur

J.S «Jan» Scott est une écrivaine à succès de romans torrides dans le domaine de la littérature sentimentale. Aux États-Unis, elle figure sur les listes des auteurs à bestsellers établies par le New York Times, le Wall Street Journal et USA Today. Elle est elle-même une grande lectrice de tous types d'ouvrages et de littérature variée. J.S écrit dans le genre de la romance contemporaine ainsi que de la romance paranormale. Ses histoires se caractérisent par la présence quasi systématique d'un mâle dominant et par une fin toujours heureuse, parce qu'elle refuse d'écrire ses livres autrement ! Elle vit dans la magnifique région des montagnes Rocheuses américaines aux côtés de son mari et de deux bergers allemands un peu trop gâtés.

Retrouvez-moi sur http://www.authorjsscott.com ou
http://www.facebook.com/authorjsscott
Vous pouvez également m'écrire à l'adresse suivante
jsscott_author@hotmail.com

Ou bien sur mon Tweeter @AuthorJSScott

<h1 style="text-align:center">Du même auteur</h1>

L'obsession du milliardaire :

L'obsession du milliardaire ~ Simon (L'obsession du milliardaire, tome 1)
Le cœur du milliardaire ~ Sam (L'obsession du milliardaire, tome 2)
Le salut du milliardaire ~ Max (L'obsession du milliardaire, tome 3)
Le jeu du milliardaire ~ Kade (L'obsession du milliardaire, tome 4)
L'éveil du milliardaire ~ Travis (L'obsession du milliardaire, tome 5)
Le milliardaire démasqué ~ Jason (L'obsession du milliardaire, tome 6)
Le milliardaire indomptable ~ Tate (L'obsession du milliardaire, tome 7)
La milliardaire libérée ~ Chloé (L'obsession du milliardaire, tome 8)
Le milliardaire intrépide ~ Zane (L'obsession du milliardaire, tome 9)

Les Sinclair :

Un milliardaire pas comme les autres (Les Sinclair t. 1)
Le milliardaire défendu (Les Sinclair t. 2)
La Caresse du milliardaire (Les Sinclair t. 3)
L'Appel du milliardaire (Les Sinclair t. 4)
Le milliardaire gagne toujours (Les Sinclair t. 5)
Les Secrets du milliardaire (Les Sinclair t. 6)